父辈的岁月

FUBEI DE SUIYUE

LINGLINGHOU KOUSHU JIASHI

零零后口述家史

汪春劼 主编

Wang Chunjie

山西出版传媒集团
山西人民出版社

图书在版编目（CIP）数据

父辈的岁月：零零后口述家史 / 汪春劼主编. —
太原：山西人民出版社，2021.11
ISBN 978-7-203-11957-9

Ⅰ. ①父… Ⅱ. ①汪… Ⅲ. ①故事－作品集－中国－
当代 Ⅳ. ①I247.81

中国版本图书馆 CIP 数据核字（2021）第 210491 号

父辈的岁月：零零后口述家史

主　　编：	汪春劼
责任编辑：	徐　琼
复　　审：	傅晓红
终　　审：	梁晋华
装帧设计：	陈　婷
出 版 者：	山西出版传媒集团·山西人民出版社
地　　址：	太原市建设南路 21 号
邮　　编：	030012
发行营销：	0351-4922220　4955996　4956039　4922127（传真）
天猫官网：	https://sxrmcbs.tmall.com　电话：0351-4922159
E－mail：	sxskcb@163.com　发行部
	sxskcb@126.com　总编室
网　　址：	www.sxskcb.com
经 销 者：	山西出版传媒集团·山西人民出版社
承 印 厂：	山西出版传媒集团·山西人民印刷有限责任公司
开　　本：	720mm×1020mm　1/16
印　　张：	21.5
字　　数：	297 千字
印　　数：	1—3000 册
版　　次：	2021 年 11 月　第 1 版
印　　次：	2021 年 11 月　第 1 次印刷
书　　号：	ISBN 978-7-203-11957-9
定　　价：	58.00 元

如有印装质量问题请与本社联系调换

总　序

在出版界，作为一个编辑是应该讲点智慧和毅力的。一本书稿拿到手里，如真是不俗的，我总想尽可能让它有个好的结果。

前些天，为一本书稿找出路，我得以结识山西人民出版社总编辑梁先生。一通电话，彼此谈得很投缘。末了他说："你人脉广，资源多，不妨为我们组织一套有点儿学术、有点儿文化积累、还有点儿市场的图书。"山西人民出版社是出过不少好书的，如秦晖、杨奎松、雷颐等，都在那里出过书。我心动了，想到自己手里的积累，就愉快地答应了。当然，答应了，不等于就铁定每年要做多少；条件具备了就做，因为毕竟要面对图书市场，面对出版人的现实境遇。

之所以把这套书叫"不夜灯"丛书，我得交代几句：本来这是我几年前为自己的"东家"预定的，但"东家"产品线调整，因故中断了；这里拿来，只是觉得这个筐子适合放更多的东西。直接的意义不言而喻，就是多读书，不舍昼夜——尤其是在这个"读书不一定改变命运"的时代，已经把读书的范围圈得很小了。然而，唯有多读书，才可能明辨是非，才可能在纷扰的世界不被迷惑，不被心术不正的人所忽悠。什么是人类命运共同体？我们当知自己是世界的人，有世界的眼光，有共同的价值追求，因此读书自然是第一要务。

也许，现实的都是合理的。然而，这种"合理"是由很多外在因素支撑的，也会此一时、彼一时的。我们不必悲观颓废，也不必盲目乐观。是大时代，也是众生表演的时代。无论众说纷纭，抑或人云亦云，凡存在的，任其存在；然我辈始终如一，坚守自己的学术良知和信念——这种坚守，正是时代所需要的。假如你有这种独立而坚守的东西，我们很欢迎。邮箱779789298@qq.com在静候你的参与。人生有限，参与大时代的学术重建，终而不悔焉。

向继东
2021年6月于羊城一隅

序：新世纪一代的家国情怀

历史如炬，照亮未来之路。家国记忆连接着一代又一代中国人的家国情怀，绵延不息。不知不觉，21世纪已经过去20年了，那些出生在世纪之交的"千禧宝宝"们已然青春正茂。新世纪一代记事之时，战乱、悲怆的年代早已远去，短缺、困窘的状况成为"过去时"，国家强盛如斯，繁花似锦。

很少有人拒绝了解过去，因为它关系着"我们从哪里来？我们向何处去？"这样的终极之问。对于大学校园中已是主流的"〇〇后"而言，如何理解历史却并非易事。教科书总是宏观而扼要，影视剧中时代背景亦真亦幻，高深的专业著作又很难亲近。即便是历史专业的学生，也时常困惑于云遮雾罩的学术话语，很难感受到历史本身的鲜活生动。

作为历史老师，当面对学生"推荐一本书"的要求时，我往往很难给出答案。这两年才逐渐意识到，理解历史的最佳途径或许是以个体生命的方式去触摸、感悟历史。去年讲授新中国史，当学生再提出类似问题时，我说，每个人都是一本书，要了解新中国的历史，不妨问问家中长辈，他们的经历，就是历史。

收到江南大学汪春劼老师惠赐书稿，读毕感佩不已。看来，让"〇〇后"

大学生通过访长辈、写家史的方式来了解中华人民共和国波澜壮阔的征程，也是汪老师的心得。更为赞赏的是，汪老师把学生习作编纂成书，让这些或许青涩却饱含真挚情感的文字真正成为历史的书写。在这群大学生笔下，"人民"二字不再只有复数的含义，而是一个个有血有肉有情感有思想的普通的具体的人。

1949年新中国成立，"人民"二字出现在国号之中，也出现在几乎所有的建制之中，如"人民军队""人民法院""人民邮电""人民教师"，以及几乎每个城市都拥有的"人民商场""人民路"等等。"人民"二字的分量，可想而知。20世纪50年代末，史学界倡议"写劳动人民自己的历史"。1963年5月，毛泽东同志作出指示："用村史、家史、社史、厂史的方法教育青年群众这件事，是普遍可行的。"在那个年代，号召人民自己书写自己的历史，具有不容置疑的正确性。时过境迁，在历史书写中为普通人留有一席之地，仍有非凡的意义。

小人物也有大历史，这本书讲述的就是风云激荡的大时代中普通人的悲欢离合。读者会看到：武沛雯同学的太奶奶是抗属，她担心孩子哭闹引来扫荡的日军，不慎致使亲身骨肉窒息夭折。周庭安同学的爷爷参加过抗美援朝，戎马倥偬几十年却没向后代讲述过传奇经历，简历中被浓缩为"立过三等功两次，通令嘉奖一次"。孙月同学祖上三代都是洪泽湖船民，他们捕鱼为业，以船为家。马韵茜同学的外婆经历过唐山大地震，目睹村庄在瞬间被夷为平地。阿力米热同学的奶奶14岁结婚，亲人相继离世，她靠经营小店铺养活了几代人。羊峻漫同学的爷爷参加过成渝铁路建设，父亲20世纪80年代末制鞋创业，21世纪初正逢出口机遇期，产品远销海外。每一位长辈，都是有故事的人，从吉林农安到云南昆明，从浙江岱山到新疆阿克陶，辽阔的祖国大地，如绚烂的人生舞台，上演着生生不息的剧本。

中国共产党领导的革命、建设和改革事业的主角正是这样默默无闻的无数普通人，他们用勇气、艰辛与智慧筑起民族复兴之路。他们不曾闻名于世间，不会留名于史书，但他们会留存在子孙后代的记忆之中，时光刻印着每一个生命的年轮，人生有始有终，只要记忆留存，生命便在延续，历史不会终结。

  虽说"当代人不写当代史",然而,法国哲学家柏格森(Henri Bergson)有言,大意是看了一百张不同角度的照片也未必能了解凯旋门,站在凯旋门前五分钟,顿时就懂了。我想,这本书呈现的便是这些"〇〇后"大学生们站在"凯旋门"前的所感所思,他们炽热的家国情怀,发自内心,令人动容。当你细读他们的文字,你会发现,他们真的触摸到了历史,哪怕只是令人心悸的短短的一瞬,如此,足矣!

          孙扬 南京大学历史学院副院长

前　言

2020年春，一场不期而至的新冠肺炎疫情导致整个国家几乎停摆，人们行动大受限制，交通、餐饮、旅游、培训等行业也深受影响，高校上课地点也由教室改为家中。

高校学子一整个学期都困守家中未能返校，这为"家史家事"作业提供了某种"天赐良机"。本书集结了其中的部分优秀之作，无论是对家庭历史素材的发掘，还是对叙事语言与结构的把握，这些年轻人都出手不凡。

一

历史课虽是所有中学必开的一门课程，但喜欢此课的学生却少之又少，形成这种局面的因素很多，有历史教材以论带史编写不足的原因，也有授课教师未能打破条条框框，不能让学生感受历史丰富性多样性的情况等。

当然，少不更事的青少年，学习历史存在着一定的先天困难。正如凌志军在《变化》一书中所言：对历史的理解，不是在书斋里可以读到的，也不是仅凭个人天赋就能产生的，而是要在积年累月的历练中，见到不同的人，看到不同的生活，听到不同的声音，自己又有过最糟的和最好的境遇，对比起伏跌宕，品味其中的酸甜苦辣，才能领悟。因史料的遗失、封锁、改写，且编撰者受利益、眼界、才学等的限制，历史的更多本相如同冰山，只有一小部分露出海面，导致知其然易、知其所以然难。要看到文字后面的东西，需要治史者与读史者有一双慧眼，而这双慧眼不会自然形成，需要人生历练后的悟性。作家龙应台也直言她到40岁才有了历史感：对于历史我是一个非常愚笨的、非常晚熟的学生。40岁之后，才发觉自己的不足。写《野火》的时候我只看孤立的现象，就是说，沙漠玫瑰放在这里，很丑，我要改变你，因为我要一朵真正芬芳的玫瑰。40岁之后，发现了历史，知道了沙漠玫瑰一路是怎么过来的，我的兴趣不再是直接的批评，而在于，你给我一个东西、一个事件、一个现象，我希望知道这个事件在更大的坐标里头，横的跟纵的，它到底是在哪一个位置上？在我不知道这个横的跟纵的坐标之前，对不起，我不敢对这个事情批判。

这种姗姗来迟的历史感，也让许多人留下了终生遗憾："我特别后悔的就是在爷爷奶奶活着的时候我对他们的了解太少，当我迫切想知道的时候，他们已经不在了……"

如何让涉世未深的学生尽快找到历史感，"触摸"到真实的历史？捷径便是让他们寻找家族的"根"，去了解家人的故事、家庭的历史。笔者布置"家史家事"作业的背景与动因便源于此。

二

相较于对国家历史、民族历史、执政党历史的了解，人们对自己村庄的历史、家庭的历史反而知之甚少。潘光旦先生曾有过这样的论述："近代教育下的青年，对于纵横多少万里的地理，和对于上下多少万年的历史，不难取得一知半解，而于大学青年，对于这全部历史与环境里的某些部分，可能还了解得相当详细，前途如果成一个专家的话，他可能知道得比谁都彻底。但我们如果问他，人是什么一回事，他自己又是怎样的一个人，他的家世来历如何，他的高祖父母、祖父母是些什么人，他从小生长的家乡最初是怎样开拓的，后来有些什么重要的变迁，出过什么重要的人才，对一省一国有过什么文化上的贡献，本乡的地形地质如何，山川的脉络如何，有何名胜古迹，有何特别的自然或人工的产物——他可以瞠目咋舌不知所对。"

在宏大的叙事模式下，历史著作多是政治家、军事家、文人墨客等大人物的历史，而且由于各种原因，经常有倾向性的取舍，它最大的缺陷就在于忽略了同样真实地生活在社会里的那些小人物的命运和感受，于是历史变得不完整，也让普通人感到枯燥与隔膜。

法国年鉴学派认为"普通人的状况才是决定社会历史面貌的基本因素"，同理，找寻自我的来处，为能够触摸并且感知到的先祖们树碑立传，让消失的那些人重新回到记忆中来，这正是中国人数千年以来重视家族传承和血脉赓续的一种强大的文化力量。

在强调以阶级斗争为纲的那段历史时期，人与人的关系变得极不正常，本书的部分作业（如邱斌、方慧慧、王红敏）对亲人所遭遇的沉重往事有所涉及。改革开放，国家以经济建设为中心，生产力得以解放，解放了农民的手脚，使千千万万种田人不再饿肚皮。20世纪80年代人民的生活虽然大有好转，但依旧是短缺经济时代，许多人家还得紧巴巴过日子。1992年邓小平南方谈话后，大力发展国民经济；结束福利分房，让住房商品化，加入世贸组织，搭上全球化的列车，多管齐下。越来越多的人告别土地，来到城市的流水线上，中国成百上千个城市迅速变"胖"变"高"，人民的住房条件大大改善，城市道路开始四通八达，乡村道路完成硬化，人们出行变得更为便捷。中国几十年的高速增长，既有政策的支持，也有人民的聪明勤劳，部分作业（如刘家龙、羊峻漫）让我们看到打工者的艰辛劳苦、创业者的拼搏坚强，在看到巨大成绩的同时，我们也应看到面对变化不定的市场，以规模种植为主业的农民有时也会遭遇困境，辛苦一年却入不敷出（如朱德凤）。中国几十年的快速转型，造就了大批成功人士，人民的生活水平也普遍提高，但不能忽略的是，还有部分民众付出与所得不相匹配。

　　人无法选择自己所处的时代，每个生命的生活轨迹都有时代的烙印。再平凡的个体，也是历史洪流的参与者和书写者。20世纪中国多灾多难，既有内乱又有外患，直到1978年开启改革开放之路，中国才开始一心一意谋发展。到1998年，中国这个世界人口第一大国终于告别了短缺经济，让民众过上了富足的生活。在这样一个背景下，20世纪前半叶出生的人们，不论地位如何，几乎都有过不凡的经历。

　　通过学生们的作业，我们可以看到不同年代那些名不见经传但活得有滋有味的"草民"们在尘世间的基本行状，"看到历史在普通人身上到底发生了什么。那些乡野巷道间平凡无奇的中国人，他们的生命到底为他们无力逆转的大历史，做了怎样的注脚"①。从家庭变迁的微观视角出发，学生们对课本上提及的土地改革、合作化运动、"大跃进"、"三年困难时期"、家庭承包责任制、改革开放等名词有了更深的认知。梳理家庭历史，进而了解国家和民族浴火重生的历史，学生从中也得到了一些启发，以建设性的心态了解过去、认识自我、思索未来。

　　当前，中共党史、新中国史、改革开放史、社会主义发展史的"四史教育"在全国展开。关于如何让"四史教育"更接地气，这次作业也许能有某种启迪作用。

三

　　人生多艰，生活中的困厄有时代的因素，也有个人际遇等原因——或亲人远离，或灾难降临，或病痛缠身，生命之路荆棘丛生、礁岩累累。会有人同情、怜惜、伸出援手，也会有人冷眼、嘲弄、落井下石。常与变、偶然与必然、历史与当下、客观环境与主观意志交互舞蹈，影响着生命的

---

①李宇宏：《爱与哀愁：说出你的家族故事》，浙江大学出版社，2018年，第373页。

轨迹。了解先辈的历史，可以看到他们人生的起伏波澜，看到压力下的负重前行，看到勤劳才是改变个体与家庭困境的重要因子。

"00后"这一代人，他们在互联时代长大，腾讯、京东、当当、新浪、搜狐、百度、阿里、盛大这些如雷贯耳的大公司与他们差不多同时出世。某种程度上，他们对虚拟世界的了解多于对现实世界的了解。

"00后"有着优越的成长环境，大多缺少风雨的磨炼，抗压能力较差。代沟的存在，使得他们与上辈人的沟通变得困难。有一项研究揭示，对家庭历史了解更多的孩子会更加自信、对人生有更强的掌控感，在面对困难时也更有勇气。因为人们感知的不只是家庭故事本身，更是在决策、行动和情感中包含的精神、价值和信仰。

这次作业，既让这批"00后"追寻祖辈在这片土地上的生活轨迹，见证普通中国人的苦难与荣耀，用心记述平凡中的沧桑，同时也让他们重新认识自己的亲人，知道幸福生活来之不易，从而增进他们对历史的尊重，以及对家庭的尊重。[①]

36位作者中，女性多于男性，这与江南大学学生性别比例基本相符；36位作者笔下的主人公，他们的第一故乡分布在14个省市，其中山东7人，江苏5人，安徽4人、河南、湖北、湖南各3人，江西、河北、四川各2人，吉林、辽宁、重庆、新疆、浙江各1人。具体见下表：

本书36位主人公第一故乡、第二故乡分布表

第一故乡	第二故乡	第一故乡	第二故乡	第一故乡	第二故乡
吉林农安	江苏镇江	四川罗阳	陕西城固	安徽肥东	
辽宁辽中	辽宁沈阳	四川云阳	山西太原	江苏靖江	
河北丰南		重庆璧山	重庆市区	江苏苏州	
河北曲周		河南上蔡		江苏江都	
新疆阿克陶		河南驻马店		江苏洪泽	
山东藤县		河南杞县	河南开封	江苏海安	
山东肥城	北京	湖北广水		湖南耒阳	

---

① 需要说明的是，本书多数作业源于2020上学期的社会实践课程，少部分源于笔者任教的《中国近现代史纲要》课程作业，有几位同学属于"95后"。

续表

山东临沭	云南昆明	湖北均县	湖北丹江口市	湖南桑植
山东鄄城		湖北宜昌		湖南东安
山东阳谷	四川秀山	安徽宣州		江西临川
山东昌乐		安徽阜南		江西寻乌
山东平南		安徽寿县		浙江岱山

这些年轻学子笔下的人物很生动——既有主人公人生故事固有的高潮和低谷，也有作者们情感的投入、叙事的流畅、立意的客观。他们努力写出人性的复杂、个体与社会的关联，甚至对亲人的负面也能秉笔直书（如纪文添和陈青云）。

当然，借助这次作业，我们也能对"后浪"的才识有了新认识，他们中有的是留守儿童，有的祖宗三代都是船民，有的父母仍在流水线上打工，有的父母没有读过中学，有的则住在价格不菲的洋房……可20岁的他们对文字的驾驭、对材料的处理、对人性的了解、对生命的审视，都让我这个"60后"刮目相看。走近彼此，走进历史，正是这次作业的旨意所在。

目录

太爷爷、爷爷、父亲的不同人生　　／001
外公祝为宏琐记　　／015
经历过炮火洗礼的爷爷　　／032
外婆曾是老三届　　／039
一名留守儿童眼中的亲人　　／048
父母打工二十多载　　／056
从农村到城市的迁移　　／065
祖孙三代都是洪泽湖上的渔民　　／074
外婆：新中国的同龄人　　／081
为早逝的爷爷奶奶立传　　／088
平淡一生深处行——记我的爷爷　　／098
压不垮的祖母　　／108
操劳了一生的外婆　　／115
13岁出嫁的祖母　　／121
从川北到陕南　　／127
从童养媳到五世同堂　　／134
送走诸多亲人的奶奶　　／142
听奶奶、外婆讲那过去的故事　　／147

爷爷劳作一辈子　　　／160

父亲艰辛的创业之路　　　／169

在时代的旋涡里　　　／178

目不识丁的爷爷　　　／192

靠土地为生的祖父　　　／200

三代人的自述：由近而远　　　／208

亲人眼中的外公　　　／222

苦水中泡大的外婆　　　／232

自小就被溺爱的爷爷　　　／242

姥姥：苦难打造女性的坚韧　　　／249

爱编"废品"的爷爷　　　／263

自学成才的外公　　　／269

在朝鲜战场历练过的爷爷　　　／276

外婆那刻骨铭心的日子　　　／281

艰辛过往：老一辈采访实录　　　／289

奶奶与光阴的故事　　　／303

命运突然来敲门　　　／309

奶奶作为孤儿的喜与悲　　　／318

后　记　　　／326

太爷爷、爷爷、父亲的不同人生

食品学院食品科学与工程1801　武沛雯

我的太爷爷武元林，1921年生于山东省济南道肥城县（今肥城市）安驾庄镇北石沟村。安驾庄镇因宋真宗赴泰山封禅途中在此处安驾驻跸而得名。他的父亲，也就是我的太太爷爷早年间是一位私塾先生，家里虽有几亩薄田，但因家里人口众多，生活也是捉襟见肘。

太爷爷小时候性情顽劣，胆子大，常带一帮半大小子淘气，因此也经常被老师责罚。有一个老先生打手板最狠，终于有一次，老先生把太爷爷打恼了……太爷爷经过几天观察，发现了老先生的一个"秘密"：老先生出恭的时候，总是会拽着茅坑前的一棵小树苗才能蹲下……于是，趁着一个夜晚，他招呼了两个小伙伴，把小树苗从地里拔了起来，然后又浅浅地插了回去……结果呢？太爷爷后来顶着脸盆在校园里跪了一个上午，又被母亲打了一顿……

太爷爷小时候虽然淘气，但念书还是不错的，小学毕业时是乙等第一名。那时，山东土皇帝韩复榘为兴办农村教育，在泰安等地办了好几所农村简易师范学校，培养农村小学老师。太爷爷的理想就是当一个受村里人尊重的教书先生，于是他考取了泰安的简易师范学校。在那里，他喜欢上了打篮球。当时冯玉祥中原大战兵败在泰山隐居，他的卫队士兵经常来学校和他们比赛。期间，那些士兵因为输了球，还和学生们打架。要不是后来发生了战争，太爷爷很可能就是一名乡村教师了……

正当爷爷憧憬着当一名乡村教师时，七七卢沟桥事变的枪炮声无情地粉碎了他的理想。大概在1937年8月底，日本人的飞机首次空袭泰安火车站。城市陷入一片混乱，学校办不下去，于是放了长假，学生们就各自回了家。太爷爷回家后，他母亲怕他乱跑，就托媒人说了亲。定亲后不久，不巧的是这个女子突然暴病身亡，再后来，太爷爷就娶了太奶奶。那年，爷爷17岁，太奶奶呢？比爷爷大4岁！

太爷爷结婚后，迫于生计曾做过短暂的小买卖，也就是贩运当地的生姜到外面去卖，结果没跑几次就遇到了溃退的国民党军队，半路上被抓了差，不但丢了姜，连脚上穿的一双母亲给做的新鞋都被抢走了。太奶奶说，爷爷那次是光着脚从外面走回家的，一双脚上满是血……

太爷爷光脚回家后，他母亲就再也不让他出去卖姜了。时局越发混乱，各种消息不断传来：韩复榘跑了，日本人占了济南，日本人占了泰安，再后来日本人又占了肥城，并且不断有传言说，日本人还要来一河之隔的安驾庄。村里的百姓人心惶惶，不知如何是好。这期间，太爷爷在做什么、在想什么，已经无从知道了，但是关于这段时间，太爷爷在他的回忆录里记了两件事：一是著名的陆房战斗，发生在肥城附近，八路军115师师部和686团以及一些地方部队被九千多名日伪军合围，后在当地老百姓的帮助下，成功突围。这是发生在我们村的一次战斗，规模不大，日军可能只是一个小队，我方是共产党的一支地方部队。战斗以日军退走结束。这次战斗打死日军一个小队长，我方牺牲一名营长。我推测，这两件事对太爷爷最终参加共产党应该是起了决定性的作用。

发生在我们村的那次战斗规模虽然不大，但太爷爷在世时提到过很多次，尤其是那位牺牲的营长，如果太爷爷没有记错的话，那位营长叫汪蓝田。那些八路军是半夜来到村里的，早晨太爷爷出门的时候，街上已经站了很多百姓，还有三三两两背枪的人，后来才知道那是八路军地方武装。大约是临近中午的时候，仗在村东河边打了起来，鬼子是从安驾庄来的，有些不怕死的人就趴在屋顶地头观战。据他们说，营长光了膀子，抱着机枪冲上桥头，后来倒在了桥中间……这件事给太爷爷造成的心理冲击一定很强烈，以至于他几十年后还念念不忘。这一仗之后不久，太爷爷就参加了共产党组织的游击小组，然后入了党、参加了八路军……

1940年夏季，太爷爷还在地方从事半隐蔽状态的抗日武装斗争。由于叛徒告密，很多抗日人员身份暴露，不得不紧急分散转移。一天，太爷爷转移途中来到了大汶河的一个渡口，他装扮成一个回家的小商贩，身上披个褡裢，褡裢的口袋里插着个不知从哪里捡来的破算盘，手里拿个草帽，时不时地扇着。渡口不大，刚好有一条渡船正在上人。太爷爷急着赶路，没有仔细观察河对岸，就随着人群上了渡船。渡船快到岸的时候，太爷爷才发现，坏了，对岸站着很多伪军，但是太爷爷没有太过惊慌，因为这里离家已经上百里了，不会有人认识他。下了船，伪军们围了上来，吆喝着让大家排成一队，然后一个伪军官走了过来，审视着刚下船的这一群人。看到这个伪军官，太爷爷一下就愣了，当时就觉得浑身的汗毛一下就竖了起来，腿脚都变得异常沉重……

真是怕什么就来什么，这个伪军官是太爷爷在泰安上简易师范时的同班同学，而且他知道太爷爷参加了抗日武装！这个时候，跑已经来不及了，枪也没在身上，太爷爷就想：听天由命吧。这么一想，反而也坦然了，他若无其事地看向那个伪军官。当那个伪军官的眼睛和太爷爷的眼睛对上的时候，太爷爷感觉到那个伪军官愣了一下。太爷爷想：来吧！但是，什么也没有发生，那个伪军官的眼睛滑过太爷爷，继续看向后面……

"你，出来！"伪军官突然喝道。太爷爷和大伙顺着伪军官手指的方向看去，一个木讷的高个子年轻人涨红着脸，走出了歪歪扭扭的队列，几个伪军立刻围了上去，把他拖向一棵大树底下。那个年轻人惊恐地看着这阵势，吓得说不出话来。"走吧！"那个伪军官对大伙说了一句，然后就转身向那棵大树下走去。太爷爷随着大伙离开了渡口……后来，太爷爷听说，那个伪军官把那个小伙子打了一顿，然后就放了，他非说那个小伙子是"武亭"（这是我太爷爷参加抗日武装后的化名）。

太爷爷再见到那个伪军官的时候，已经是1945年9月了，县里审判了一批罪大恶极的汉奸，马上要枪毙，太爷爷带队执行。当太爷爷在名单里看到他这个同学的名字时，他第一次没有立刻执行命令。他找到县长，说明了原委，然后由副连长带队执行了任务。

执行前，太爷爷去看了那个同学，请他抽了一支烟……我常常想：如果没有战争，太爷爷和那个同学应该会是乡村小学校里两个普通的教书先生，也许还会是一生的好朋友……在轰轰烈烈的大时代里，每个人都被时代裹挟着，挣扎着，甚至无奈着，但是，即使如此，仍然有很多人保持了自己的信仰，保持了自己的良心，在纷繁复杂的大时代里站对了自己的位置……如果我身处在那个时代，会做怎样的选择？

太爷爷在回忆录里多次提到几个战友的名字，其中有一个叫孙鲁的人。太爷爷在老一团特务连担任文书时，孙鲁是该连一班长。第二次肥城战斗开始前，担任主攻任务的孙鲁突患重病，本来留守的太爷爷主动提出接替孙鲁，带队参战。就是在这次战斗中，太爷爷经历了他人生中的第二次生死考验：拂晓突击中被敌人暗藏火力点突袭，敌人机枪在不到二十米的距离上突然射击，居然只打掉了他的帽子，命大的太爷爷毫发无损！

大约两年之后，太爷爷已经是特务连的副政治指导员，孙鲁是副连长，部队奉命参加消灭当地有名的大汉奸、抗战后地主还乡团的大头目罗北荣的战斗，这次由太爷爷带队参加主攻。

太爷爷1945年在上党战役中负伤，头部受过严重震伤，此时还没完全恢复。在战斗开始前，他突然大量吐血，短暂陷入昏厥。这时，孙鲁主动提出替太爷爷带队参战。罗北荣的队伍里有很多兵痞、老兵油子，战斗力很强，战斗开始进行得并不顺利，不到半个小时就抬下了二三十个伤员，其中就有孙鲁！他左胳膊受了重伤，被截肢……太爷爷去医院看过孙鲁，后来伤好后，孙鲁就离开了部队。

再后来，太爷爷的生活也发生了巨大的变化，历经坎坷，和孙鲁失去了联系……之后太爷爷千方百计寻找这位恩人，可直到太爷爷去世，他也没有再见到那个替他被打掉了臂膀的名叫孙鲁的战友，甚至不知道他是不是还活在世上……

1949年下半年，国民党败局已定，太爷爷的身体却每况愈下。已经回到家里的太爷爷很长一段时间都下不了床，头晕得厉害，还经常大口咳血。太爷爷的二弟比他小几岁，也参加了解放军，在战斗中负伤，送回家后不久就去世了。三弟当时还不到10岁。家里没了劳动力，失去了生活来源，虽然有区乡政府的接济，但还是无济于事。

为了给太爷爷治病，为了一大家子人的生计，太爷爷的母亲只好开始卖地。到了1951年，在亲人的精心照料之下，太爷爷的病情大为好转，身体恢复了不少。此时，家里的地已经卖得所剩无几了，虽有亲朋好友的接济和政府的帮助，但毕竟不是长久之计，于是，太爷爷就随村里的一些青壮年一起来到了北京，寻找新的生机……

太爷爷在回忆录里说，他刚来北京的时候，住在亲戚家里，人生地不熟，很长一段时间找不到工作。每天晚上吃饭的时候，他就会躲在角落里，听那些找到工作的人眉飞色舞地讲外面的事情，心里很不是滋味……

一个周日的上午，太爷爷和没有找到工作的几个人决定出去看看街景，再找找工作，要是还不行，就回家种地去了。这一次，奇迹出现了。太爷爷一行刚来到胡同口，就看到有招工的人。于是他们就抱着试试看的心态填了表，然后招工的人告诉他们第二天上午去不远处的建筑队驻地看结果。第二天，他们早早地去了，院子里已经有了好几百人。等了一段时间后，有人走出办公室到院子里喊太爷爷的名字，说队长要见他。大伙都很奇怪，太爷爷更奇怪：为什么要见我？我又不认识他。生活有时候真的是充满了戏剧性：太爷爷不认识他，可是他却认识太爷爷……

原来，这位建筑队长姓宋，抗战时是黄河西四区的区长，1944年夏，太爷爷曾带小部队在他的区里保卫麦收。他看到了太爷爷的简历，看到了太爷爷写的曾在部队里用过的名字——武亭。结果自然是皆大欢喜，队长特意留太爷爷和他的伙伴们吃饭，大家伙儿也都被录用了。太爷爷还做了建筑队的书记员，用现在的话说，相当于白领了！他们回到亲戚家和其他人一说，大家也都非常开心。

工作后，太爷爷干得很不错，他虚心好学，又有文化，还见过世面，不久就学会了建筑绘图、识图、用图，学会了水暖设计施工，甚至学会了做预算……太爷爷很快就赢得了工友们的尊重，受到了领导的重视。后来，太爷爷就开始代表队里去上级单位开会、汇报工作，在1959年新中国成立十周年庆典之际，太爷爷作为北京市先进劳动模范，参加了在人民大会堂举行的第一届"群英会"。这是后话了。

1953年的春节过后，工地施工没有进入正轨，很多工人也还没有回来上班，于是单位就派太爷爷去参加上级单位举办的"肃反"学习班。太爷爷报到后被分在了一班，和班主任见面时，太爷爷和班主任都愣了！几秒钟之后，他俩冲向彼此，紧握住对方的手，激动得说不出话来。原来，这个班主任名叫张萱，是太爷爷在部队时的好朋友。当时太爷爷是特务连的副指导员，张萱是团供给处的管理员，太爷爷在上党战役负伤后，张萱曾多次去探望他！现在，张萱是上级单位肃反活动的主要领导兼一班班主任。这天，两人从下午一直聊到晚上八九点钟，聊部队的生活，聊他们的战友，聊分手后各自的生活……

太爷爷当了这个班的班长，组织大家学文件、谈体会，第一批学习过关。很不幸的是，不久后张萱得了重病，几经治疗无效去世了。他患病期间，太爷爷每周都会去看望他，用不太高的工资买了很多营养品……张萱去世后，由于张萱的孩子太小，依着张萱的遗愿，由太爷爷给他擦洗了身体，换上了衣服，送他走完了最后一程。

再后来，太爷爷也具备了带学徒的资格，他带的第一个学徒名叫王亭蓝。那个时候，太爷爷已经把一家子人接来了北京，小学徒当时才十几岁，是河北人，他妈妈守寡把他拉扯大。太爷爷待他就像待自己的孩子，经常把他带回家里一起吃饭，太奶奶给他缝洗衣服，他和我爷爷相处得像亲兄弟一样。这个小学徒的父亲，是八路军的地下交通员，1943年的时候被日本鬼子抓住，宁死不屈，后来被日本鬼子放的狼狗活活咬死……当初太爷爷第一次见到这个小学徒，听到他守寡的母亲讲述他牺牲的父亲时，就对这个小学徒有了不同一般的感情，因为，这是他不曾谋面的战友的骨血。

战争时期太爷爷在外从军，太奶奶则守在家乡。1940年大年初一，我的爷爷出生了，1952年我的大姑奶奶出生了，后来太爷爷太奶奶又陆陆续续有了3个孩子。

但其实，我的爷爷本来应该有5个弟弟妹妹，我爸说这是太奶奶临终前才告诉家人的一个秘密。从1943年下半年开始，日伪军队加紧了对山东抗日根据地的扫荡。一天，得知日伪又要来扫荡的消息后，乡亲们纷纷前往山坳里躲避，太奶奶也带着我爷爷和她刚出生半年的孩子出发了。在躲避的过程中孩子因为饥饿而大哭，为了防止孩子的哭声引来敌人，太奶奶只好捂住孩子的嘴，但不知道是不是因为太紧张了，等太奶奶终于撒开手时，孩子已经窒息夭折。日伪也曾用酷刑审讯我的太奶奶，只因得知她是八路军的亲属。

1949年后，太爷爷在北京的水磨石厂工作。"文化大革命"期间，太爷爷由于家庭出身被定义为富农而失去了在工厂的工作，只好回乡务农。

我的爷爷奶奶1968年在部队相识，他们二位都是基建工程兵，隶属于中国人民解放军基本建设工程兵部队。这支部队组建于1966年8月1日，部队最多时有32个支队（师），共49万余人，承担着各项经济及国防工业建设任务。

1969年1月，爸爸出生在嘉峪关军营。同一年，因为爷爷奶奶工作繁忙，加之当地环境较为艰苦，爸爸被送回山东泰安，和太爷爷太奶奶一起生活。

据爸爸说，他小时候住在半砖半土坯的房子里，曾有过挨饿的经历，当时粮食也只是将将够，平时主食以地瓜、玉米、高粱为主，极偶尔能吃上一顿白面。爸爸说他两岁时和太爷爷去安驾庄长途汽车站，在食堂第一次吃到油条,吃撑了,差点丢掉性命。我听了既好笑,又感到非常辛酸。

爸爸说,当时我的大姑奶奶只有二十几岁,平时干农活赚工分。中午有时候吃包子,她会给我爸揣回来一个,但那个时候一个人只能分到两个包子。

1978年夏天,爷爷奶奶由湖南长沙调动工作至北京,太爷爷也因为那一手修锅炉的手艺被调动到北京的第四建筑工程公司(也就是现在的北京市第四市政工程公司)工作。

当时爸爸9岁,跟着太爷爷来到了北京,成了"城里人"。他们当时租住在一位农民的家里,只有一个床板、一把椅子和一个火炉子。爸爸说他当时和太爷爷一起吃食堂,他管这叫"吃公粮"。20世纪六七十年代,国家实行计划经济,对非农业户口的城镇居民实行粮食定量供给,虽然不能顿顿都吃得很饱,但较之在农村,已是好很多了。

1981年,单位给太爷爷分了住房,爸爸也就跟着太爷爷住进了"铺着水磨石地面"的宿舍(这是因为太爷爷所在的工厂是专门生产水磨石的)。

1983年,太爷爷在"文化大革命"期间所受过的委屈得到了补偿,政策落实后,太爷爷拿到了补发的工资,一共是八千多元。这笔钱极大地改善了当时的家庭境况。同年,太爷爷买了家里的第二台"熊猫牌"14寸黑白电视。我的手边现在就有一台15.6寸的笔记本电脑,14寸电视比这还要小上一小圈,在我想来实在没什么看头,但在当时已经足够吸引邻居来围观了。

1986年,爷爷奶奶所在的单位——北京市建材局(即现在的金隅集团)分配了一套住房,位于劲松西口。同年,家里买了第一台冰箱,家里也越来越富裕了。1998年,家里有了固定电话。

1991年,爸爸大学毕业,开始在北京市第49中工作。爸爸还记得自己第一个月的工资是125元,他当时一拿到钱就给自己买了一部单放机(是一种只能播放而不能录制的音视频设备)。

1994年,妈妈也进入了北京市第49中工作,妈妈说她还记得第一个月的工资有400多元，一拿到工资就高兴地给我姥姥打了个电话，姥姥当时不在单位，由他人代接，结果一个下午单位就传遍了一个消息：董会计的闺女在北京当老师，第一个月的工资就有400多块钱。据我姥姥说，妈妈可给她长脸了。

10月的时候妈妈和爸爸在一次教师聚会上认识了。据妈妈说，爸爸当时追求她的方法很有意思：49中附近有一家天坛饭店，在今天仍然算是高级酒店，在二十多年前，是一家专门接待外宾的酒店，酒店里有当时在北京的市场上难得一见的热带水果，价格不算便宜。当然现在热带水果已十分常见，有的在应季时价格也很便宜。爸爸当时就在天坛饭店买水果，也不多买，捎带给妈妈时就说学生送的，自己吃不了。渐渐地，妈妈被爸爸打动了。1994年年底，两个人确立了恋爱关系。

寒暑假时，妈妈回到老家河北昌黎，两人只能以信传情。前几天我还从家里翻出来厚厚的一沓情书呢。

1998年，爸爸妈妈结婚了。两年后，我在北京市天坛医院出生。同一年，爸爸买了他的第一部手机，是一部摩托罗拉的翻盖手机。

当时因为爸爸妈妈工作比较忙，我被送到了河北省秦皇岛市昌黎县的姥姥身边。爸爸妈妈怕我坐火车受委屈，每次都给小小的我也买上一张座票。在我模糊的记忆里，那是一趟相当漫长的旅途，我一度认为从北京到昌黎要花上8个小时的时间，直到去年才向爸爸妈妈多次确认，实际是4个半小时。

之后的20年里，爸爸妈妈的工资一年比一年高，2000年是900元左右，到了2005年就到了2000元，2010年涨到了4000元左右，到2020年，爸爸妈妈每个人的工资都有一万六七千元。

现在我正坐在爸爸妈妈通过自己的努力买下的一套别墅的书房里完成"我写我家"的作业。在这个新家里，有以前的我能想到的最完美的家的配置：灶烟联动的灶台、洗碗机、可以躺下一两个人的大桌子、可以联网的双开门冰箱、100寸的激光投影电视、扫地机器人等。

今天早上，我问了爸妈一个问题："你俩二十多年前结婚的时候想到咱们家现在能过得这么好吗？"出乎我的意料，爸妈异口同声地说："没有。"

全家福，摄于1984年

附录一

爸爸武军大事记

1969年，出生在嘉峪关军营，10个月大时因为部队条件艰苦被送回山东泰安肥城县（今肥城市）安驾庄北石沟村爷爷奶奶处。

1970年，1岁，家里终于有了自己的房子。

1973年，4岁，随爷爷去安驾庄长途汽车站，在食堂第一次吃到油条，吃撑了，差点丢掉性命。

1974年，5岁，弟弟在湖南出生，爷爷去济南务工。

1975年，6岁，上小学，奶奶亲手缝制了新书包、新鞋。

1977年，8岁，爷爷原单位（水磨石厂）派人看望。

1978年，9岁，和爷爷落实政策回到北京，在水南庄小学上二年级，对普通话无师自通，令老师感到十分惊讶。

1979年，10岁，从小亲近的大姑结婚去了甘肃平凉，二姑嫁到了北京大兴县（今大兴区）农村，二叔考上了中专。

1980年，11岁，奶奶也来到了北京，一家人终于团聚了。

1981年，12岁，爷爷分到了单位一间半的宿舍，终于有了自己的住房；小学五年级毕业，考上了重点学校北京市日坛中学。

1982年，13岁，随爷爷回山东探亲，寻访老战友；爸爸妈妈买了家里第一台14寸黑白电视。

1983年，14岁，爷爷退休，单位继续留用；爷爷落实政策补发工资8000余元，买了家里第二台14寸黑白电视。

1984年，15岁，初中毕业，考入北京市第十一中学；爸爸妈妈由管庄搬入单位所分的劲松西口的一套三居室住房。

1985年，16岁，爸爸妈妈买了家里的第一台冰箱。

1986年，17岁，爸爸担任北京市建材局组织部副部长。

1987年，18岁，高中毕业，考入北京师范学院（现首都师范大学）物理系。

1988年，19岁，家里安了第一部固定电话。

1989年，20岁，学会了骑自行车；奶奶第一次因高血压住进北京市宣武医院，一个月后出院。

1991年，22岁，大学毕业，进入北京市第49中学初中任教（起始工资125元），购买了自己的第一台单放机和第一辆自行车。

1992年，23岁，奶奶去世，和家人一起送奶奶回山东老家安葬。

1993年，24岁，爸爸担任北京金隅集团（即原北京市建材局）组织部部长；大姑由甘肃平凉回到北京；有了自己的第一部BP机。

1994年，25岁，认识了后来的妻子并在12月确立了恋爱关系。

1995年，26岁，爷爷去世，和家人一起送爷爷回山东老家和奶奶安葬在一起；回到父母身边和他们同住。

1996年，27岁，加入中国共产党，在北京市第49中学担任高中物理教师。

1997年，28岁，被评为崇文区优秀青年教师。

1998年，29岁，结婚，被评为中学一级教师，获得优秀党员称号；爸爸担任北京金隅集团党委副书记。

1999年，30岁，被评为崇文区优秀班主任。

2000年，31岁，女儿出生；有了属于自己的房子；有了自己的第一部手机（摩托罗拉翻盖手机）。

2002年，33岁，调入北京市日坛中学工作；爸爸妈妈带全家回山东老家省亲；爸爸退休。

2003年，34岁，女儿上幼儿园。

2005年，36岁，被评为朝阳区优秀青年教师。

2006年，37岁，调入北京市第五十中学任高中教师；女儿幼儿园毕业，进入板厂小学；家里买了第一台电脑（联想台式电脑）。

2009年，40岁，被评为崇文区优秀教师。

2010年，41岁，获得中学高级教师职称，被评为崇文区优秀班主任；获得北京市高中物理教师实验创新比赛一等奖。

2011年，42岁，获得北京市教育系统优秀班主任"紫荆杯"一等奖。

2012年，43岁，女儿小学毕业考入北京汇文中学。

2013年，44岁，开始整理爷爷的传记，并在网上发表。

2014年，45岁，和女儿登顶泰山；在泰山脚下找到了爷爷曾就读的泰安县立简易师范学校旧地。

2015年，46岁，女儿初中毕业，继续在汇文中学读高中。

2016年，47岁，被评为东城区教育系统优秀党员；带学生去加拿大游学。

2017年，48岁，在霸州买了别墅。

2018年，49岁，女儿高中毕业，考入江南大学食品科学与工程专业；成为B站UP主，尝试发布实验视频（后被海淀区教师进修学校区教研室使用）。

2019年，50岁，获得了全国高中物理教师实验创新能手称号；10月霸州别墅建成，开始装修。

2020年，51岁，别墅装修完毕。

附录二

家中第一次使用下列物品时间

电　灯：1981年　　固定电话：1988年

自行车：1965年　　汽　车：无

自来水：1981年　　电风扇：1979年

电视机：1982年　　电冰箱：1986年

电　脑：2002年　　WI-FI：2013年

外公祝为宏琐记

化学与材料工程学院应化1801　姜贞伊

一、家庭

我的外公祝为宏，1947年出生在浙江省舟山市岱山县枫树村。他的母亲赵爱女原住岱山县高亭小镇，因腿脚天生略有残疾，不便行走，17岁便嫁给了世代定居在枫树村的地道农民祝善朋。

外公有四个弟弟，分别出生于1952年、1956年、1959年、1963年，他和最小的弟弟相差有16岁。准确地说，外公还有一个妹妹，可惜她一出生便夭折了。

外公和几个兄弟的关系都很好，结婚分家后也常常相聚。外公和二外公、三外公家都离得很近，每年家里收割上来蔬菜，也会相互赠送。

1971年，在外公25岁的时候，他的母亲因病去世。母亲的离开让家里的负担一下子变重了许多，外公作为家里的长子，在每日辛勤劳作的同时，还承担了家里的大部分家务杂事。

因为家里贫穷的缘故，外公直到28岁（那时村里男性结婚年龄普遍在22岁左右），才在媒人的介绍下于1974年1月与同村的姜小菊结婚。当时做媒费是一斤猪肉，聘礼要700块，约外公三年劳作的收入，实际需要全家一起攒六七年。嫁妆是555牌闹钟一个，缝纫机一台，棉被五床，手表一块。之后外公便与兄弟们分家而住。同年11月18日,大女儿祝静芬(也就是我妈妈)出生。1976年,二女儿祝静娜出生。1979年,儿子祝静君出生。

三个孩子各自长大成家,大女儿嫁去了舟山本岛,儿子去了宁波镇海发展,仅二女儿留在了岱山县,但也嫁到了高亭小镇。

村里的年轻人都在1995年左右陆续搬出枫树村,纷纷前往他地谋求发展。从我记事起,枫树村就是一个名副其实的"老年村"了。

1990年,在外公44岁的时候,他的父亲去世了。2008年,外公的四弟弟在上海工作时因意外去世,年仅46岁。

二、求学

外公读书的时候,枫树村并没有初中,全村仅有一个五年制的公办小学,名为枫树小学,建于1954年8月[①]。

当时学校每个年级仅有一个班,每班学生人数在五十个左右,配备一名老师,既教数学又教语文(当时小学仅设这两门课)。一学期书费8角,学费3块。

1956年,外公10岁,开始在枫树小学读书。那时家里没有钟表,每当天一亮,外公就要步行前去上学。在他们班,同学年龄最多相差5岁。学校一学期仅设一次期末考试,并没有单元小考,期末考试若没有考过60分,就要留级,该学期需重读一次。那时候,一支铅笔售价两三分,一块橡皮售价2分,都要去村内唯一一家供销社购买。

外公每天的作业大多是在学校做完的,但做完作业并不能直接回家,因家里养着鸡鸭,外公要先去山上割草。等喂完鸡鸭,天已经完全黑下来了,这时才能回家吃晚饭。学校放假与有空闲的时候,外公会和小伙伴们

[①] 据枫树村文化大礼堂中的《枫树村史上大事件》记载。

一起去河里游泳抓鱼，用石头在河边打水漂，玩玻璃弹子，在夏季夜晚还会捉萤火虫，这便是当时为数不多的娱乐活动了。

1960年，外公14岁的时候，他便辍学回家了，在村里的第四小队开始劳动，收种稻谷和大麦，开始为家里赚钱。

我外公几个兄弟的读书情况大体相同，大弟读了两年书便停学，二弟弟、三弟弟、四弟弟读了六年书之后（五年小学加一年初中，初中要去隔壁村才能读）也开始工作。这种早早辍学回家劳动的现象在当时很常见。在外公认识的同辈人中，他提及枫树村学历最高的便是一个住在村尾的阿婆，她有高中学历。

三、政治运动

解放战争

1949年夏，上海市和浙江省大陆解放后，国民党军第75军、第87军和暂编第1军等共10个师约6万人退据舟山群岛，另有海军舰艇50余艘和部分作战飞机。国民党军队到枫树村之后，因无集中居住的区域，便分散住在村民的家中。

1950年5月14日到17日，因大势已去，岱山国民党军队开始撤退，前往台湾。临走前，他们在岱山不少沿海村庄（其中岱西姚星浦、岱东后沙洋最为严重）和码头抓青壮年一同赴台。因枫树村位于岱山中央，离海较远，国民党军队又离开匆忙，所以没有到村庄抓人，但部分枫树村村民在码头附近干活、捕鱼时被国民党抓去了。"国民党军队拿着枪，看到男的、壮年的、个子高的，便都抓走了，那些壮丁年纪小的才十三四岁，大的也才30岁。"外公的一位邻居如是说。

等到傍晚，干活的人回到枫树村后，才知道自己的丈夫或儿子被抓去台湾了。1950年5月18日，岱山解放后，他们的亲属因存有"海外关系"，不能入党也不能当兵，"文革"的时候还要遭受批斗。根据"文革"因

"海外关系"遭受批斗的家庭来计算,外公推算枫树村应有15位壮丁被抓到台湾去。

20世纪80年代台湾和大陆关系好转后,村里当年被抓走的青壮年部分回到枫树村探亲,给亲人一些补偿(主要是美元、金首饰)后又返回台湾,也有带亲人一起回台湾的。

土地运动

1950年,在共产党的领导下,枫树村开始进行轰轰烈烈的土地改革,地主的土地没收上交国家,再由国家分发给农民,那时的土地依旧属于个人所有。外公家总共分到了八亩八分地,五亩二分是平地的农田,还有三亩六分是在山上。

1954年6月①枫树村建立初级农业生产合作社(全县第一个),土地全部收拢归合作社所有。大队按照村民在新中国成立前土地的多少评"地主、富农、中农和贫农":地主,拥有土地超过20亩;富农,拥有土地超过10亩小于20亩;中农,拥有土地1亩以上小于10亩;贫农,没有土地。我外公家因有八亩八分地,被评为中农。外公说,那时候评为贫农是很开心的事,被评得越穷越开心。

枫树村有两户人家被评为地主,都被打倒了,财产没收归国家所有,不久后房子也被改造为食堂。

1985—1996年,村里又开始分地,外公家五人总共分到一亩五分。

1997—2012年,原先土地上交,村里开始第二次分地,因两个女儿已经出嫁,外公家只能按三人的人数去分,共获得九分地。

2012年到现在,土地全部上交给国家再进行租用,全村农民每人每年可获得75元,外公家可拿三人份(外公、外婆、舅舅),每年共得225元。

---

① 据枫树村文化大礼堂中的《枫树村史上大事件》记载。

"文化大革命"

1966年下半年，在枫树村开始，村有线广播通知村民。

1968—1969年，为"破四旧"，山上旧坟全部被砸被掘，庙都被拆掉了，尼姑、和尚都被强制还俗，并且要求村民不允许在过年、清明、农历七月半等日子做灶饭（舟山本地一种传统习俗，在特定日子、特定方位摆上酒席，点蜡烛，烧经文，吃祭灶果，以祭奠逝去的亲人，乞求灶王菩萨保佑家庭平安）。

据外公的一位邻居回忆，当时村民对大队的任何决定都无条件支持，不少人扛着自己家的锄头帮助大队砸坟砸庙，每天都背毛泽东语录。

那时候的批斗对象主要有三类：先前的地主、资本家与台湾有亲属关系的家庭成员。他们每天早上必须向大礼堂门口挂着的毛主席像下跪。有时还给他们挂着牌子绕枫树村游街一圈。

我的外公当过红卫兵。在那个年代，当红卫兵是一件十分光荣的事。据外公描述，村里的同龄人大部分都当过红卫兵。那时，不用任何的报名或筛选，除了被打倒对象外，每个人都可以当红卫兵，只要去大队拿红袖套即可。我外公当上红卫兵后，被分配到一个小队（一个小队平均20—30个红卫兵），跟着队长在村里巡逻。大队若接到别的村庄人手不够的通知，外公就和他的小队一起乘部队车去别的村庄巡逻。

1976年9月，毛主席去世，全村人集合前去大礼堂开会，众人纷纷哭泣。

1977年初，"文革"结束，村里通过有线广播通知了村民这件大事。

1963年前，枫树村每户人家大概生五六个孩子。1963年，枫树村实行计划生育政策，规定最多可以生3个孩子，第3个孩子出生后，女性要结扎。如果超生，罚款600元。再过几年，政策发生改变，最多只能生2个。到1983年，只允许生1个了。

四、自然灾害

枫树村因处于东南沿海，每年7月到10月会受到台风侵扰。《舟山市志》的记载中：1951年至1988年，台风年均影响4.3次，最少年份2次，最多年份9次。

1977年，枫树村还没有电视，来台风都是通过村里广播通知。因受当时技术条件限制，台风相关的信息包括台风名称、哪里登陆、台风行进路线、风力多大都不知道，也无法进行精准预测以提前停船闭港，故当时去远海捕鱼的人因台风、巨浪意外死亡的事屡屡发生。有了电视后，居民对台风的信息就了解得比较清楚了。

广播通知后，家里房子不稳固的便举家搬往学校、村大礼堂住，等台风过了再回去。有些房子屋顶漏水，家里大人便用盆、桶接水。舟山因其岛屿的独特地形，一直以来，除台风时碰到涨潮导致海水内灌外，一般不会形成内涝（内涝时最高水深也仅40厘米左右），大量的雨水会不断流入大海，台风过后两三天，地就干了。外公讲道："台风每年都有，现在不会殃及房子了。以前的老房子倒了就自己修，除了地里的菜都被浇死了，其他的也没什么。"

五、大队—小队—个人

1954年，出现大队和大队书记。

1960年，在外公14岁的时候，他便辍学在村里第四小队（村里共十四个小队）开始劳动，收种稻谷和大麦，工资为3角一天。工资是通过工分评定的，而每工作日应得工分的评定是按照社员劳动力强弱和技术高低决定的，最高十分即一天拿一块。

1962—1965年，外公参与大队造水库（大队最早1956年开始建水库），那时，村里参与建造水库的人年龄跨度从十五六岁到六十多岁不等，符合条件的不论男女都要参与，没有机器，每人包活干，挑石头泥沙或挖土。因劳动强度大，后来和隔壁村一起建造，条件是水库造成后可以给隔壁村灌溉用。

1966—1967年上半年，外公参与大队海塘建造。该项目和临近村合作，邻村负责在山洞里面打石头，枫树村女人用小车一车车运石头到海边，枫树村男人则在海边将石头一块块堆砌起来，再将塑料编织袋（又称蛇皮袋）绞碎混合黄泥，用木板抹至石头缝隙处直至其平滑。海塘离枫树村较远，早上天蒙蒙亮就要起床开始步行前往，约需步行1小时20分钟。

1967年下半年—1968年上半年，外公以大队形式参与梯田建造和造盐田。一开始建造梯田时，男人挑石头，女人挑泥土，石头泥土都是建水库时挖出来的，先用石头在周围层层堆砌，再在中间填平泥土。后来有了造盐田的任务，男人全部到盐田工地，梯田由女人们建造。

建水库、造梯田和海塘，基本上不给工钱，以义务工为主。那段时间大多数枫树村村民的基本生活只能靠粮票、布票等票据过活，没有闲钱买其他东西。

1969年2月，十六副流枝盐滩建成，总共建成643亩盐田[①]。该年，外公正式开始晒盐。

1970—1973年，外公以小队形式参与造山洞，工资0.7—1元/天，由小队分发。工资一年仅发两次，一次在六月，一次在过年前。

1974年，外公在小队安排下，以打水井谋生，先挖一个洞，然后放炸药，最后用石头和黄泥堆砌好井壁。每个小队6—7人，由大队分组。

1975年，镇里下来通知，外公跟着小队去隔壁村造飞机场。工资1元一天。

1977—1980年，外公跟着小队在山里打石头，因那时候岱山与外界无

[①] 据枫树村文化大礼堂中的《枫树村史上大事件》记载。

桥相连，外公等人只能通过小船将石头运到上海崇明，危险系数极高。工资一元两毛一天。

1981—1982年，外公通过做小工和晒盐谋生。

1980年，枫树村成立窑厂①，属于村集体。因当时的砖头是手工制造的，效率很慢，砖头的制作按量平分到村中近一半的人家。每家会在自家空地上自建一个简易小作坊，用来制作砖头，然后送到村属窑厂进行烘制。1982—1993年，外公便以此为生，因工作量大、活重，一家老小经常一起干活。妈妈、阿姨、舅舅就负责整齐摆放砖头，待干燥后装上小车，在外公拉小车时在后边帮忙推车。

1994—1996年，外公在农贸市场工作。

1997—2003年，外公做小工谋生。

2004—2018年，村里开始个人晒盐。枫树村每个成年男丁都有一次抽签的机会（当地方言称测纸团），但仅有30个人可以获得晒盐的机会，有晒盐机会的人可以自主选择要晒多少亩的盐田。抽签时，妻子家族中的男丁名额以及自己家族中的男丁名额由大家集体合计后，让给我外公和二外公两个人去进行抽签，2008年一次，2013年一次，2018年一次、两人均抽到晒盐资格，两人共同晒盐，包30亩。

六、衣之变

1959年枫树村开始发布票。每人一年布票为3尺1寸即1.03米，高个子不够做一件新衣服，家里的衣服都是兄弟姐妹间大的传给小的穿。

因当时毛线量很少，村里采用测纸团（即抽签）的方法来分配各家的毛线量，最多的四五斤，少的没有。

1984年不发布票，裁缝会上门来做，那时候不讲款式，就简单地说

---

① 据枫树村文化大礼堂中的《枫树村史上大事件》记载。

"要做一条黑色长裤,做一件白色短袖"即可。

七、食之变

1958年枫树村开始办大食堂,家里不允许烧菜,椅子桌子全部从自己家里拿去,第一年大食堂吃饭不限量,不用付钱。

1959年,开始发粮票:1—5岁8斤粮食/月;6—15岁20斤粮食/月;16—50岁45斤粮食/月;50—60岁40斤粮食/月;60岁以上30斤粮食/月。除了粮票,村里还发糖票,但是盐、酱油(家中自制)、醋(家中自制)不发票。那时,外公家里的调味料一般只有盐,糖都很少,家里有少量自制黄豆酱油和米醋,但不常用。农村没有油票发,只有镇上居民才有油票,每家每户养猪,都以猪油为主,没有地方买菜油。从1950年舟山解放开始,外公一家就开始养猪了,一年养一头。

1960年,枫树村爆发了大饥荒,山上野菜、树根、树皮被磨成粉,混合番薯吃。野果子、玉米芯、稻谷壳、甘蔗的茎叶都当成粮食材料。还有各种小动物如老鼠,蛇,麻雀,甚至是蝗虫也成了抢手货。直到1961年,饥荒才被控制住。这期间,粮票暂时没法兑现,被不少人家当成了娶媳妇的聘礼。

1962年大食堂解散,外公家中又可以开灶吃饭,枫树村也取消了粮票,但其他票证均没有取消。这与岱山县的小镇上不同,小镇上的粮票取消是在1993年后了。粮票取消后,枫树村大队按家中人口数一年发两次稻米(那时是双季稻,一年种两季)。

外公回忆,大概30年前才开始有菜场。没有菜场前,外公家菜都是自己种的,少部分鱼虾是自己去河边捞的。捕鱼人会挑着鱼虾螃蟹上门一家家销售,那时的超大黄鱼2毛一斤,带鱼2毛一斤,蔬菜2分一斤,肉7毛一斤(一般不去买)。那时候的饭菜非常朴素,主要是自家种的新鲜蔬菜,咸菜和一些鱼为主,唯有过年,才会杀掉家中的鸡、鸭、猪。也仅有过年，才可以吃一次年糕。

当时没有冰箱（外公家2001年才购置电冰箱），为防止食物变质，外公就会把食物放在自制的毛竹编制的篮子里，用绳子挂在水井里。

当时烧饭都是用大锅。最开始，燃料是用树干（很少）、松果、晒干的树叶，以及7月、11月左右割稻后剩下的稻草（最常见）为材料。蜂窝煤大概1987年左右出现在外公家，平时仅作烧水用，过年的时候用来烧菜、炸鱼、烧肉。1990年外公家开始使用煤气，要向煤气公司购买煤气罐。

1997年4月，枫树村自己办了自来水厂，[①]村民开始饮用自来水。在这之前，外公家都是用桶去山上打山洞水来喝，据外公说，山洞水非常甘甜，比自来水甚至现在的饮用矿泉水好喝多了。

八、住之变

1959年，枫树村发肥皂票、火柴票、煤油票等。肥皂票、火柴票一年分四次，按人头发一块肥皂，一盒火柴。而煤油票是一季度二两。那时没有电灯，仅靠煤油灯照明，灯线由白手套纤维制作，灯放在桌子上，照不清人脸，不敢用粗的纤维，因为怕浪费煤油。

没结婚前，外公与其爸妈，4个兄弟，以及外公的爷爷奶奶一起住在两间半的小房子里。

结婚后，外公分来该房子的一间，将近30平方米，既要住人，又要烧饭。总共两张床，一大一小，大的约一米四宽，小的约一米二宽。大床是外公外婆结婚时请木匠做的。小床是由两个长板凳，盖上一块木板拼接成的自制简易床。外婆、舅舅、阿姨睡大床；妈妈、外公睡小床。若在夏天，因无电风扇且房间闷热，有时晚上一家人便会睡在房门外，将小床拆

[①] 据枫树村文化大礼堂中的《枫树村史上大事件》记载。

解在门外重置，墙壁上打两枚钉子，再在长凳腿上绑两根竹竿用来挂蚊帐。因大床不能搬出去，要先拿干草铺在泥土地上，把席子铺在上面，再用竹竿撑起蚊帐。一到夏天就容易长痱子，但是却没钱买药。

1972年，枫树村自己发电，开始有小型发电机，也是该年外公家开始用电灯照明。1978年，枫树村自装大型发电机。

1985年，因孩子们逐渐长大，外公向小队买房，花费2000块，房子总计两间半。

1990年，外公家购置第一台电风扇。

1995年，又向隔壁邻居购买了一栋两层楼房，共花费4.5万元。原先的两间半旧房就改造成鸭棚。同年，有人上门推销桌椅，外面就出现卖桌椅的店了。

2000年，外公家里第一次装有线电话（座机）。据枫树村史料记载，1996年该村民用电话开通，有线电话（座机）开始使用的。

2001年，外公家第一次装置电冰箱。

2010年，外公拥有第一个手机。村内移动电话是在1996年[1]开始使用。

2011年，因儿子结婚，外公家进行了重新装修，铺了瓷砖，家具翻新。

2012年，外公家第一次装置空调。

九、行之变

1952年3月[2]高亭镇到东沙古镇（途经枫树村）开通公共汽车，一天八班车，但因为公交车路线较少、费用高等问题，在1970年前，外公的出行大多靠的是步行。

---

[1] 据枫树村文化大礼堂中《枫树村史上大事件》记载。
[2] 据枫树村文化大礼堂中《枫树村史上大事件》记载。

1970年，外公购买了第一辆自行车，花费160块。1970—2004年，外公的出行主要靠的是自行车。

1996年电动车开始在枫树村使用①，同时，私家轿车进入了枫树村，村民开始拥有私家轿车。外公家的第一辆电动车是在2005年买的。2017年左右，因家里人不放心年纪大的外公骑电动车，外公便告别电动车改乘乡村公交。

十、出岛方式

60多年前，枫树村人口基本不流动，很多人一辈子的生活范围也仅局限于枫树村，别说出市，连舟山本岛也鲜有人去。

1968年左右，柴油船（当时柴油九分一斤）开始出现，系村民自行将木帆船改造而成，数量较少。村民出岛出行或出岛捕鱼一般还是以木帆船（主要以风为动力）为主。

1970年，外公第一次离开岱山县，和生病的外曾祖母去宁波医院治病。外公回忆，通过高亭码头乘以柴油为动力的小轮船直接到达宁波，早上八点开船，下午一两点就到。当时的柴油船船票为2.2元一人，船大概能乘五十个人，不能载车。到宁波后再乘三轮车去医院。

1973年年底，外公第一次去上海购置结婚家具，乘的是木帆船。那时，需要工业券才能购买毛巾、茶杯、搪瓷面盆、钟、暖瓶、夜壶等，但是工业券仅城镇人口有发，农村没有。再加上岱山物质匮乏，城镇上也缺乏这些东西，枫树村村民只能选择去上海购买——先买工业券（两角一张），再去购买商品。这在枫树村十分常见。外婆的嫁妆包括一个555牌闹钟、一台缝纫机、五床棉被、一块手表，都是托人从上海带来的。

大女儿结婚后，外公在2000年第一次去了舟山本岛小住。那时的渡轮

---

① 时间验证：枫树村文化大礼堂中《枫树村史上大事件》。

已经全是钢铁铸造的了，以柴油为动力，船的承载量和安全性也大大提升。船有两种，一种是客渡轮，体积较大，可以载车，从岱山到舟山耗时一个小时；一种是快速轮（又称快艇），体积较小，不能载车，票价较客渡轮贵，从岱山到舟山耗时半小时。

2009年12月25日，舟山跨海大桥（又名舟山大陆连岛工程）开始通车，自此前往宁波、上海等地可通过汽车、大巴，变得更加方便、快捷。

2019年9月25日，秀山大桥（连接岱山岛和秀山岛）通车运营，自此，岱山人出行到舟山本岛可先驾车到秀山，再车渡到舟山本岛，岱山至舟山本岛的海上航行时间缩短至15分钟，并且能大大减小风雾等天气对出岛交通的影响，也能满足24小时全天候进出岛的交通需求。

十一、文化的发展—现行的生活

1969年2月[①]，枫树村大礼堂建成，大家有了室内开大会、看戏和看电影的场所。

1985年，外公托人从上海购置了家中第一台十二寸黑白电视，电视上有两根天线，频道少且不稳定，最多的时候是5个频道，如遇下雨打雷天，则一个频道都没有，还需时不时摇动两根天线来维持信号稳定。1994年[②]，全村有线电视开通，因同年大女儿订婚而有线电视是聘礼之一，外公家也有了日本进口的25寸有线电视。

2009年[③]，枫树村建成社区文化广场，配置有可免费使用的老年运动器材，场地供枫树村村民日常运动、跳广场舞、举办室外表演等。

2015年1月，枫树村利用1969年自建的老大礼堂建成新的社区文化礼堂，在里面加设了卡拉OK演唱厅、村史展览区等。

---

①据枫树村文化大礼堂中的《枫树村史上大事件》记载。
②据枫树村文化大礼堂中的《枫树村史上大事件》记载。
③据枫树村文化大礼堂中的《枫树村史上大事件》记载。

2017年，枫树村村民开始享受失地农民养老保险，村里人第一次感受到"老有所养"的社会福利。村里总计分到名额196个，村民从大到小按年龄的优先顺序进行购买。若有分到名额但放弃购买者，村委会（1984年4月，大队改名为村名委员会）一律赔偿25000元，而后将此名额继续下放让村民购买。那年外公71岁，挤进了可购买名单，一次性向县社保局交57000元，向村委会交10000元，总计67000元购买社保。

　　2018年5月，双峰盐场被国家征收，本村724亩盐田获得征收税款3042万元[1]。同年12月，村民享受股权分红2740万元，拥有本村户口的村民每人分13000元，户口迁出的本村村民，每人也分3000元。也在该月，外公所购社保开始享受福利，该月为1500元，第二个月变为1700元，现在为每月2000多元了。

　　对现在的外公来说，当下的生活便是日常逛逛村内的老年汇，在那和同龄人看看电视、聊会天、下下棋，每一或两个月和村里老人走去枫树村庙里看越剧表演……

---

[1] 据枫树村文化大礼堂中的《枫树村史上大事件》记载。

附录一

外公祝为宏大事记

1947年，1岁，出生，家中没有土地，家中人口5人。

1949年，3岁，妹妹出生，但不幸夭折。

1950年，4岁，整个祝姓大家族分到8亩8分土地。

1952年，6岁，弟弟祝为尧出生，家中人口6人。

1954年，8岁，家中土地全部上交，归大队所有。

1956年，10岁，弟弟祝为水出生，爷爷去世，在枫树小学上小学，家中人口6人。

1959年，13岁，弟弟祝为堂出生，家中人口7人。

1960年，14岁，辍学，在村里第四小队开始劳动，收种稻谷和大麦。

1962—1965年，16—19岁，参与造水库。

1963年，17岁，弟弟祝为双出生，家中人口8人。

1966—1967年上半年，20—21岁，参与海塘建造。

1967年下半年—1968年上半年，21—22岁，参与梯田建造和造盐田。

1968年下半年，22岁，被分配到各个小队造盐田，边造盐田边开始晒盐。

1969年，23岁，正式晒盐。

1970—1973年，24—27岁，造山洞。

1971年，25岁，母亲赵爱女因病去世，家中人口7人。

1974年，28岁，以打水井谋生，1月份与同村姜小菊结婚，家中分到1间房间，11月18日大女儿祝静芬出生，分家后家中人口3人。

1975年，29岁，造飞机场。

1976年，30岁，9月17日二女儿祝静娜出生，家中人口4人。

1977—1980年，31—34岁，打石头，通过船运运到上海崇明。

1979年，33岁，1月6日，儿子祝静君出生，家中人口5人。

1981—1982年，35—36岁，通过做小工和晒盐谋生。

1982—1993年，36—47岁，在窑厂工作。

1985—1996年，39—50岁，枫树村土地流转，分到土地一亩五分。

1990年，44岁，父亲祝善朋去世。

1994—1996年，48—50岁，在农贸市场工作。

1997—2003年，51—57岁，做小工谋生，1997—2012年，枫树村土地第二次流转，分到土地九分。

1999年，53岁，正月初六，大女儿出嫁到舟山本岛，同年12月25日，外甥女姜贞伊出生。

2001年，55岁，二女儿出嫁，同年外甥黄贞凯出生。

2004—2018年，58—72岁，开始个人晒盐。

2008年，62岁，四弟弟去世。

2010年，64岁，外甥周家宣出生。

2011年，65岁，家里进行重新装修，儿子结婚去宁波定居，家中人口仅剩2人。

2012年，66岁，孙女祝晨林出生。

2013年，67岁，家中起火，所幸无人员伤亡。

2014年，68岁，买坟。

2017年，71岁，通过大队购买社保。

2018年，72岁，开始拿劳动社保，分到村盐场分红13000元/人。

2019年，73岁，遭遇车祸鼻骨骨折，进行手术。

2020年，74岁，妻子动膝关节置换手术。

附录二

家中第一次使用下列物品时间

电　灯：1972年　　固定电话：2000年
自行车：1970年　　汽　车：2018年
自来水：1997年　　电风扇：1990年
电视机：1985年　　电冰箱：1999年
电　脑：2007年　　WI-FI：2007年

经历过炮火洗礼的爷爷

生物工程学院生物1802　周庭安

父亲是个建筑工程师，因为工作的关系长年在外奔波。也因为他工作的性质，没了他的陪伴和带领，我和爷爷奶奶的关系也淡了不少。2019年元旦，得知爷爷去世，急忙赶回家的我从那一刻才发现，自己对于祖辈的了解是那么肤浅、那么缺乏。

印象中，他一直是个少言寡语的老者，身子骨硬朗，平日里做事任劳任怨。一切的印象似乎都很平面，没有深度。对于他生平经历的了解则只是时而听奶奶说起的只言片语，甚至追悼会上的介绍悼词听起来都是那么陌生。

爷爷出生于吉林省农安县哈拉湾镇的一个贫农家庭里，或许是家庭的缘故吧，爷爷甚至弄不清他具体的出生年月。我写此文查找资料时发现，爷爷在《中国人民解放军干部履历书》和《军队干部转业审批报告书》上的出生年月也不尽相同，一个是1932年，一个是1934年。据在东北的二爷爷说，爷爷到2019年去世，应该要90岁了，因为当时东北空军招收机要员进行培训只要16岁的小伙子，家里条件不好没东西吃，他们就给我爷爷改了出生年月，送他去当兵。

现在追述爷爷的生平，有些迟了，没了爷爷的亲自讲述，也让我少了一次与祖辈难得的交心的机会，不过好在有亲戚们的描述，也还有一些珍贵的纸质材料，历经多年，留存至今。

抗美援朝战争开始以后，爷爷所在的部队于1951年11月4日进入中朝边境一线参战，主要打击美空军小机群，并且参加了配合志愿军陆军第50军攻占大、小和岛及其附近岛屿的作战。

爷爷留下的遗物中，一本全是由朝鲜语写成的册子吸引了我的注意。因为语言不通，奶奶也不知为何物，经过我在网上的搜索和对比发现，这是一本荣立三等功的证书，而证书中所绘的那一枚编号554的勋章已经不知踪影，难以寻觅。

查阅文献方知，1951年6月，志愿军政治部发出《关于颁发军功章的通知》。7月1日，爷爷这一枚三等军功奖章便由朝鲜民主主义人民共和国政府委托志愿军领导机关颁发。凡在战斗中或工作中立一等功以及在进入朝鲜作战后立三次大功或一次立两大功者，均可获奖章。

爷爷曾经随军征战的往事已无法得知，军功章也不见踪影，但这一小本薄薄的红色纪念册，已经有了足够的分量。我知道，我的爷爷已经不只是那一个慈祥和蔼的老者，他还是一个曾经驰骋沙场的优秀志愿军战士，是我的骄傲。父亲说，爷爷曾给他说过，这个三等功来之不易，险些丢掉性命。可惜时间太久，父亲也记不清当年爷爷随口聊起的往事具体发生在哪里，当时又发生了什么。

朝鲜颁给爷爷的军功章证书

1953年11月，我的爷爷成为一名光荣的中国共产党党员，记得小时候每次

爷爷的毕业证

听爷爷说起入党，都是那么自豪和骄傲。因没有经历过生活的艰难，也没有体验过战争的洗礼、国运的兴衰，我难以理解爷爷当时的心情，但我知道，成为一名中国共产党党员，是对爷爷工作、贡献的一种褒奖和肯定。

爷爷在1954年再一次获得一张三等功立功证书。证书上的文字不甚清晰，立功原因也不大清楚，或许是工作久了，抑或是对工作的认真尽责，具体的原因已不能得知。沧桑的立功证明书，甚至打开方向和我们现在的证书都是相反的，发黄的纸张中注定又多了一个我不能了解到的故事。

1960年，爷爷被送到了中国人民解放军空军政治学校进行培训，而从那之后，我的爷爷也走上了从事政治工作的道路。

爷爷与奶奶相识于南京，之后爷爷便调去了空军兰州医院，父亲1971年在南京鼓楼医院出生后也随军去了兰州的驻地。父亲告诉我，平日里爷爷在医院里上班，他都在办公室里玩耍。一次，遇上空军兰州医院的煤气罐爆炸事故，一楼大部分病区里病人、医生、护士都被不同程度烧伤。父亲和爷爷当时也在，父亲说，爷爷急中生智抱起他从窗户跳了出去，他成了爆炸区域为数不多的几个没有烧伤的"幸运儿"。爷爷的形象在我心中自此更加充实、立体，虽然他不善言辞，在我小时候也不曾对我讲起几十年前这些惊心动魄的故事，但是爷爷的勇敢、智慧以及对家人的爱与责任，令我印象深刻。父亲叙述时眼中的泪花更是让我对已故去的爷爷多了一份思念和曾经没有与他聊聊往事的遗憾。

关于爷爷在调到空军某仓库做教导员之前的生活，因当时太年幼，父亲记住的不多，他主要的记忆停留在大西北的仓库里。爷爷当时算是个不大不小的干部，有着独立的营房，便带着年仅四五岁的父亲睡在当年少有的1.5米的大床上。

爷爷所在的仓库位于山里。夜里，四周野兽的叫声此起彼伏，甚至在营区并不明亮的灯光下还能见到野兽发着绿光的眼睛。父亲说，每次夜里出去上厕所，都会被这些吓得毛骨悚然。而爷爷，作为指导员，每天过了夜里十二点，便要起身出门巡视哨位。父亲说，部队里每年都有不少上海南京这些大城市里来的士兵，秦岭山脉里的风在晚上很冷，伴着野兽的叫声、绿色的眼睛，那些城市里的新兵们只能抱着枪蜷缩在岗亭里，一动也不敢动，在荒无人烟的大山里，想逃都无处可逃。爷爷经常巡岗到凌晨四五点才回来，他总是会替下那些刚到的新兵，替他们站岗、守夜。原来，爷爷的慈祥并不只是在老年时，在他还是个青壮年小伙子的时候，他已然对别人有着无私的关怀和照顾。

军旅生涯的几十年，在简历中被浓缩为"立过三等功两次，通令嘉奖一次"。三等功的两张证书有幸被我翻到，通令嘉奖的缘故却无法得知。我只知道，我的爷爷是一名优秀光荣的中国人民解放军空军战士。

爷爷转业之后，到了南京工作，后来又调到了我现在的家乡江苏省镇江市建设局，父亲受爷爷的影响，也走上了建筑行业的道路。

了解爷爷的一生，对我来说难度颇大。父亲在爷爷从部队转业时刚刚6岁，爷爷立功时也不曾遇见奶奶，东北祖辈的亲戚们只剩下了二爷爷还健在……三四年前，爷爷突发脑出血，之后就一直卧床不起，到了最后的一年多里，连最后仅存的些许意识也开始丧失，什么人也不认得，脾气也变得前所未有的暴躁。

好面子的爷爷或许最受不了的就是没有尊严和生活质量地瘫在床上一动不动无法自理吧，离开对他来说也许是一种解脱。

从军队的营房，到军区大院，又到单位分来的公寓楼，再到后来儿女们给他买的小洋房，爷爷的一生有过太多的变化、太多的迁移，最后他也被葬在了镇江的陵园里。他一直放不下的，就是我没回过一次吉林农安的老家。父亲说，明年等他工作轻松些了，要带我回去转转，拜访周家的亲戚们，看看爷爷的家乡，看看真正的故土。

附录一

爷爷大事记

1930年9月9日，出生于吉林省农安县。

1938年，上小学。

1943年，小学毕业进入初中。

1946年，初中毕业。

1950年2月，东北军区训练队学员。

1950年10月，华东空军见习机要员。

1951年8月，华东空军某团机要员。

1952年5月，华东空军某站机要员。

1953年4月，华东空军某部机要员。

1955年1月，华东空军某站机要员。

1955年6月，南京军区某处机要员。

1956年7月，某连副政治指导员。

1959年，于南京结婚。

1960年5月，某团政治处宣传助理员。

1962年2月，某团政治处宣传助理员。

1962年5月，大女儿出生。

1964年4月，二女儿出生。

1966年2月，某营副教导员。

1970年8月，空军兰州医院院务处政治协理员。

1971年8月，儿子出生。

1973年8月，解放军某仓库教导员。

1976年7月，解放军某仓库教导员。

1977年6月，空军某仓库教导员。

1978年，转业到镇江地区建材工业局任组织科科长。

1983年，镇江市建工局组织科科长。

1985年，改制后保留事业编制任镇江市建筑工业总公司组织科科长。

1986年，外孙女出生。

1990年，外孙出生。

1995年，正式退休。

2000年，孙子出生。

2014年，第一次中风入院。

附录二

家中第一次使用下列物品的时间

电　灯：爷爷说从记事起就有　　固定电话：1991年
自行车：1978年　　　　　　　　汽　车：2003年
自来水：爷爷说从记事起就有　　电风扇：1979年
电视机：1980年　　　　　　　　电冰箱：1983年
电　脑：2002年　　　　　　　　WI-FI：2008年

外婆曾是老三届

设计学院产品设计1801　刘一伊

1948年，外婆出生在山东省阳谷县的一个小村落。不知什么原因，外婆被抱到邻村一户姓马的人家。天有不测风云，第一个养父病故。养母带着外婆这个"拖油瓶"到了第二个养父家，悲惨的日子也开始了。

一次，不知道什么原因外婆惹了养父母生气，被他们关在门外。漆黑的夜里，当时山东有种野生小动物，形态似刺猬，吓得年幼的她浑身发抖，任凭她怎样哭闹哀求，门依然紧紧关闭。

1956年，外婆随着养父回到了四川秀山县中和镇。当时人们吃的是河水。河床很低，爬坡挑水很吃力，从此外婆就伴随着小水桶和大水桶，艰难辛苦地长大。

外婆8岁时在新华路小学开始了学生生涯。学校设在一座寺庙里，有园林，有泥塑神像。天暖和时，外婆就光着脚去学校。

外婆说："当时学校里大队辅导员张家贤老师，见我家世不好，学习努力，培养我当少先队大队长。"那个年代习惯开各种大会，因外婆小时候在北方长大的缘故，普通话在南方同学中格外出众。张老师总是给她机会让她到大会上（"大跃进"时期的五级农村干部扩大会议）念"决心书""倡议书""感谢信"。那一阵阵掌声，是她那时仅有的快乐。

到了三年级，外婆喜欢的几个老师都被戴上了右派分子的帽子。又过了段时日，有消息说右派老师被下放到农村改造了。再后来啊，学校的活动就越来越"不正规"了，变成"勤工俭学""养兔子""大练兵""种菜"。该上初中了，养父嫌学费贵，不肯为外婆缴纳学费，要求她到山上捡拾柴火，补贴家用。外婆早出晚归，拾柴很辛苦，别人家都有家人去帮忙，或者中途送食物，可外婆什么也没有，只有孤独心酸的汗水和被压肿的肩膀。

那个时候城镇居民的口粮，都要到农村去挖红薯顶数。本该由大人来做的活又落到了外婆身上。外婆小小年纪就要跟着大人到农村地里去挖红薯，然后吃力地挑回到城中。

顶着生活费的巨大压力，一心要离开没有亲情家庭的外婆，瞒着养父母，在1963年，执意报考了秀山第一中学。

这时候，继父已经从商业局退职回到乡下。一家人的收入来源只靠继母浆洗缝补衣物，全家过得很拮据，算是干一天的活换一天的饭。再廉价的零食（秀山县的小吃米豆腐、山豆腐）都只能干瞧着。

外婆读初中时，学习也很好，身兼数职，既是学校学生会主席，又是校广播员，也是同届的第一批共青团团员。外婆的作文如行云流水，常被任课老师刘昌汉先生当作范文宣读。

外婆至今都记得曾经的班主任俞再金老师，俞老师在她读书期间给予了很多关照。家里的继父母不支持外婆继续读书，俞老师就把最高金额补助的助学金给了她，正好学费也不是特别贵，再加上减免政策，学费都能够抵消。

外婆说他们当年的同学读书都很认真，没有混日子的人，可能是因为家里能挤出一笔钱拿来上学不容易，所以格外珍惜。课堂上的教学秩序也是肃然的，教材也很正规，课文中还有些新中国成立初期忆苦思甜的内容。

看我盯着照片上的男同学，外婆说："这个同学当时也是很喜欢我的，还是村干部的孩子，后来入伍当了团长。可是我不喜欢个子矮的，对象一定要找看得顺眼的。"看着外婆说话的认真劲，我和母亲都忍俊不禁，用今天的俏皮话讲外婆算是20世纪的"外貌协会会长"了。

外婆指着初中合照上的"青葱"少年对我说,"当时我们班上一共有28名同学,其中女同学只有10个,我是我们班里穿着最邋遢的"。令我惊奇的是,虽然外婆最没什么打扮,可她的神情永远是合照里最自信坚定的。我突然想到,今天的女孩子花费很多功夫打扮,在朋友圈的照片里用各种科技手段塑造大众眼中的美丽姿态。虽然妆容能掩盖带着微疵的肌肤,却无法掩盖住内心的脆弱和自卑,外婆这样的精气神也许就是我缺少的。

1966年,外婆初中毕业,听外婆说当时升学不仅要看成绩更要看自己家中的成分(外婆家为贫农)。依照她当时的志愿、理想和成绩(好像只有英语是80多分,其他课程都是90多分),保

外婆与初中同学,摄于1966年

送高中,今后上个好大学,一切都会顺理成章。

可是当时的日子太苦了,外婆无法奢求家中的亲情。辗转反侧几夜之后,决定念中专(当时中专学校免除生活费)。

但就在这时,"文革"爆发了。连平时照顾外婆的老师也自身难保了。当时人人心惊胆战只求自保,外婆却始终想尽快地离开家,三线建设时她到四川金佛山的"红泉军工厂"当广播员,可该工程不久后下马了。在"复课闹革命"的口号下,外婆重回校园。

1968年毛主席号召"知识青年上山下乡",当时外婆认识了一名军人干部(后来的外公),如果能够结婚是可以不下乡的。但外婆说她想自己掌握自己的命运,要靠自己通过招生招工来生存,所以她毅然决然上山下乡当农民,从秀山中和镇下到龙凤乡当知青。

知青生活很艰苦,外婆日出而作日落而息,每天重复着上山背柴下地干活、回家煮饭、天黑睡觉的简单而枯燥的生活,辛劳一天记9分半的工分就值八分钱人民币,一月下来刚好够吃饭(当时实行工分换口粮的政策)。

外婆当时正值长身体的年龄,分的口粮以洋芋红苕为主,根本不够吃。遇到青黄不接时,队里一些好心的农民大嫂和媳妇就用一把菜、半碗苞谷面,一个鸡蛋时不时地接济他们,遇到生产队有人办生辰满日红白喜事时,关系好的就请去饱一顿口福,哪怕吃上一片肉,也是一种奢侈了。

1970年,外公在部队申请了介绍信,想要回老家完婚。可那时的外婆总想着能有机会等到扩大招生,自强自立,弥补当初未能完成高中学业的遗憾。

外公比外婆年长10岁,家里催促得很紧。外婆第二天在河边哭了一天,百感交集,万般无奈,没有她的生活经历是无法体会这种纠结的。过路的老乡冷不丁地说"你这女子,想结婚就结,不想就别结,哭啥子?"

外婆决定跟外公回到老家重新开始。龙凤乡是平坝,外公老家却在山上,很多人笑话外婆:"山下的石头怎么往山上流啦!"

结婚后的日子很充实,虽然很辛苦但却没有痛苦,成天跟山上的小姑娘在山间在地头唱山歌,歌声袅袅,不绝如缕。由于中学时成绩优异的缘故,外婆被推荐到村小当民办老师,重回课堂如鱼得水。

1978年"文革"结束,外婆随外公转业到四川雅安定居,她在集体企业工作,管理过饮食小店,在集体联合公司当过经理,当过统计,当过会计,做过采购。

20世纪90年代,外婆下岗后,凭着身上一股不服输的劲儿,她开了一家面食小吃店，生意很红火。小店开业的原因挺巧，1993年外公秀山老家的侄女来投靠二老，外婆想引导侄女成为一个勤劳的、自力更生的人。可侄女这时身无长物，合计之后准备以外

外婆外公和子女，摄于1978年

婆在面食方面的技艺做一点生意。试营业的第一天，两人在街边支了个棚子，揉了八斤面粉做的包子被客人一扫而空。后来她们索性租了一间铺面，招募了两个帮手开起了早餐店。先是卖包子，后来加上了饺子，稀饭免费供应。小店生意出乎意料地好，不管是起早的工人、卖菜的阿婆，还是上学的孩子都是小店的忠实顾客。

1996年外婆把盈利的钱悉数给了侄女，临行前嘱咐侄女一定要学一门手艺。侄女用挣到的钱去学了理发，回到老家自己创业去了。"她来我这里时是一个脸上脏兮兮的小姑娘，回去的时候烫了卷卷头，换上了长裙，有精气神了哦！"外婆激动地说。

后来外公病了，为了照顾外公，外婆关掉了小店。很多年之后，还有当年的老顾客问外婆："你怎么不开店了，我还想吃你卖的包子、饺子嘞！"

2001年，外公还是没有战胜病魔，永远离开了外婆。随着两个孙女的相继出世，她马不停蹄地投入到照顾孙女的行列中。

2005年，外婆购买了有政策照顾性的社会、生活、医疗保险，她的生活才开始有了保障。十多年来，外婆迈开双足留迹国内外，游历奇山异水。高兴之余还不忘小时候的心愿——"最差也当个公园园丁"。大概因

为小学的校园就是花草丛生，像鲁迅先生的百草园一样，花草是外婆年少时为数不多的情感寄托。

"我在旅游时，每次看到稀奇的花和树，一定会驻足观察、细嗅、留影，心里美滋滋。意兴阑珊后自嘲一番，哎！中国少了我一个植物学家喔！"外婆说。如果她能够遇到好年代，她会选植物学、林业学作为专业。

1966、1967、1968年的初高中毕业生，被统称为"老三届"。他们被称为"教育改革的试验品、'文化大革命'的牺牲品、改革开放的淘汰品"。有个段子形容外婆这一代人：长身体的时候，遇上了三困难时期；读书要上大学的时候，碰上了"文革"；要找工作的时候，赶上了上山下乡；要结婚生子的时候，开始实行晚婚晚育；从乡下回来，安排进了小厂小企业；刚过中年，就不得不失业下岗。

我从小在外婆身边长大。小时候，每逢天晴，她总会骑着她的小三轮，载着我跟表妹，咯吱咯吱地从小城的一头摇晃到另外一头的广场上玩耍，马路上回荡着车轮铁皮摩擦的咯吱声和祖孙三人的欢声笑语。外婆是个嗜花如命的人，不足三平米的阳台永远被她精心搜罗来的"奇花异草"填满。每次远望，我都能从一排排整齐划一的"赫鲁晓夫楼"中准确找到那最花团锦簇的外婆家，屡试不爽。跟母亲去看望外婆，一进小区，远远就看见外婆趴在阳台上眼巴巴地朝小区大门方向张望。她一看到我们，赶紧高高挥手。每一次离开，外婆也总是在她的小阳台上目送我和母亲离开，只要我们一回头，她便再次高高挥手，直到我们走远，再也看不见。

外婆曾说她年轻的时候，想当一名花匠，这个最低目标终究没有实现，她便自称"花友"聊作慰藉。外婆每天都要锻炼，清晨在她花园般的阳台上拍拍腿脚，总说一天不运动浑身不舒坦。外婆朋友很多，不管是菜市卖菜的太婆还是认识数年的旧友，她都能同人们推心置腹，相谈甚欢。我戏谑地称她是老年社会活动家。

外婆健谈，诗词歌赋，天南地北她都能聊。若是碰上不甚了解的话题，她总是愿闻其详，认真地盯着对方的眼睛，连连点头，时不时叹上几句"原来是这样的啊"。

我喜欢跟外婆解释新奇的事物,她从不会倚老卖老固执评判,她总是认真地倾听、恳切地倾听,大概像她年少时一丝不苟听课的认真模样。外婆是个健谈的人,但每当我伏案绘画,她便不再出声,不再走动,见我好几个小时没有活动,就会弱弱地说上一声:"天下的图画得完吗?快起来活动活动。"

外婆是个手巧的人,如她的名字一般灵巧能干,她包的饺子抄手是家庭聚餐中最为"畅销"的,往往其他菜还未上齐,一锅饺子便被"大军"横扫而空。

外婆脸上也总是乐呵呵的,在大难临头之际也是如此。2008年汶川大地震时,众人皆为自身安危愁眉不展,外婆却不急不躁地向我们夸赞那棵给她们带去荫凉的大树……

很难想象,像她这样坚强乐观的女性,之前竟然吃多过那么多的苦头。新闻上总能看到花季少男少女做错事情受到长辈老师的教育后,不堪压力选择轻生的故事。外婆却与他们不同,截然不同,她更像一朵盛开在戈壁滩上的玫瑰,不顾周遭荒凉肃杀,依然绽放出娇艳的花朵。

迟子建在回忆自己遭到欺凌的经历时曾写道:"之后很多年的时间里一直被这些回忆所困扰,深感无力。被人欺负这种事,最大的恐惧并非源于伤害本身,而是源于从伤口中渐渐滋生的宿命感。"

外婆当年受到的伤害,也许并没有随着时间的流逝逐渐消散,而是化作玫瑰茎叶的利刺,在众多花卉中独树一帜。

远行前,外婆拉着我说:"一伊,你们遇到了好年代,通过努力是可以实现自己的梦想的。一定要学得一手本领,要堂堂正正做人,踏踏实实走路,永远有一颗感恩的心。"

附录一

外婆大事记

1948年8月，出生于山东省阳谷县，属鼠。出生后被抱养到邻村一户马姓人家，后养父病故，随养母改嫁到第二个养父家。

1956年，随着养父回到了四川秀山县中和镇，养父在镇上的百货公司上班。

1958年，入学新华路小学，同年养父母的儿子出生。

1959年，担任学校的少先队大队长，小学期间因为普通话优异常在大会上念倡议书、决心书。

1962年，小学毕业，辍学做农活补贴家用。

1963年，瞒着养父母，报考了秀山第一中学。

1963—1966年，初中担任校学生会主席和校广播员，中学的学费依靠政府的助学金。

1968年，到秀山中和镇龙凤乡当知青。

1970年，与外公结婚，外公当时是解放军干部，婚后独自回到外公的老家重庆市秀山县。

1971年，女儿出生，取名刘爱华

1973年8月，儿子出生，取名刘建军，9月经人介绍到村小当民办小学老师。

1978年，随外公退伍转业到四川雅安定居，在集体企业工作，也在集体联合公司当过经理，当过统计，又当过会计，做过采购。

1990年，集体企业倒闭，下岗。

1993—1996年，秀山老家的侄女来投靠，两人开起了早餐店。后来侄女回到老家自己创业。外公被查出患了胃癌，外婆的小吃店歇业。

2001年6月，外公癌症去世。

2001年9月,两个孙女先后出世,陪伴孙女长大。

2005年,外婆购买了有政策照顾性的社会、生活、医疗保险,每个月有固定的收入。(国家当时政策优惠:曾在集体工作的正式工人下岗后可以用一万多买生活保险,七千块可以买医疗保险)

2005—2015年,游历山川,足迹遍布祖国河山。

2015至今,花木为伴,乐观安度晚年。

一名留守儿童眼中的亲人

食品学院食品1808　陈思蕊

奶奶的年代

奶奶今年69岁了，提起过去，仍然有很多难忘的记忆浮现眼前。

最为难忘的是闹饥荒的艰苦岁月。奶奶说粮荒的时候村民都吃公共食堂，一人一天七两米，后来食堂也揭不开锅了。奶奶那时才10岁左右，就开始跟大人一起到处挖野菜，刨树根，扒树皮。最让我难以相信的是，奶奶说那时候甚至会把路上捡的牛粪拿回来用筛子筛过煮了吃。奶奶因为有个在粮店干活的爸爸，一家人才勉强熬过了那场饥荒。

合作社后，农民都加入生产队，几十户人家一起劳动一起分配，每家每户靠挣工分吃饭，由生产队提供粮食，家里劳动力越多，挣的工分越多，最后分得的粮食就越多。家中劳动力的多与少决定了是"余粮户"还是"缺粮户"。因奶奶家小孩多，劳动力少，所得也少，这样便成了"缺粮户"，只能省吃俭用，日子过得很艰难。

当时上级常布置修大坝，造桥之类的工程，让每户村民出人力去干活，这些干活的地方一般都很远，每次出门都要带好干粮，有时去的时间久就要住在工地的草棚里。

曾外祖母过世几年后，奶奶就嫁给了爷爷，当时奶奶才19岁。我问奶奶是怎么和爷爷在一起的，奶奶笑着说她跟爷爷不过是通过村里人相互介绍的，年纪合适就在一起了。那个年代的婚姻就是这么简单，而且现在所谓的彩礼在当时也就是一包米、几匹布。奶奶说那时候农村结婚不过是走个过场，随便摆两桌请双方的亲人吃顿酒席就过去了。

爷爷家当时在九桠村还算殷实，因为太爷爷不仅是个木匠，会做板凳、桌子、衣柜、棺材，而且会杀猪宰羊。那时会一门手艺就意味着除了种庄稼外多了一份吃饭的营生，太爷爷也因此在村里是个响当当的人物。太爷爷个头很高，脾气不是很好，邻居虽然有些怕他，但有些什么需要还是不得不来找太爷爷帮忙。

我很小的时候，太爷爷还没有过世，但他的样子在我脑海中已经模糊了。那时他年纪很大，已经不做木匠活了，就把手艺全部传给了爷爷。记得小时候我很怕他，有一次他拄着拐杖在锅边偷菜吃被我看到，他瞪了我一眼，我吓得拔腿就跑。我对他唯一的印象就是他把一边的裤腿挽得很高，露出很大的一块皮癣。

与太爷爷相比，爷爷反而比较老实，甚至有点懦弱。虽然爷爷在我上三年级的时候就去世了，但我依然记得爷爷是个上过学、戴着一副眼镜看报纸看说明书的文化人。

爷爷17岁就继承了太爷爷的木匠活手艺，家里有一间土坯房专门供他做活。在生产队的时候，爷爷靠做木匠活也给家里挣得不少工分。

奶奶嫁给爷爷后一共生了四个孩子，三个女儿一个儿子。奶奶说那时候生五六个都正常，毕竟多一个人就能多挣一份工分。

爸妈的年代

1981年底村里实行分田到户，村民们终于不用再吃大锅饭了，爷爷奶奶一边种田一边在家里养鸡养鸭养猪。大姑、二姑只上了几年学，十几岁就出门打工挣钱了。奶奶说当时能出门挣钱是件很骄傲的事，二姑打工回来，爷爷奶奶还专门请放电影的来我家，在门前搭一块大白布放电影，还准备了瓜子花生请村里人来一起热闹；过年的时候，还专门请皮影戏班子来我家耍皮影戏。

大姑一直是奶奶的骄傲，不仅人长得漂亮还很会做生意，刚出门打工做的也是前台文员的体面工作。大姑24岁那年给家里买了村里第一台电视机，后来她开始在驻马店一家高中旁开书店，现在开了几家分店，生意做得风生水起。

我爸因为家里姐姐多，又是家里唯一的儿子，从小就很受宠爱，所以他年轻的时候十分任性，上到高中就不念了。

我爸之前有过一个妻子，生下我姐不到一个月就因病去世了，后来我爸就娶了我妈。爸妈的房间里现在放着的还是当年他们结婚时的物件，整套的红漆书桌衣柜和席梦思床，可以想见当时我家确实还算殷实，只是二十年后的今天看来还是有些老旧了。

因爸爸收入有限，我家经济条件没有多大改善，住的房子仍是爷爷20多年前盖的两层平房。

爸妈早年一直在东莞打工，我二姑和小姑也都在那边，她们的小孩都交给我爷爷奶奶抚养过几年，后来打工有了一定积蓄才把孩子接走。

爸妈后来东拼西凑在东莞开了一个缝盘厂，怀了我弟弟后，我妈就在家里待产。可惜我爷爷还没等到我弟这个唯一的孙子出生，就因为癌症去世了。

厂子因各种原因，坚持不下去，爸妈就把机器变卖了，整体算下来还亏损不少。

后来爸爸跟大姑借了钱买了辆面包车用来拉运货物，还专门学习了一门印花的手艺。

爸爸现在干的工作，没有稳定的客户来源，收入也起起伏伏，但按我妈的话说，总是比在厂里打工挣得多些。

爷爷去世后，我与姐姐就一直跟着奶奶长大，是典型的农村留守儿童。没上学的时候就跟村里其他小孩到处耍，那时候电视只有一两个频道，其他频道都是满屏的雪花。我印象最深的是小时候爱看西游记，看着看着图像就没了，于是就使劲拍电视那又厚又宽的后盖。再后来家里装了"小锅"，就是一种信号接收器，电视节目变多了，但遇到刮风下雨的天气也会突然没信号。

我四五岁的时候家里有三辆自行车：一辆是小姑的，车后绑了个竹子编的座椅带小孩；一辆是我妈的，后来她打工走了就留在家里了；还有一辆就是我太爷爷年轻的时候骑过的二八自行车。

之前农村机械化还没普及时，把收割的稻穗铺在稻场上，用牛拖着大石滚碾压，以达到稻穗分离的目的。如今一台收割机就能实现收割和稻穗分离，"无用武之地"的稻场在农村逐渐消失，改作他用。我们小孩常在平坦宽阔的稻场学骑自行车，因车身高，够不着，我们只能把一条腿从横梁下穿过去，斜着身体骑，现在想想小时候还是挺有能耐的。

在我上高中之前，乡村还是泥巴路，一到下雨天必须穿胶皮鞋。我上高中之后，国家开始推行村村通，村里都修了水泥路，上面跑着各种小轿车。

小时候每到冬天，奶奶就会用自家种的棉花给我和姐姐每人缝一套棉袄，用的布料是摸起来很舒服的金丝绒。我还记得刚穿上的时候很暖和，但手工做的棉袄，穿过几次棉花压实了就不暖和了，所以我小时候手上经常生冻疮。

每年的端午节，爷爷奶奶都会去赶集给我和姐姐买两套一样的衣服，以至于小时候村里人都说我俩是一对双胞胎。不过后来爷爷去世后就渐渐没有这个习惯了。

爷爷去世后，我家以前每年都会养一只猪的猪圈成了关鸭子的地方，奶奶一个人忙不过来只能养些鸡鸭。

我奶奶常感慨我家从爷爷去世后就开始一年不如一年，爸爸在外面不上进，又抽烟又赌博。我们家现在住的还是爷爷在世时的老房子，除了换了一个电视机一台电冰箱外也没添什么家具。

家里在前几年花了两千多元新支了两口地锅，姑姑们帮忙置办了煤气灶，但奶奶不怎么用，还是坚持年年出门砍茅草、捡树枝回来烧地锅。村里去年才接了自来水管道，之前一直喝的是地下水。

村子里以前条件不如我们的，现在要么在农村盖了新房，要么在镇上或县城里买了房子。村子里年轻一点的都出去挣钱了，小孩还有很多，他们跟我小时候一样在家跟着爷爷奶奶，稍微大一点就被送到村里的小学上学前班（我们村里是没有幼儿园的）。

老年人则留在村里守着家里的几亩地。我家的地在爷爷死后都转给了村里另外一户人家，他们每年会给我们家分一点粮食。

前几年有一条高速公路要穿过我们村，村子里被征收了不少田地，村民们包括我们家都得到了一笔不小的补偿款。

我和姐姐都算是村子里为数不多的上了大学的小孩。这也是奶奶现在唯一骄傲的事情。上了大学，看过外面的世界后我也深切意识到家乡的落后，希望自己以后学成归来能为家乡的发展贡献一份自己的力量。

附录一

奶奶李德英大事记

1951年阳历1月26日，出生，家中四口人，没有田地，爸妈都在生产队干活。

1956年，5岁，开始放牛。

1959年，9岁，经历"粮食关"，爸爸在粮店干活，妈妈在生产队帮忙做衣服看小孩。

1960年，10岁，一家四口人靠粮票吃食堂。

1962年，12岁，在村里的私塾读了一年级，之后放弃读书。

1964年，14岁，进入宣传队，学做衣服。

1967年，17岁，担任红卫兵小组长，参加"文革"运动。

1968年阴历正月初五，18岁，妈妈去世，家中共三口人。

1969年5月，19岁，嫁到九桠村，家中共四口人。

1970年9月4日，20岁，生下大女儿，家中五口人。

1973年，23岁，姐姐去世，生下二女儿，家中六口人。

1975年5月23日，25岁。生下儿子，家中七口人。

1977年，27岁，爸爸去世，后生下小女儿，家中八口人。

1981年12月，31岁，分田落户，靠种田增加收入。

1988年，38岁，二女儿去广东打工。

1989年，39岁，大女儿去驻马店打工。

1991年，41岁，大女儿嫁到驻马店，在那边开了书店。

1992年，42岁，二女儿嫁给同村的孙家。

1993年，43岁，大女儿生下女儿留在娘家抚养。

1996年，46岁，儿子结婚，大女儿将孩子接走，家中四口人。

1997年，47岁，儿媳生下大孙女后去世。

1998年，48岁，儿子再娶。

1999年，49岁，儿媳生下小孙女后，儿子媳妇留下孩子一起出门打工。

2003年，53岁，公公去世，家中六口人。

2007年，57岁，丈夫患癌症去世，家中只剩五口人。

2008年，58岁，孙子出生，家中共六口人。

2008年至今，帮子女带孩子，家中一直六口人。

2020年，儿子在老家盖新房。

附录二

家中第一次使用下列物品时间

电　灯：1982 年　　　固定电话：1990 年
自行车：1985 年　　　汽　车：2016 年
自来水：2019 年　　　电风扇：1991 年
电视机：1993 年　　　电冰箱：2006 年
电　脑：2010 年　　　WI-FI：2017 年

父母打工二十多载

计算机科学1805　刘家龙

外公外婆

外婆1948年6月18号出生于湖南省永州市东安县白牙市镇的一个小乡村，原名蒋顺娇，后改名蒋金玉。小乡村附近有一条河，名紫水河。

外婆家中排行老二，有一个姐姐，几个妹妹和几个弟弟。作为晚辈的我，称呼他们为舅奶奶或舅爷爷。外婆文化水平不高，只读到小学二年级，听外婆说自己背声母韵母的时候，一遍就记下来了。听到这些让我吃惊，外婆还是很聪明的。

家中没有条件让外婆继续读书，自打我记事起来，外婆长期从事农业生产，掌握了很多农活技巧。在农业生产方面，外婆对天气，时令等有较为熟悉的掌握。大二的暑假期间，我回到外婆家，和外婆一起干了些许农活，从饲养鸡鸭到下地干活，诸如观察母鸡新孵出的小鸡，扛着锄头去旱田收花生，在夜幕之前将白天晒好的玉米收集打包等。

外婆每天起得早，然后去农田忙活一阵子，太阳大了就回家。傍晚也是这样，等太阳不那么晒人，就出去忙活一阵子。天黑了，也便归家，有种"日落而息"的感觉。

外婆在1998年前住的房子是土坯房，土坯房顶盖的是窑烧的青黑色瓦块。

1983年家庭联产承包制，外婆外公家分得9亩田地。外公外婆家种植的农作物有水稻、花生、油菜、红薯等。2006农业税取消前，都要交粮给国家，每次上交粮食，外公和外婆都要挑着担子，走很远的路到一个粮站称重，完成国家下达的征购任务。

我出生以后，见到的外婆家做饭都用的是电，炒菜用的是干柴，引火用的是松针，我小时候常常还用火柴引火，后面渐渐变成了打火机。直到现在，外婆家也偶尔也会用干柴烧火做饭菜。我不记得外婆家是什么时候开始烧煤气的，听爸妈说应该是在2008年的样子。

外婆在农村务农的时候，养过牛和猪等大牲畜，我小时候也帮忙张罗过。每当过年的时候，一般会卖猪或者杀猪，并且将母猪留下来生小猪崽。在过去农业还未使用现代大机械时候，家里面养一头牛，用于犁稻田。

外公生于1947年9月9日，当日为重阳节，名李宗宝，外公有几个兄弟，取名颇有讲究，例如李宗金、李宗银、李宗财等，尾字为金银财宝。自打我记事起，外公就有抽烟打牌等的习惯，此外，外公一生也算勤劳。

外婆和外公结婚后，在东安县仁山村住了下来，他们的第一个孩子就是我妈妈。外婆和外公总共生有五个孩子，这五个孩子成人后，又各自成家，每家都有两个孩子。

我和姐姐随外婆外公生活。我随过外公从农村走到市集，在春季栽种树苗，在农忙时节一片稻花乡里收割……

爷爷奶奶

爷爷刘国洪生于1930年10月20日。小时候在私塾启蒙。

听我爸说，爷爷的求学经历主要是20世纪50年代曾去军官学校学习，爷爷一共拿到了四所军事院校的毕业证，其中一所是甘肃天水步兵军官学校。

爷爷参加了抗美援朝，立过二等功和三等功，身上挂有十几个勋章，这应该也是爷爷回到家乡后受人尊敬的缘故之一。战争中，一个炸弹打下来，爷爷昏迷了三天，脑袋因此也受了一定程度的损伤。

抗美援朝结束后，爷爷随志愿军回国驻军山东，1964年复原回到老家湖北。并于同年经过媒婆和奶奶认识并结婚。

奶奶是1947年3月19日出生，名何伦英，上到小学三年级，和爷爷同为湖北竹山县人。

爷爷奶奶结婚后为响应国家号召，上山下乡，从县城到农村务农。爷爷和奶奶总共生有五个小孩，我爸在家中排行第五。此后，爷爷和奶奶均于1993年因病去世。

爸爸妈妈

妈妈李春兰1972年2月17号出生，生于湖南省永州市东安县仁山村。

妈妈小时候耳朵得过炎症，后来一只耳朵失聪了，是童年的不幸吧。妈妈在7岁的时候开始读小学，那时小学五年制，小学毕业后考上当地初中，并读完三年初中。

16岁初中毕业后，妈妈开始在家务农。1993年左右，因家里经济条件差，为了改善生活妈妈外出打工，在1994年遇到爸爸。他们恋爱四年，在1998年结婚。同年生下了我姐姐，在2000年生下了我，当时计划生育政策特别严格。我和姐姐小时候随着外婆生活，爸妈过年一般会回家。在中学的寒暑假期，我们姐弟俩也会坐车来到爸妈工作的地方，亲情在，不孤单。

妈妈先后在耀能电子厂、伽朗厂、希迪电子厂、劲胜厂、科华厂（均为缩写）等厂待过，目前是一名模具工人。每天重复的高强度长时间的流水线作业，让妈妈或多或少出现了一些毛病，比如因长时间的低头作业而出现的颈椎问题。

妈妈打工时间最长的是在劲胜精密股份有限公司，她在那里工作了17年，奉献了自己最后的青春年华，也交到了一些工作上生活上的朋友。2019年，因为厂子被转让，也因为年纪大了，工资待遇也不是很好，妈妈被迫离开了该厂。妈妈每当回想起来自己在这里那段岁月，常常是十分感叹。

我爸刘平生于1972年10月17号，家乡是湖北省竹山县塘湾村。我爸总告诉我他家乡是多么好，生产各种无农药粮食，害虫也少，降雨充沛。我回去过一次，山是真的多，从十堰市火车站坐车绕了很远很远的山路才到爸爸的老家竹山县。

我爸1985年的时候在湖北省竹山县一中读初中，读书三年，听他说自己以前学习成绩优异，特别是拥有"过目不忘"的本领，读书三遍就可以记下来。此外，我爸的政史地、物化生成绩优异。

我爸读初中那时候的学费是每个学期13元。高中学费20元一个学期。我爸学费靠自己挣，途径是上山砍柴，然后爷爷奶奶帮着卖我爸砍来的木柴。爸爸现在的肩膀看起来有点塌，约是小时候挑重担压的。

因为爷爷奶奶都生病了，加上家里面的经济困难。我爸只念到高一便退学了，1990开始在家种庄稼。那时他家有3亩旱地、2亩稻田。家里一共七口人，两个姐姐，两个哥哥。

我爸种地三年后外出打工，跟同学一起闯荡世界。1994年，我爸第一次去深圳，在荃运厂遇见了我妈妈并恋爱。爸爸在荃运厂里当模具学徒，为期两年。1996年跳槽至旭和厂工作，做模具师傅，即五金模具加工，对这份工作他很满意。两年后跳槽至必佳厂，是为了有更好的工作岗位，也是为了和我妈的厂近一点。

我爸在外工作多年，拿到工资就很开心。我爸做过保安、模具学徒、模具工人，为了离自己的目标更进一步，从模具加工到工程、项目、设计，这条生产线上该懂的他都懂。

我妈去过五六个不同的公司打工,主要是做精密模具(手机壳)的加工和设计。

妈妈在劲胜厂的时候,待遇还算好。工作不那么累人,也过得自由。我妈在该厂月收入是6000—8000元的样子。工作时间是早上八点到下午五点,一般吃完晚饭后会加班到八九点。我妈年轻时候,还会上夜班,每半个月或者一个月换一次班,换班时候就有一天假期,或者偶尔周日也会休假休息一下。到了四十多岁后,因为身体熬不住夜班的缘故,向公司申请了取消夜班。

劲胜厂包吃包住,但是吃饭每个月限额,住宿的水电费每个月也限额,但是一个人用的话还是绰绰有余的。

劲胜厂鼎盛时,工作十年的员工有福利,工作五年的员工也有福利。但这几年劲胜厂没落,加班工资越来越少,涨工资的条件也越来越严格。

劲胜厂好的时候,员工们在食堂可以吃到牛肉等。2020年疫情期间,因为不景气,加之猪肉涨价,厂里就几乎见不到猪肉了,取而代之的是鸡肉和鸭肉等。

每逢爸妈休假或者是有空的时候,他们会出去买一些食材,比如一条鲈鱼、一两斤龙虾、几样青菜之类的,然后在家做,增加生活的乐趣,增进感情,感受生活的小美好。

我爸现在在千鑫厂做模具设计师傅,为手机壳做设计,还得过几项专利权,技术很在行。千鑫厂的前身是劲胜厂,劲胜从小厂到大厂,然后大厂又分设小厂,千鑫厂就是其一。

因为对事业的不断向往,然后从加工转行到设计。我爸特地为此买了一些书,也买了一台电脑不断提升自己的设计水平。

我爸在初学模具设计时候很勤奋,每天早上六点左右就起床了,晚上也很晚才回家。我爸没读过什么书,可他对模具的专业英文词汇熟记于心。我妈说,我爸之前会把不会的一些英文单词抄在一张纸上,那会儿没有各种学习英文的手机App,我爸就会找一两个大学毕业的学生向他们请教，一来二去，功夫不负有心人，我爸也渐渐成了公司的技术一把手。

谈及工资收入，我爸是比较隐晦的，2010年在我小学四年级的时候我问我爸他的工资是多少，他说一个月900元，现在看来我是被糊弄了。我妈比较真实地告诉了我一些情况，我爸在1999年左右月工资为四五千。然后跳槽一家企业，每天没日没夜学习工作，三年内挣到50多万，年终还有股份分红。再之后就进了劲胜厂，每月工资在1万多元。

大约是我爸小时候没钱的缘故，我爸花钱也不是很舍得，出去跑步买瓶水都难见一次，一条毛巾可以用三年。

我爸现在一般是一周工作5—6天，早上八点上班，下午五点半下班，中午休息一个半小时，晚上偶尔会去上班，八点到十点不等。我爸业务能力强，晚上一两点也曾接到公司打来的"救急"电话。

我爸眼光很好，他在2000年的时候就开始关注房地产，然后每次购房都因为我妈的劝阻而不了了之，之后房地产价格不断飙升，我爸妈因为这个也没少闹矛盾。

现在我爸妈就住在厂里分的房子，两室一厅，就是装修不太精致。有大木床，也有双层铁架床。我睡的是双层铁架床，爸妈睡的是大木床。

爸妈容颜渐渐老去，因为工作对眼睛伤害很大，视力也都不同程度下降了。妈妈去年配了眼镜。爸爸看手机，眼睛也离得远远的。

1993年外出打工时，家中还没有电话，妈妈大多数通过写信和家人取得联系。

刚开始爸爸外出打工与湖北的家人取得联系也是通过写信，如果有急事就会发电报，电报那会儿是按字收费的，一个字是五分钱。

到1998年左右，那会儿BB机很流行，我爸花费1200元买了一台，为了炒股，同时也是为了方便联系。

2001年爸妈花费1800元买了第一部彩色手机。那时候的手机普遍是蓝屏和黑白屏，而彩色屏幕比较稀有。

附录一

一　妈妈李春兰大事记

1972年，1岁，家中3人，土坯房。

1974年，3岁，大姨出生，家中4人。

1976年，5岁，大舅出生，家中5人。

1978年，7岁，上小学，家中5人。

1979年，8岁，小姨出生，家中6人。

1980年，9岁，分田到户，家庭联产承包责任制，家中6人，约8亩田地。

1981年，10岁，家中6人。

1982年，11岁，小舅出生，家中7人。

1983年，12岁，家中7人。

1984年，13岁，小学毕业，家中7人。

1985年，14岁，读初中，家中7人。

1987年，16岁，初中毕业，家中7人。

1988年，17岁，在家务农，家中7人。

（以这里为界限，妈妈开始了独立谋生，不再考虑妈妈的兄弟姐妹）

1993年，22岁，外出广东打工。

1994年，23岁，和我爸恋爱。

1998年，27岁，爸妈结婚，姐姐出生。

2000年，29岁，我出生。

2010年，39岁，我的外公过世。

2020年，49岁，外出打工。

二 爸爸刘平大事记

1972年，1岁，家中8人，土瓦房。

1982年，11岁，分田到户，家中8人，土瓦房，2亩水田3亩旱田。

1983年，12岁，太爷爷搬家走了，家中7人。

1985年，14岁，读初中。

1987年，16岁，初中毕业，读高一。

1989年，18岁，因经济情况退学。

1993年，22岁，爷爷奶奶过世。

（以这里为界限，爸爸开始了独立谋生，不再考虑爸爸的兄弟姐妹）

1994年，23岁，离开湖北到广东打工。

1998年，27岁，爸妈结婚，姐姐出生。

2000年，29岁，我出生。

2010年，39岁，我的外公过世。

附录二

家中第一次使用下列物品时间

电　灯：1982年　　　固定电话：2002年
自行车：1985年　　　汽　车：2012年
自来水：1985年　　　电风扇：1990年
电视机：1992年　　　电冰箱：2003年
电　脑：2001年　　　WI-FI：2015年

从农村到城市的迁移

化学与材料工程学院应用化学1801　路雯桐

1950—1960年

1950年十一月初五（农历），姥爷于得宝出生在辽宁省辽中县于家房镇漾子泡村。这是一个大家庭，一家子20多口人，姥爷母亲和妯娌轮流做饭。

姥爷有6个兄弟姐妹（两个哥哥，两个姐姐，一个弟弟），姥爷的父亲在五兄弟中排行最后，刚经历过土地改革，一大家子总共十七八亩地，成分是下中农。

大概在1953年，姥爷的爷爷去世了，大家庭也分崩离析。姥爷的那一分支分到了大概4—5亩地，搬到自建的三间茅草房里，窗户没有玻璃，是用窗户纸糊的。乡村没有公路，全是泥路，家中都是烧柴火的。

平时饮食就是苞米面饼、苞米面窝窝头、野菜，想"吃饱"就得高粱米饭多加水（让人感觉有饱腹感，但是不经饿）。

那时候五到六毛钱一尺布，七尺布就能做一件衣服。因为家庭困难，平均一年只有一件新衣服。

1970—1980年

1971年国家要进行三线建设。姥爷去沈阳打工,属于沈阳市民兵团,去建造辽西兵工厂建了三年,干活很累,也吃不饱。

1973年姥爷和姥姥处了对象,那时候谈恋爱基本都是靠人介绍。结婚时候流行"老三件"——手表、自行车、缝纫机。手表和自行车是我姥爷拿的,每样都大概120元左右,缝纫机是我姥姥从家里带来的,价格也要100多元。

1975年和1980分别有了我妈妈和舅舅。姥爷时常去市里打工。那时候在生产队农村一天只能挣0.5元;去市里打工,一天能挣1.57元。

那时候的粮票,是用家里的存粮换的,一斤苞米能换一斤粮票,面额有10斤、5斤、2斤、1斤、半斤。至于饮食,一般早上要2两窝窝头加1两的米糊糊,总共3两的粮票,额外再花2分钱买咸菜;中午三个馒头或者几个窝窝头,要花6两的粮票加1角钱的炖菜,一般不会选择炒菜,因为炒菜贵而且不下饭;晚上是5两粮票左右的窝窝头。其中,兑换的粮票一般是三成的细粮、七成的粗粮,这就意味着某天中午如果吃了馒头(细粮),那当天和明天都只能吃窝窝头(粗粮)了。

1978年改革开放,姥爷开始学瓦匠,去市里打工挣钱。这年家里盖了三间砖瓦房,那时候糊墙一般也是用泥来糊的。

1980—1990年

1982年承包到户后,农村粮食大增产,吃饱饭已不成问题,平时也有小零食,如大虾酥酥糖、饼干、国光苹果之类的。基本每家每户都会养一头猪——"年猪",收成好了就会杀了吃,收成不好可能会杀了卖钱。

1983年,家里买了一台黑白电视机,12寸,花了500块钱。之后1988

年，家里换了彩色电视机，3300块钱。

1990—2000年

1991年我妈妈在辽中一高上高中，早饭和晚饭都在家里吃，午饭从家里带，一般是米

妈妈一家四口，摄于1985年

饭或者窝窝头加半个咸鹅蛋，后期就变成了四分之一个咸鹅蛋。姥爷依旧在外打工，辗转于各个地方，一趟活能挣几百块钱。但是由于姥爷很热心肠，经常做出帮别人打白工的事，于是，家里别人写的欠条攒了快一厚摞，欠的钱能有好几千了。

1995年，妈妈去了锦州念书，是锦州师范大学，自费大专，三年学费总共6000元。学的是电子工程系，计算机专业，那时候电脑被称为"苹果机"，常见的是两种型号——"386"和"486"，能上局域网聊天。一天花销不超过5块钱。早上一个馒头1角5分，咸菜2角，粥1两1角5分；中午和晚上大头菜6角，土豆炖茄子、炖芸豆1.2元，烧茄子、西红柿炒鸡蛋1.6元，饭一两1角5分。洗澡需要澡票，去澡堂洗，一张票面值几角钱。至于娱乐，有古塔夜市，5块钱就能吃得很好了，有炸丸子的，卖水果的，最有名的小吃——锦州小菜15元一盒，夜市里不只有吃的，也有不少卖衣服的，相当于现在的百货市场。

坐火车从锦州到盘锦，8块钱，因为我妈妈是学生，可以半价，之后从盘锦坐客车10多块钱到辽中漾子泡下车，因为那时候汽车的质量不是很好，车里汽油味很重，妈妈晕车很严重，坐一回晕一回。

1998年妈妈毕业了,那时候很多毕业生找工作一般选择的都是当老师、或去事业单位上班、开厂子、做培训机构、少部分做计算机相关的工作;我妈先去传呼台做了一个月的打字员,之后开了一个小型补课班,年薪没统计过,基本上够日常吃穿开销了,也会有剩余。

1999年妈妈去小学做了老师,通过别人介绍相亲认识了我爸,买了一套房子,于12月份完婚。家里购置的东西价位为康佳电视3000多元,海尔冰箱2000多元,小天鹅洗衣机2000多元,都在电器批发市场买的。我妈月收入400元左右,我爸月收入在500到600元左右。洗澡可以去澡堂了,门票大概3元钱。

2000—2010年

2000年我妈怀孕的时候,家里情况不是太好,肉是偶尔才能吃到的,经常焖黄豆拌精盐,吃苹果、鸡蛋和毛嗑儿,说是这些对孩子好。

2004年搬家,花了7万元左右买了新房子,85平方米。那时候我妈当教师月收入2000多元,我爸是政府工作人员月收入3000多元。条件变好了,家里吃穿也逐渐改善了,名牌衣服也越来越多了。

2006年我去市中心上小学,这时候家里月收入能有5000元左右,小学的学费记不清了,但是一个月的饭费大概200元,每年在学校都会订阅杂志,诸如《米老鼠》《我们爱科学》《快乐历史地理》《快乐科学》,一年平均花销100元;同时我每个月还要学画画(1—4年级)、大综合(5—6年级),四个月200元;还要学乐器二胡,四个月300元。因家在沈阳郊区,离市中心很远,于是和同学一起租了车去学校,一个月280元(1—2年级)320元(3—4年级)400元(5—6年级)。沈阳某些路段在早晚高峰经常堵车。

2009年家里购置了一台电脑,花了3000—4000元,家里三人都注册了QQ账号，开始了解网络世界。

2010—2020年

2011年沈阳地铁开通，交通更便利了，4元钱随便坐。

2012年，我去我家附近一所学校上初中，一年学费5000多元。那时我开始上补习班了，一次补习班大概30到50元不等，一个星期大概2次，这时候家里月收入能有6000元左右。澡堂洗澡门票要6—8元钱了。

2015年补习的开销大了一些，一个星期能有4节课，一个星期花200元在补课费用上。这时候家里购置了一台车，其实是我亲叔叔送给我爸爸的用过的车。

2016年我上了高中，因为高中离家太远了，就在学校附近租了房子，一个月1000多元，租三年，这时候家里收入大概每月6500元。在高中每月伙食费大概400元钱，补课的费用一个月得500多元。

2017—2018年，上了高三，补课费用猛增，一个月补课费用要5000多元，家里负担很大。

2018年我上了大学后，沈阳到无锡机票800元—1200元不等，每月开销2500元左右，家里月收入6500元左右。每年能买好几件新衣服，也有多余的钱可以买自己喜欢的东西。爸妈还是很节俭的，妈妈总说，不能忘记之前挨的饿，好好学习，未来找个好工作。

附录一

姥爷于得宝大事记

1950年，姥爷出生，家里两个姐姐两个哥哥，全家23口人，5间房，总共十七八亩地，成分为下中农。

1952年，3岁，大姐嫁出去了（比姥爷大了20岁）。

1953年，4岁，姥爷的爷爷去世，家里分家，姥爷的父亲盖了三间茅草房，分得了四五亩地，出现了"合作化"，土地农具归社里管。

1955年，6岁，合作社出现，姥爷的父亲和母亲和大哥在社里干活。

1957年，8岁，弟弟出生。

1959年，10岁，大哥成家，家里多了2口人——嫂子和侄儿。

1960年，11岁，姥爷在漾子泡小学上小学一年级。

1963年，14岁，小学四年级，二姐出嫁。

1966年，17岁，初中一年级。加入红卫兵，破四旧。

1970年，21岁，在家种地。

1971年，22岁，加入沈阳民兵团，建设辽西兵工厂，由生产队发工资，一天5—6毛。

1974年，25岁，从辽西回来，和姥姥结婚。进入了辽中县建设公司，每天工资一块五毛七，去沈阳、抚顺或者辽中本地盖楼。

1976年，27岁，我妈出生，姥爷还是在外打工，姥姥在生产队种地。

1978年，29岁，新盖了三间砖瓦房，"半生半熟"——外面是砖砌的，里面是土坯子。还是在外地打工。

1980年，31岁，舅舅（妈妈的弟弟）出生。

1982年，33岁，由于姥姥要带孩子还有种地，姥爷在外面打工的建筑公司工资还是一块五毛七（好几年都没变更过），家里负担大了，姥爷就回家种地了，忙时候种地，闲时候做瓦匠。

1983年，34岁，家庭联产承包责任制，一人分2亩6分的地，家里总共10亩左右。买了一台黑白电视，12英寸，花了460元。

1984年，35岁，忙时候种地，闲时候做瓦匠。瓦匠一天能挣5块左右，一年接的瓦匠活有100天左右，家中一年收入1000多元，可以剩余500—600元（我妈妈开始上小学了）。

1986年，37岁，一年能挣2000多元，一年可以剩余800—900元。

1988年，39岁，攒了好几年的钱，买了彩色电视机，花了3300元。

1989年，40岁，妈妈开始在于家房镇读初级中学。

1990年，41岁，安装了固定电话花了800多元。

1993年，44岁，由于我妈妈和舅舅上学负担较重，家里每年基本没有剩余的钱。

1994年，45岁，舅舅做修车学徒工开始赚钱了，家里只有妈妈一人上学花钱，家里一年能存5000元左右。

1995年，46岁，妈妈考上锦州师范学院（今渤海大学），交了学费近万元。

1998年，49岁，妈妈毕业了，舅舅在辽阳市开了一家汽车修理厂，每年能存8000元左右。

1999年，50岁，妈妈出嫁到沈阳，姥爷和姥姥在辽中种地。

2000年，51岁，外孙女出生。

2004年，55岁，舅舅结婚，姥姥在辽阳帮忙，姥爷在农村继续种地。

2005年，56岁，由于姥爷在家种地没人照顾并且没有收益，舅舅把姥爷也接到辽阳修配厂帮忙，家里的地让给亲戚种。

2006年，57岁，舅舅的修配厂因为匹配车型为夏利，收入日渐减少，舅舅用攒的钱买了四台出租车，姥爷姥姥就跟舅舅住在一起。

2007年，58岁，闲不住的姥爷出去找活干了，收入每天或多或少，帮做瓦匠、铲雪之类的零活。年收入近万元。

2008年，59岁，姥姥被妈妈接到沈阳来，照顾外孙女。姥爷还在辽阳打零工。

2009年，60岁，姥姥姥爷年纪大了，爸爸妈妈给他们找了一个轻松的活——在鱼池看钓鱼并收费，年收入15000元。

2010年，61岁，辽中建设公司给在此工作的老工人办理退休手续，需要交钱（5万），姥爷有了每月1750元的退休金。

2011年，62岁，在鱼池给钓鱼的收费的闲时，帮忙给果园看果，现在有工资和退休金双收入。

2015年，66岁，姥爷管理的地方扩建烧烤棚子了，姥爷也负责烧烤摊位的租借和清理，一年工资收入2万左右。

2020年，71岁，姥爷现在年收入2万左右，和来烧烤、钓鱼的人唠唠嗑，喂喂鸡鹅狗，没事听听评书，抽点烟，生活平凡但快乐。

附录二

家中第一次使用下列物品时间

电　灯：1958年辽中县　　　固定电话：1990年

自行车：1974年　　　　　　汽　车：2003年

电风扇：2004年　　　　　　电视机：1983年

电冰箱：1999年　　　　　　电　脑：2009年

祖孙三代都是洪泽湖上的渔民

化工学院应用化学1801　孙月

1938—1943年，祖爷爷带着一家老小五口人因战乱逃荒，（祖爷爷、祖奶奶及其两个儿子一个女儿）从山东省一路南下到现今淮安洪泽湖一带，当时的洪泽湖还是完完全全的原生态，四周芦苇丛生，只有零星的人家居住在此。据回忆，逃荒途中祖奶奶因牙疼病发作疼痛难忍，当时看中医怎么也不见好转，最后实在没有办法去求助日本西医，终被其治好。

1944年，太奶奶生下长子孙永发（我的大爷爷），一家住在洪泽湖边的茅草房子里，每有大雨屋顶必漏水。家中只有一口破土灶，一张破床，草屋附近有一块荒地，一家人靠着这块地勉强度日。因临近湖泊周围人会下湖打鱼，太爷爷也时常跟着邻居们一起去打鱼，回来时总会拎着些湖鲜给家里解馋。

1946年，次子孙永全（我的爷爷）出生，家中人口逐渐增多，太爷爷便自己用木头做了个筏子，向邻居借了渔具，自己独自下湖。当时，湖里的鱼虾还算丰富，太爷爷每次回来会带很多鱼虾，一部分给家里吃，另一部分拿到集市上贩卖，获得一些收入。

1947年，三子孙永中（我的三爷爷）出生，由于从事打鱼获得不少收入，太爷爷决定全心投入打鱼事业。于是他去外面购买了一些网、地笼等渔具。有了新的工具就能打到更多的鱼虾，家里也就没有那么拮据了。

1948年，四子孙永好（我的四爷爷）出生，家里人口逐渐增多，当时的破草屋也无法满足一大家子的生活需求了。于是太爷爷用家里攒的一点积蓄买了一条住家船。那艘船不大,只有一个床仓,外面搭了一个船篷,靠在茅草屋附近。太爷爷一家住在船上,家里的老人们住在岸上的茅屋里。太爷爷带着一家人打鱼,就这样过了几年。

1950—1960年,家里还是用土灶烧饭,从岸上砍很多柴草放在船上备着。期间,几个孩子也渐渐长大被送入学校了,家里便又换了更大一点的水泥船。船上也不是帆布做的船篷了,而是牛皮一样材质的篷纸,这样的材料隔热性更好,不会像以前热天时那么蒸人。床上分为前后两个部分,称为篓子,每个篓子分上下两层,中间用木板隔开。家里的每个人都有自己的生活区,不用像以前那样挤在一起。被送入学堂的孩子,还没上完小学便回家干活了,其主要原因也是觉得自己不适合学习,脑子不灵光比较迟钝,就干脆不念书回家挣钱了。当时虽然住在船上,但我们每家每户都被划分成一队一队的形式,划分也没什么具体的标准,比如同姓的划分在一队或者住得近的为一队。20户左右的人家组成一个生产队,爷爷家属于胜利队。

1960年往后,就逐渐开始规模化了,有了组织、领导、集体这一说,也开始集

洪泽湖上的渔船

体劳作了。渔民在集体经济时代其实和农民差不多,唯一的区别就是农民是一起种田,而渔民则是一起去捕鱼。每个生产队的劳动力早上集中到一起,听从队长分配任务,比如说两三个人驾驶船只,一部分人负责捕捞,一部分人负责挑拣捕获的鱼,然后运到固定的码头,去固定的供销社换得一些票,如粮票、布票等,或者是粮食、鸡蛋、布匹等实物,再由队长按工分分配。

1963年，爷爷与我的奶奶结婚。当时是我的太奶奶托人为我爷爷留意结婚的人选，经媒婆介绍和当时也在船上的刘姓一户结为亲家。对于父母包办的婚姻，我的爷爷没有反对，我想是因为他心里也没有什么合适的人选，或者他已经习惯了被安排吧，毕竟当时的社会对于自我意识这个观念也比较淡薄，而父母包办婚姻这种观念又深入人心。

1964年，爷爷的长子出生；接着在1967、1968、1970年又生了三个男丁，最小的便是我的爸爸。

1978年，爷爷送大儿子和二儿子去了学校。当时的校舍很简陋，破旧的红砖瓦房，桌子是学校提供的，板凳是学生自己从家中带去的。因没有通电，教室没有电灯，但是会备着蜡烛，只有当屋子里很暗的时候才会点亮。讲台和桌子都很旧了，用了一届又一届，粉笔不是现在的无尘粉笔，而是那种一写就粉笔灰漫天飞的那种。当时家里穷没钱买书包，奶奶就用打着补丁的布缝了两个书包，买了两只铅笔装在里面。书是学校发的。家里也没有足够的衣服穿，一件衣服从老大穿到老四，到我爸那里时已经坏得不成样子了。两个儿子被送到学校不久后，大儿子便辍学回家结婚了，二儿子虽然继续在学校但成绩也不是很好。

1982年，爷爷又送两个小儿子去了学校。这次奶奶并没有特意准备学校用具，而是拿前面两个儿子的书包和书给两个小儿子用。听我爸说，在他们那个年代，不仅仅是我们那一家，几乎所有家庭都是老大用完老二用，直到那个东西完全报废。和前两个儿子相似的是，几个儿子都没上到小学毕业就辍学回家干活了。当时一家六口生活在一条船上，除了住家船还有一条小船用来出湖打鱼。

告别集体经济后，爷爷与他的兄弟各自分家。我的爷爷和奶奶分得了那艘住家船，继续打鱼讨生活。

我的爷爷好喝酒，爱享受，叔叔和爸爸辍学回家后，就由他们承担了家里的体力活。每天早上，四个儿子在一条船上，大儿子撑船，二儿子和三儿子在船舱忙活，小儿子在船头干活。家里也没有什么工具，仅有一个网子，用来捉黄鳝和黑鱼。当时的洪泽湖鱼虾丰富，每每出湖总是收获满满。按照这样推断的话，家里应该收入颇丰。但事实却相反，家里还是很穷。因为当时虽然打鱼收获多，但是鱼虾不值钱，卖不出好价钱。而且家里捕鱼工具没有及时更新换代，长久下来，收益日渐减少。探究其原因，是我的爷爷思想老旧，不愿意在工具上多花钱，也不去谋求新的维持生计的方式，只顾眼前不计长久。

家中没有田地，一直生活在船上，也没有稳定的收入，就是靠天吃饭，遇到恶劣天气，没法出湖就蹲在家里。穿衣上也没什么讲究，冬天能穿暖和就已经很不错了，一件衣服从老大传到老小。家里的唯一交通工具就是船，每次要上街买点什么东西，都是撑船到附近卖东西的码头，然后再上岸去买。

大概在1982年，大儿子结婚，随后的十年里三儿子和小儿子也结婚了，家里的人口增多，都挤在一条船上。儿子们的婚姻都是父母包办的，家里穷，有人愿意嫁过来就很不错了，也不会再去多挑什么。对于爷爷来说，二儿子的婚姻是一件愁人的事。我的二伯，是唯一一个有点学历的人，因此有自己的想法，听说喜欢一个姑娘，但是别人嫌弃我们家穷死活不同意，这样一来就耽误了。我爷爷好说歹说才给他找到一门亲事，这才让几个儿子全部成了家。儿子们成家后，就面临一个问题：船太小，人太多不够住怎么办？于是，就分了家。分完家，没几年我的爷爷也因病去世了。

大概是1994年，我爸爸和妈妈结婚，两年后有了我哥哥。分家时我的爸爸得到了一条船和一些工具，除此之外便无余物了。结婚前几年，我的爸爸到我妈妈娘家那里生活了两三年，在那里和我的舅舅们一起工作，下湖捕鱼。有了我哥以后，我爸他们就开始单干了。我的爸爸是个勤劳的人，一天到晚不停地忙活，为的就是让一家能够过得更好。

有了爷爷那辈的教训，我的爸爸开始重视教育，把我和我哥送入学校，并且嘱咐我们要好好学习，不要走他的老路。

在我的印象中，我家的渔船一直停靠在洪泽湖靠近蒋坝镇的船塘里。所谓船塘就是渔民的生活聚集地，各家各户的渔船都统一停靠在这里。听父辈们说，其实以前也没有统一的停靠点，湖上没有什么大风大浪时就把船在捕鱼地点停放，如果遇到大风大浪的天气，每家每户就开始找安全的地方躲避风浪，就这样最后统一停放到了船塘里。

有些不懂渔民工作的人会羡慕他们自由自在、无拘无束的生活，但其实并不是这样。渔民们要服从政府的统一安排，也有规定的捕鱼时间限制，一般来说每年的冬季和春季就进入了禁捕时节，因为这是鱼生长繁衍的时候，过度的捕捞会导致生态的失衡。

生活在船上，最大的不便是用水问题。尽管四周都是水但没经过高温消毒，这样的水还是很脏的，如果再遇到水质污染等问题，用水就更不方便了。我家基本上是从水流湍急之处取水，加入明矾之后再烧开才可以饮用。后来船上通了电，就在码头附近打了水井，用水问题才基本得以解决。

由于我爸爸的辛勤工作，我家的生活越过越好，也从船上走到了岸上，买了房子，但是他还是在做湖里的活。我们曾几次劝他改行，但他说干了半辈子了，就会点这个手艺，又没有什么学历，没法融入城里的生活。

长期的渔民生活带给父辈们很多的影响。因为长期生活在一个狭小的渔船上，身体不能很好地舒展，所以会比生活在岸上的人腰弯得更早、更厉害，腿脚也不灵便。

早起早睡是渔民的一大生活特点，没有过多的娱乐，也可能是基于生存的需要，他们每天一起床就是去劳作，晚上休息了想着的还是要明天早早起床做事。

对于他们来说，最大的影响并不是身体上些许的变化，而是接受不到最新的教育，有种与新世纪隔绝之感，他们的思想没有随着科技的发展而更新，而是一味地守旧，我想这就是他们老一辈的无奈吧。

了解自己的家族史后，也更能体谅老一辈人的心酸。以前的我一直不明白什么是传承，而这一刻，我好像有了些头绪。

附录一

爷爷大事记

1946年,出生,家中排行第二,有一个哥哥。

1947年,三弟出生。

1948年,四弟出生。

1959年,上学一年级,半年后辍学回家。

1960—1962年,在家帮忙打鱼做杂活。

1963年,结婚。

1964年,有了大儿子。

1965—1966年,和太爷爷生活在一起,继续打杂。

1967年,二儿子出生。

1968年,三儿子出生。

1970年,小儿子出生。

1970—1977年,兄弟分家。

1978年,送大儿子二儿子读书。

1982年,送三子四子读书,操办大儿子婚事。

1983—1987年,抱得两个孙女一个孙子,很少参与劳作,养家重心逐渐转移到儿子们身上。

1988年,操办三儿子婚事。

1989—1992年,又得三个孙女一个孙子,基本上不再下湖捕捞作业。

1994年,操办小儿子婚事。

1995年,操办二儿子婚事。

1996—1999年,又抱得两个孙女一个孙子,其中包括我,因过度饮酒吸烟身体日渐衰弱。

2003年,去世。

附录二

家中第一次使用下列物品时间

电　灯：2005 年　　　固定电话：2007 年

自行车：1995 年　　　自来水：2004 年

电视机：2008 年　　　电风扇：2006 年

电冰箱：2014 年　　　电　脑：2017 年

外婆：新中国的同龄人

商学院会计1801　马韵茜

外婆1949年生于河北省唐山市丰南县（今丰南区）太各庄，当时外婆家中有六间正房，三间厢房，家里有父亲、母亲、两个姐姐、一个哥哥、一个嫂子共六口人。外婆的爷爷和姥爷家中孩子众多，但男丁只有外婆父亲崔庆丰一人。那时有一个说法叫"一子两不绝"，外婆的父亲便是崔氏家族里唯一传宗接代的人，所以外婆的姥爷也将自己的三间正房并入外婆父亲的名下，同时外婆的父亲也承担了为其叔叔养老尽孝的义务。

1957年，外婆开始到太各庄小学上学。当时的教学条件十分艰苦，教室内陈设简陋，冬天没有取暖设施，夏天没有降温措施。据外婆回忆，班里女生很少，教室不够，一年级和三年级挤在一个教室上课，二年级和四年级挤在一个教室上课，课程包括语文、数学、地理、自然四门。当时学生上课背的书包都需要自己缝制。

1958年，作为"大跃进"和人民公社的产物，全国各地建起了公共食堂。《丰南县志》第20页记载：1958年8月13日，大新庄办事处大河各庄农业生产合作社，办起了全县第一个社员食堂。年底，全县农村基本实现了食堂化。到1961年5月，食堂因不得民心全部取消。

太各庄有两个食堂，每天放学后都要去排队打饭，每天只给三两粮食，包括玉米、高粱、红薯、白薯面、窝窝头等。但三两粮食并不能让人吃饱，饥饿难耐时，外婆只能把玉米芯、花生皮、树皮碾碎后吃下去，这样才能勉强在当时艰苦的条件下活了下来。

据外婆回忆,那时候所有人都处于极度饥饿的状态,每次老师看到有学生在悄悄吃东西,都会问他们在吃什么,能不能分给自己一点。在外婆四年级的时候,有一位老师实在是饥饿难忍,干脆直接放弃了教学工作,独自一人跑到东北去找食物。

外婆13岁时小学毕业,没有继续求学,而是回到生产队。外婆所在的生产队,有400多亩土地。在生产队,她负责给牛割草、拉车、种地、挑水等。开始时,外婆每天可以挣6个工分,到秋天分配粮食的时候,生产队会从每个人的工分中把粮食对应的部分扣除掉,其余转换成钱分给生产队员,大约10个工分可以兑换5分钱。

那个年代,人们都是用纺车织布,自己用手缝制衣物,衣服脏了就用碱面来洗。为了取暖,外婆每天早上都会去帮父母捡柴,晚上用来烧土炕。1958年左右,外婆家开始使用电灯,结束了点油灯的历史。

16岁那年,外婆加入了共青团,担任村团支部宣传委员。外婆回忆,那段时间非常忙碌,每天早上都要出操,晚上需要拉练。除此之外,仅有小学文化的外婆还在"扫盲班"工作,每天晚上都要去走村串户,教不识字的村民写自己的名字、庄的名字,以及从1到10的数字等。

20世纪60年代,外婆家里很穷,没钱买东西时,就等着家里的老母鸡下蛋,然后用鸡蛋去商店换火柴等日用品。那时如果要去做什么有排面的事,比如说某家某户有喜事,外婆都会跟别人借衣服,事成之后再把衣服叠得整整齐齐还回去。

计划经济的背景下,每人需凭票购买粮食、布匹、油、肉等物资。外婆说,布票每人每年只给七尺三,即使只买一双尼龙袜子也需要布票,而肉票是只有城市户口的人才能有,一个月也只给一斤半的肉。1974年,肉价大约8毛一斤,酱油5分钱左右,冰棍3分钱左右。即使当时物资供应紧张,但会持家的外婆仍积攒了大量粮票。

1973年,外婆和外公结婚,并搬到了现住址唐山市开平区欢套村。丰南县和开平区有一定的距离,据外公回忆,结婚那天他凌晨就从家里出发了,在黑夜中赶路,直到中午,他才拉着一辆马车把外婆从丰南县接到了开平区。自此,他们二人勤俭持家,过上了平凡却幸福的生活。

外公外婆的结婚证

1974年,外公外婆生下了一个男孩,由于医疗水平和医疗条件落后,男孩在满月时因病夭折,至今不知病因。1975年、1977年分别生下了一个女孩(我的母亲)和一个男孩(我的舅舅)。

1976年7月28日,唐山发生7.8级大地震,《开平区志》描述道:"凌晨,狂风大作,地光冲天,巨响如雷,大地颤抖。3时42分53秒,唐山、丰南一带发生里氏7.8

外公外婆一家

级强烈地震,辖境大部分处于极震区,全区震亡41350人,砸伤5万余人,大批建筑物被夷为平地,经济损失折款达2.8亿元。"

整个欢套庄瞬间被夷为平地。震后,一个生产队住在一个卧铺里,食物短缺,外婆一家煮了五天的麦粒来充饥,直到解放军来才吃到了压缩饼干。外婆回忆,那一年欢套庄死了将近四分之一的人。幸运的是,外婆一家人在这场大浩劫中都幸存了下来。

灾后外婆和外公重建家园,新房有三间正房,两间厢房,一个猪圈。当时外公在唐山钢厂上班,他每月赚39.78元,其中30元要寄给母亲,9.78元供全家四口的柴米油盐。直到现在,外公仍然在钢厂工作。那时唐山有两个支柱企业,一是开滦煤矿,二就是唐山钢厂。20世纪70年代能够在唐山钢厂工作,是很多人求之不得的事情。

1985年,生产队解散,分田到户的政策使得家家户户开始大丰收,外婆一家一共分得了6.6亩地。之前在生产队工作的时候需要外婆自己动手去割麦子，1986年联合收割机的出现极大地方便了农民，机械化的到来终于让外婆解放了双手。之后外公在钢厂有了一份正式工的工作，外婆专心养家，一家人的生活逐渐安定了下来。

当时外公外婆的生活相对富足，在20世纪八九十年代先后添置了两辆摩托车、两台电视、一台缝纫机、一辆自行车和一台录音机，翻建老宅同时另建新宅。1989年，外婆家中安装煤气罐，改变了原来用大锅烧饭的方式。外婆小时候都是要去河边洗澡，或是用水自己擦拭身体，2000年左右外婆家中添置了热水袋（一种放置屋顶，利用阳光加热的工具），2010年又添置热水器。2009年，家中花费15500元添置了一辆三马子，2015年购入电动三轮车，2010年购买电脑并接入网线，2019年又购买52寸彩电和智能手机。

2006年，国家实行税费改革，包括农业税、教育费附加在内的各项税费全面取消，外婆一家的税费负担大大减少。除此之外，国家还会给农民一定的补贴，从前的"村提留、乡统筹"都不复存在了。2008年，农村医保和养老保险普及到外婆家，之后外婆多次因高血压住院均有所报销，很大程度上减轻了家庭的负担。

2017年，政府开始在乡村提倡"厕所革命"，欢套村家家户户开始整顿厕所脏乱差的情形，外婆家也积极响应号召，现阶段正准备进行厕所改造。农村开始修文化墙，并且将垃圾统一处理。为治理大气污染，村委会为家家户户装上了电暖气，外婆家不再用炉子烧火取暖。

现在的外婆是"动物园园长"，家里养了鸡、狗、猫等各种小动物，又有自己的一片小菜园，精心打理着茄子、西红柿、黄瓜、葱等各类新鲜的蔬菜。

母亲和舅舅都在城市中安家立业，但距离外婆家都不远，他们总时不时地回家探望，有时间了也会开车拉着外公外婆外出散散心。为了不让生活太枯燥，外公仍然在钢厂就职，做一些零零散散的工作。就这样，一家人幸福地生活着。

附录一

外婆崔凤香大事记

1949年，1岁，外婆出生于河北省唐山市丰南县（今丰南区）。家中有六间正房，三间厢房，家里有父亲、母亲、两个姐姐、一个哥哥、一个嫂子共六口人。父亲崔庆丰，母亲董氏，均为农民。两个姐姐分别叫崔凤英和崔凤兰，哥哥叫崔胜清。

1951年，3岁，弟弟崔胜平出生。

1960年，11岁，外婆在太各庄上小学四年级。同年，外婆哥哥崔胜清的儿子，即外婆的大侄儿出生。

1962年，13岁，外婆到太各庄生产队三队劳动，每天挣6个工分。

1965年，16岁，外婆加入共青团。

1967年，18岁，外婆哥哥崔胜清的女儿，即外婆的大侄女儿出生。

1971年，22岁，外婆的弟弟崔胜平结婚。

1972年，23岁，外婆弟弟崔胜平的儿子，即外婆的二侄儿出生。

1973年，24岁，外婆与外公李春爱结婚，并搬到现住址唐山市开平区欢套村。那一天是3月21日，初七，周日，外公起早用马车将外婆拉到了欢套村的新家中。同年，外婆在欢套村第六农业生产队上班，每天挣10个工分。

1974年，生下一名男孩，还未满月，因病早夭。

1975年，26岁，外婆的女儿，即我的母亲李雪梅出生。同年，外婆的母亲去世。

1976年，27岁，唐山大地震，灾后外婆与外公在原住址重新建房。新房有三间正房，两间厢房，一个猪圈。

1977年，28岁，外婆的儿子，即我的舅舅李震出生。

1985年，36岁，为补贴家用，外婆开始沿街卖冰棍。同年，生产队解散，外婆开始自己种地。

1987年，38岁，外婆和外公开始在欢套村另一地址盖新房。新房有三间正房，一间厢房，一个车棚，一个储物间。

1989年，40岁，外婆和外公入住新房。

1994年，45岁，外婆去塑料厂上班。

1995年，46岁，外婆去遵化清东陵旅游。

1996年，47岁，外婆去秦皇岛南戴河旅游。

1999年，50岁，女儿结婚。

2000年，51岁，儿子结婚，外婆在塑料厂辞职。同年，孙女、外甥女出生。

2004年，55岁，外婆患高血压。

2006年，57岁，为陪孙女看病，外婆第一次去天津，并在儿童医院居住近一个月。同年，小孙女出生。

2007年，58岁，外婆因高血压住院，治疗后暂时得到缓解。

2015年，66岁，外婆去惠丰湖及滦州古城等地旅游。

2016年，67岁，外婆去北京天安门旅游。

附录二

家中第一次使用下列物品的时间

电　灯：1958年　　　压水泵：1975年

电　视：1982年　　　自来水：1982年

缝纫机：1983年　　　自行车：1984年

录音机：1984年　　　煤气罐：1989年

电风扇：1990年　　　摩托车：1993年

电冰箱：2002年　　　固定电话：2004年

三轮摩托车：2009年　　热水器：2010年

电　脑：2010年　　　WI-FI：2010年

电动三轮车：2015年　　智能手机：2019年

为早逝的爷爷奶奶立传

化工学院应用化学1802　邱斌

我的爷爷邱有福31岁就去世了,但我还是想写写他的一生。

1947年,邱有福来到人世。他的父母同他的爷爷奶奶住在一起,当时爷爷奶奶是村里数一数二的大户人家,家有三栋砖瓦房,还有一栋面坊楼,专门擀面卖面给街坊四邻吃,土地也全部卖给了别人,一个面坊已经能够养活一家人了。每个月总会有那么几天邱有福家能吃上一碗香喷喷的红烧肉。

当时的大户都有给孩子抓阄的习惯,刚学会走路的邱有福就被抱上大圆桌,在他的周围摆放着形形色色的各类物品——筷子、小鞋子、书本、药品、钱、色笔……几乎没怎么犹豫,他就选择了书本,仿佛是对书本有天生的喜爱。在抓阄中,书本代表着知识,代表着以后会成为科学家、文学家。当时的家境也允许年幼的邱有福去读书写字,于是,爷爷奶奶决定送他去私塾读书。

1949年,新中国成立,随即开展了划分阶级成分的工作,邱有福的家里有一个面坊,虽说没有土地,但已经算得上是一个富农了。这一年有福的父亲去世了,3岁的他并没有意识到这意味着什么。

一眨眼,他已经又会跑又会跳了。他右手上的疤是在面坊偷吃面的时候不小心烫伤的。除此之外,他的额头也有块疤痕,那是姐姐带他去河里玩不小心磕出来的。

那天是个重要的日子，妈妈没有去面坊擀面，而是领着他到村上的先生——长贵老师那里去读书。6岁的他穿着爷爷奶奶珍藏的锦缎衣服，对这新鲜的一切都感到好奇。也正如小时候抓阄那样，儒学和算数对他来说居然很好理解，这令当时的老师都感到诧异。虽说有福下课放学回家也和大伙一起玩泥巴、打弹珠，但这丝毫不影响他的学习。

好景不长，1955年，有福的爷爷奶奶去世了，面坊店原本打算是由长子——有福的父亲继承，但他的父亲早已去世，交给儿媳妇打理又像是交给了一个外人，再加上父亲的兄弟姐妹日子也不好过，于是大家就背着有福妈妈把面坊卖给了国家，把钱和房屋分一分凑合着过日子。有福的妈妈得知这件事情之后气得直接离家出走，再也没有回来过。

显然，有福失去了上学的经济来源，9岁的他还无法自力更生，便跟随着二哥二嫂生活。当时二哥家有两间草房，二哥二嫂一间，有福一间，有福从读私塾的轻松生活里走了出来，他再也吃不到可口的面食和米饭，只有玉米饼子和烤山芋作为早晚餐。他刚开始只能捡捡柴火，帮邻居家放牛，后来渐渐地就可以插秧、收花生了。

11岁，二哥二嫂生了娃，有福的主要任务就变成了带娃。他13岁时，二哥二嫂又生了二娃。

1960年，有福离开大哥，开始了自己的生活。他住在政府安排的房子里，虽然房子和牛棚差不多，但对于有福来说，这破旧的房子就是他的新家。

身上的锦缎衣服拆了又重做，反复几次，剩下的布料早就已经容纳不下他14岁的身躯了。早在10岁时，这身衣服就已经被拆和缝补成扩大版了，现在已经有一半是破布补丁，他把这身衣服放到柜子里的时候告别了他的童年，祭奠了逝去的光辉和快乐。他穿上了二哥二嫂送的破旧的老棉布衣服，这是他少年时代的终结。

18岁的他因为踏实肯干被提拔为副队长，但他知道这更是因为队长是自己的大舅才会让自己当这个副队长。出于自身的正义感，他拒绝了，同时放弃了更好的伙食和更好的居住条件。

1966年是惨痛的一年，作为一个贫苦的农民，他做梦也没有想到自己会被当成地主的后代受到批判，他被迫忏悔，被迫请求原谅。他戴着高帽被捆绑在湖边的树上，任由别人的唾弃，有的人甚至大打出手，对着他扔石头。对于这些他甚至有些麻木了，他低着头，只想跳入水中淹却自己，但是腿却不听使唤，他在本能地抗拒死亡。这段日子他失去了尊严，只剩下了自己。好在组织及时了解情况，很快他就被定义为先进分子，是个朴实无华的贫农。

他脑中也会经常浮现二哥二嫂的身影响，他想着自己必须去结婚了，有一个属于自己的家。他的全部家产也就只有一栋草房——其间还被雨水冲掉过几次屋顶——还有两套碗筷和一些土豆玉米饼，再加上自己满脸的痘痘，找个过日子的倒是不成问题，但真想娶一个像样媳妇是真的困难。

21岁时，有天中午，他看到队长把一个姑娘五花大绑后扔到地上，他觉得这样对一个小姑娘太粗暴了，就过去制止。得知了前因后果——原来这姑娘偷生产队的小麦被抓了。有福看了这姑娘一眼，就觉得这辈子非她不可，他立马回家拿出自己积攒的粮食交给大队长，让他把姑娘放了。

姑娘名为谢莲子。

谢莲子自幼双亲去世无依无靠，便跟着厚道老实的有福回家了。这也变成了他们的家。没过几天，有福就请亲戚们吃饭，这次可是有鱼有肉，几个哥哥也帮忙盖了一栋更大的草房。

结婚后没两年，有福家新添了一位新成员——大女儿出生了。以后的几年里，他们陆续又生了两个女儿和一个儿子。

25岁时，有福爱上了唱戏，就自己与几个好兄弟一起搭了个草戏班子，每天干完农活就开始搭戏台子，街坊四邻都过来看一出好戏，有福饰演小生。

有福成年了，痘痘也消失了，再加上胭脂水粉往脸上一抹，底下的观众无论老少都看得入了迷。

有福的表演变得越来越出名，甚至隔壁村庄，对面山头也会有人来看。这事被城里的剧院知晓了，便邀请有福去剧院唱戏，有福欣然前往，苦尽甘来的转变让有福产生一种好好感谢生活的冲动。

谢莲子看到在舞台上载歌载舞的有福就觉得当年没走的决定是明智的，看着台下女孩崇拜的眼神，她更觉得无比自豪。虽说这些年的生活让人疲惫不堪，但是对生活的憧憬更让人活得像人。突然的喜讯砸中了谢莲子，丈夫被省里的戏院看上并且要去省里唱戏。谢莲子脑袋里开始幻想着以后在城里坐车子住高楼的场景。

加入戏院的第二年，家里的茅草屋就翻了新，换成了瓦房。

可惜好景不长，丈夫有福刚进戏院一年多就不幸患脑梗死死亡。25岁的她，人生的路还很漫长，可责任感束缚着自己，她决定独自拉扯大4个孩子。

那几年里家里的粮食越来越少，自己要做的活也越来越多，孩子们虽说可以帮忙做做家务，放放牛，捡捡牛粪，但对于喂饱一个家庭来说还是捉襟见肘。

可能是不忍4个孩子忍饥挨饿，抑或是架不住亲戚朋友们的劝说，更可能是土地从集体分散到户，家中6口人分到7.2亩地，30岁时，一个男人入赘她家。

这个男人有门手艺——给毛主席塑像上漆，再加上平时去地里劳作所得，虽说赚不到很多钱，但是养活一家六口人还是绰绰有余。

1983年，谢莲子思来想去，买了一辆脚踩打稻机，这样就可以节省打稻子的时间，在"双抢"（抢收、抢种）的时候就不会有那么多成熟的稻子被鸟和虫子吃掉。

孩子们一天天长大，日子也变得好起来了，她便又盖了一个土房子。

再婚后的十年里，谢莲子的心中都装着前夫，但是看着现在的男人在田地里流下的汗水，又总是偷偷走到集镇去买一些糖果零食给孩子们吃，冰冷的心也开始融化了。两人在1993年生了一个女孩，这也是谢莲子的最后一个孩子。但是这个孩子一出生就高烧不止，因为家里的境况也不允许他们花大钱去救治婴儿，谢莲子抱着丈夫，两人默默哭泣，把孩子丢在了山头。神奇的是，半个月后，孩子被送回来了，虽然骨瘦如柴，但是烧退了，眼中也有光芒了，孩子眼中倒映着的父母更是喜极而泣。

唯一的儿子被送到村头读小学，学费要十几块钱，谢莲子还是看不到学习会有多大的出路，就把孩子送到木匠家学了三年手艺。之后才二十出头的儿子走出贫困的山村去见识外面的世界。坐在拖拉机的侧边，谢莲子朝着他挥手，希望他能在这个繁华的世界找到自己的家，找到自己存在的意义。

小女儿在丈夫的一再坚持下，也被谢莲子送到了学校读书，小女儿非常争气，居然考上了高中又考上了大学。

时光荏苒，几个女儿也陆续出嫁，家里的房屋不断翻新，耕牛换成了收割机，屋子也变成了谢莲子当初想象中的样子。

孙子从出生到长大直奔大学而去，就像拖拉机变成三轮车再变成面包车一样，距离越来越远、隔阂越来越大。

要是有福活着就好了，谢莲子经常这样想。

59岁时她被烫伤了腿，再也没法像个正常人一样走路了，甚至以后几年都只能躺在摇椅里。她盯着路口，期盼孙子向她跑来喊她一声奶奶，幻想着有福能过来抱住她、带走她。

花甲之年，谢莲子因贫血入院，还经历了一次胰腺癌手术，她知道自己的大限将至。丈夫的照顾让她心怀愧疚，但是她把愧疚转变成了一种愤怒的情绪——她恨这个世界，恨自己不能活得更久，不能看到孙子成家立业……

村村通的公路在近年修好了，虽说从十几年前的土路变成石子路，又变成如今的水泥路花费了不少时间，但谢莲子满怀憧憬，以为孩子们来看自己会越来越方便。但是她想错了，越来越便利的交通只会把孩子们带去更远的地方。

她坐在轮椅上，看着旁边的道路。生活是越来越好了，从每天两顿饭到一天三餐，又到中午能吃上白米饭，再到每天都能吃到白米饭鱼肉，衣服也从棉布衣服到各式各样的花衣服，鞋子也变得有了多种款式，这真的是太幸福了。

自己家的房子也从土房变成了砖瓦房，但是这个时代也不再属于他们了，甚至这个世界都不属于谢莲子了。她坐在轮椅上，浑浊的眼睛看着斑白的马路，仿佛马路都变得无边无际，一直可以通到儿女打工的地方、孙子上学的地方。她微笑着，仿佛眼前都是一家子和和睦睦，阖家团圆的影像。

死去的有福也向她走来，他还是那么年轻，那么俊朗。突然眼前的光就变得昏暗了，世界的颜色也被剥夺，66岁的谢莲子永远地闭上了自己的眼睛，她生命之钟停在2018年。

附录一

一 爷爷邱有福大事记

1947年,1岁,出生于安徽省宣州区寒亭镇福定下马村,有两个哥哥、一个姐姐、三栋砖瓦房,寄住在我的爷爷奶奶家,无土地,家中开面坊。

1948年,2岁,抓阄时抓到了一本书,被认为是读书的料。

1949年,3岁,弟弟出生,家庭被定为富农。

1950年,4岁,在面坊吃面的时候把手烫了一个大疤。

1952年,6岁,去村中的私塾上学,老师长贵。

1955年,9岁,我的爷爷奶奶去世,面坊倒闭,分家,跟随二哥二嫂生活,两间草房子。

1957年,11岁,二哥得一子,有福负责照看弟弟和一些家务杂货。

1959年,13岁,暂时无房子,脱离哥哥嫂嫂,住在大哥家。

1960年,14岁,生产队分配了一间草房,从此正式单独开伙。

1964年,18岁,推选为副队长,被他拒绝。

1965年,19岁,开始相亲,因为脸上痘痘太多,也没什么财产,所以一直失败。

1966年,20岁,戴高帽,和两位哥哥一起被拉到广场上受批斗。

1967年,21岁,一位少女偷小麦被抓到,他替少女还了债,娶了她当媳妇,盖了一间大茅草房。

1968年,22岁,生一女。

1970年,24岁,生一女。

1971年,25岁,爱上了唱戏,和村上几个好兄弟一起免费唱戏给大家听,很多人迷恋他。

1972年,26岁,生一女。

1975年,29岁,生一男,剧院请他去唱戏。

1976年，30岁，加入戏院，饰演小生，翻新了房子，把草房换成了瓦房。

1977年，31岁，卒，死于脑梗死。

二 奶奶谢莲子大事记

1953年，1岁，一栋草房，两个哥哥，贫农，无土地。

1955年，3岁，用油锅洗澡的时候不小心把屁股烫了。

1956年，4岁，妹妹出生。

1958年，6岁，父亲经常咳嗽，浑身不舒服。

1959年，7岁，大哥卒，羡慕上学的同龄人，经常去私塾门口看别人上学。

1962年，10岁，父亲死于痨病。

1963年，11岁，母亲死于悲伤和过度操劳，分家时她什么也没分到。

1964年，12岁，开始了乞讨和挖野菜、偷农产品的生活，孤身一人。

1967年，15岁，在我爷爷的村子上偷小麦被小队长抓住，被爷爷救出，与爷爷结婚，有一间茅草房。

1968年，16岁，生一女。

1970年，18岁，生一女。

1971年，19岁，第一次去看戏。

1972年，20岁，生一女。

1975年，23岁，生一男，剧院请她丈夫去唱戏。

1976年，24岁，翻新了房子，把草房换成了瓦房。

1977年，25岁，丈夫卒，死于脑梗死。

1981年，29岁，分田到户，分得土地7.2亩，她实在无法拉扯大4个孩子，准备再找一个男人。

1982年，30岁，一男人入赘，家里6口人，一间土墙瓦房。

1983年，31岁，购买脚踩打稻机。

1987年，35岁，几个孩子也能下田做一些累活了，生活开始好起来。

1990年，38岁，大女出嫁，嫁妆有一台黑白电视、被子和一个箱子。

1991年，39岁，购买柴油机打稻机。

1992年，40岁，二女儿出嫁，嫁妆和大女儿一样。

1993年，41岁，生一女，刚出生的女儿一直高烧只能丢弃到山头。

1994年，42岁，儿子娶媳妇，同年儿子生一女；被扔的孩子被别人捡到了治好送回来了。

1995年，43岁，三女儿出嫁，嫁妆和两位姐姐一样。

1996年，44岁，送儿子去学木匠手艺，拜师花了500块和一盒鸡蛋。

1997年，45岁，儿子患肝炎，给了些钱帮忙治疗。

1998年，46岁，儿子学成归来，开始外出打工。

2000年，48岁，孙子出生，买彩色电视机，给儿子盖了一栋二层洋房。

2002年，50岁，买了一头小牛，孙子把左手烫脱了皮。

2003年，51岁，儿子外出打工，自己在家中带孙子。

2004年，52岁，卖牛，同年把土墙翻新成水泥墙。

2008年，56岁，把猪卖了，从此不再养猪。

2010年，58岁，小女儿出嫁，嫁妆是一个箱子，一床被子。

2011年，59岁，脚被烫伤，不能下床走路，买了辆三轮车。

2012年，60岁，家里分得6亩地，一个山头。

2014年，62岁，贫血住院。

2015年，63岁，胰腺癌开刀住院。

2016年，64岁，贫血入院，屋子刷上了白漆，还把瓦房给换了。

2018年，66岁，卒。

附录二

家中第一次使用下列物品时间

电　灯：1986年　　固定电话：1996年

自行车：1997年　　汽　车：2012年

自来水：2008年　　电风扇：1997年

电视机：2000年　　电冰箱：2006年

电　脑：2016年　　WI-FI：2018年

平淡一生深处行——记我的爷爷

商学院国贸1801　蔡敏

1945年5月24日，我的爷爷出生在江苏省靖江市太和镇同兴桥的一户农村家庭。他是家中最小的孩子，也是家中唯一的男孩。在重男轻女的社会环境中，称爷爷是家中"珍宝"也不为过。蔡家是按辈分起名的。爷爷是"德"字辈，1945年是中国抗日战争胜利之年，因此太爷爷为他取名蔡德华；爷爷的两个姐姐叫蔡德云和蔡德凤，寓意云中凤，一家吉祥。

1950年左右，到了爷爷的姐姐们该上学的日子，学校就是离家隔了两条圩的几间破土房子。太爷爷太奶奶用积攒下来的钱供爷爷读书，爷爷的两个姐姐却失去了读书的机会。爷爷回忆说，有几次和姐姐们一同在门外玩耍，姐姐们看到隔壁家的哥哥姐姐一起去上学，总会暗中难过。爷爷说，打那时起，他就决定一定要好好读书，不能让姐姐们的眼泪白流。

上学那些事

1952年9月，爷爷7岁，在太爷爷陪同下带着几块钱去学校。据爷爷回忆，当时到了学校才知道入学前要交2角钱检查白喉病，太爷爷只带了学费，没带那2角钱，只能又走回家，让太奶奶找了2角钱带了过去。

爷爷说每天早晨都要走路去上学，下午再回来，那时路都是泥土地，一下雨路面就很泥泞。

20世纪50年代正值新中国成立不久,语文课本有着强烈的时代气息,爷爷说他还是喜欢现在我读小学的课本,有文学气息。

不过,当看到我每天背着沉沉的书包回家,有做不完的作业,周六还要去上作文课,即使闲下来也是拿着爸爸妈妈的手机玩或是看动画片时,爷爷说他一点也不羡慕。爷爷说他那时候虽然没现在的高科技电子设备,但简简单单一木棍、一罩子、一帕子,也能玩一整天。

1953年,社会主义三大改造开始,农业实行合作化,引导农民组织起来走集体化的道路,建立了农村生产合作社。当时在集体的田里,大家都是一起干活。放假的时候爷爷和一群伙伴就约好时间,比赛割稻。1958年,在全国范围内掀起"除四害"运动,寒假期间,大家用木棍支起罩子,在罩子里放一点麦子,用来捉麻雀,但是爷爷只抓到过一次。

1957年9月,爷爷靠着香港姑太和太爷爷的钱上了初中,谁知第三年就开始了长达三年的困难时期,爷爷也因此提前结束了学生时代。

爷爷与奶奶

自爷爷出生起,一家子就住在太爷爷的土房子里。到了1962年,两个姐姐先后都嫁了出去,一个嫁在离家两公里的戴家圩,一个嫁到了城里。爷爷辍学后,被太爷爷安排进太和化肥厂做了一名工人,一个月工资30块钱,在工厂里认识了我的奶奶蒋巧珍。奶奶只上过三年学,但认识不少字,也能和爷爷聊得来。奶奶是找人托关系安排进厂的,她是一名做饭的"食堂阿姨"。爷爷喜欢吃味道重的东西,不能少盐,味道不足就会生气,总是去向奶奶投诉菜没味道,一来二去,俩人也就熟悉了。双方家长一看对方的样貌、品性、工作般配,也就在适当的时候为他们定下了亲。1966年7月2日,爷爷和奶奶结婚了,仍是在那个土房子里。

在太爷爷太奶奶的帮扶下,俩人过上了凑合的小日子,在1970年、1972年、1975年分别生下了姑姑、爸爸和叔叔,分别起名蔡丽萍、蔡恒华、蔡恒勤。

爷爷深知读书改变命运的道理，也没有封建的重男轻女思想，在姑姑第一年考取大学未果后又让姑姑复读了一年，好在姑姑也没辜负他们的期望，考上了大学。20世纪80年代的大学生还很稀缺，所以一家子都以此为傲。叔叔是高中学历，没能考上大学。唯独爸爸初中毕业就不愿意继续上学，十几岁就辍学跟着爷爷认识的一个师傅去了深圳学做服装，直到23岁才回来，在家人的安排下与妈妈相亲，落户在了靖江。

爷爷总说，其实三个孩子里爸爸脑瓜子是最聪明的，他三年级学的英语到现在还能记得，每次看爸爸的数学作业本，也能看出来他的答题过程是最详细的。但也就是因为太聪明，爸爸喜欢耍小聪明，不够踏实，不知道学习的重要性。

1995年，姑姑嫁给了身为退役军人的姑父；1998年，爸爸经相亲认识并娶了一个村主任家的二女儿也就是我妈妈；2000年，叔叔和爷爷一样，在上班的工厂认识了婶婶。爷爷欣慰地说，叔叔结婚那天，他和奶奶在房间感叹，忙了半辈子，也算有了个好的结果。

2002年，爸爸去深圳学习工作；2004年，爸爸从深圳回家，在服装厂待了两年多；2007年他决定创业，开了自己的工厂，后来家里日子还算红火。

房子与土地

从爷爷出生一直到爷爷奶奶结婚，住的都是两间土坯房。起初的房子低矮不说，还没有窗子，泥巴地一扫地满屋灰尘。窗户很小，屋子里面总是黑乎乎的。全家最怕下雨，尽管屋顶上是油毛毡，时间长了还会漏雨，时常外面下大雨，屋里下小雨。遇上半夜下暴雨，太爷爷首先要看看床顶上方漏不漏，再把米缸用塑料布盖上，然后去屋外看房子有没有倒塌的危险。遇上有墙面被雨水泡透了的情况就赶紧拿根棍子撑起来，保证墙壁短时间内不倒。每家都是种几亩薄田，没有钱去改善住房环境。

改革开放后，家里的生活水平也开始芝麻开花节节高。1982年，爷爷买了很多红砖，推倒了泥巴土坯房，建了个砖混结构的住房。所有的房间都留了很大的窗户，窗上还镶嵌了玻璃，室内宽敞明亮。他还用砖头铺了地面，爷爷高兴地说太奶奶和奶奶打扫的时候再也不用担心一扫地就呛一鼻子灰尘了。可惜，1984年，太奶奶还没在这个新家中享受多久，就去世了，卒年69岁。

后随着姑姑、爸爸、叔叔各自成家，老房子也只有太爷爷、爷爷奶奶和叔叔一家住了。1999年7月，太爷爷去世，享年87岁。

2000年正月初一，我出生了，爷爷特别高兴，说我在这个吉祥日子出生，以后一定聪明智慧、万事如意。

2001年，爷爷帮着爸爸在那片空地上建起了我们的新家。我们家离爷爷家也不远，有时候烧的菜丰富一点了，各自也会叫对方一起吃饭。

2015年，我考上了省重点高中，爸爸创业也有了一些起色，爷爷为我们一家高兴。爸爸说，看着村里家家房子都越来越现代化，也想把房子重建一下。爷爷刚开始提议爸爸直接去城镇里买一套房，可是爸爸妈妈觉得花个一百多万也能在乡下建个小洋房，有和睦的邻居串串门，日子过得舒坦，还能照应爷爷。爷爷听了以后就答应了。在重建房屋的小半年，我大部分时间住在学校附近的租屋里，过节放假还是住回爷爷家。

爷爷总说，他的一生是平凡的，没有参加当年轰轰烈烈的战争，也没有当老师，普普通通活了一辈子。但我觉得，这样的一生也算是平淡一生深处行。爷爷一生不争不抢，恬淡宽厚，虽已满面皱纹，仍旧热爱生活。他懂得那个年代女性的苦楚，所以孝顺太奶奶，疼奶奶；他深知读书的作用，只要孩子肯读书，砸锅卖铁也要让孩子读书；他体恤子女，每次接他来住几天，他总说你们忙你们忙，我一个人也能过得很好……

大件小件更新换代

通信工具

2002年，爸爸要去深圳打工两年，走之前给家里装了第一部座机，方便和妈妈联系。第一次装固定电话花了2500多元钱，而且想选好号还得再交100元，爸爸选了个吉利的号码，后来妈妈的摩托车牌号尾数也是一样的"382"，现在爸爸手机的锁屏密码也是这个号码。

2004年，姑父买了新手机后将用了一年的手机送给爸爸，也就是我们家的第一部手机——诺基亚7650。这款诺基亚是滑盖的，而大多数人用的诺基亚还都是直板的，爸爸觉得很酷，还经常向别人炫耀。2007年，第一部手机有所损坏，爸爸换成了小灵通。2010年，电视上循环播放着宋慧乔代言的步步高音乐手机，优美的纯音乐旋律吸引了不少消费者，爸爸也买了一部步步高手机，那时候步步高还不叫vivo。再后来，爸爸和妈妈的手机也都是在vivo、oppo之间选择，而爷爷一直用的还是爸爸用剩的那款小灵通。2011年，看《快乐女生》的时候我还偷偷问爷爷要了小灵通给节目发短信投票，后来被爸爸发现臭骂了一顿。近年来华为手机势如破竹，2018年，我高考结束，第二天妈妈带我去买了我人生的第一部手机，华为nova2s。那年冬天，爸爸也把手机换成了华为，直至今日。

交通工具

1999年爷爷买了家里第一辆自行车，凤凰牌的。后来我上学了，爷爷总是骑着凤凰自行车，前面横梁上坐着我，后面座上坐着弟弟（叔叔家的儿子），一路有说有笑放学回家。

我的第一辆自行车也是凤凰牌。我看邻居家的小孩都能自己骑车上下学，也要求自己骑车回家，2010年我过了十岁生日，爸爸妈妈就给我买了，可是坚持了没几个星期，觉得太累，也就没有再继续骑车上下学了。

在2013年家里买第一辆汽车之前爸爸骑的一直是摩托车，是外公外婆在2010年买的铃木摩托，现在已经好几年不骑了，都落了灰。

现代化智能与有意思的旧物件

同样也是2010年我过10岁生日那年，爸爸买了我家第一台电脑，是联想笔记本电脑。那时候还是宽带连接，用座机拨号上网，爸妈白天都在上班，周六周日就是我的快乐时光。爷爷在我家的时候我还教会了他玩斗地主和欢乐麻将，爷爷甚至还让我给他花10块钱充QQ蓝钻（就为了把一个总是发语音催他的人踢出游戏）。后来我初高中学业压力加大，爸爸也没准我再用电脑。一直到我考上大学，2019年大二上学期评完了奖学金，算是用自己的奖学金买了真正意义上属于我自己的第一部戴尔笔记本电脑。

附录一

爷爷蔡德华大事记

1945年，出生，父亲蔡昭庆，母亲季凤兰，大姐蔡德云6岁，二姐蔡德凤3岁；住2间土坯房；2亩地。

1949年，4岁，染风寒，发高烧，于鬼门关走了一遭，后健康活泼。

1952年，7岁，于礼士小学上小学一年级。

1954年，9岁，小学三年级；比赛割稻将右手割伤，至今仍有伤疤。

1956年，11岁，小学五年级；两姐姐帮助家中种植两亩地，考虑家中贫困不想继续读初中，香港姑姑寄来学费让继续读书。

1957年，12岁，升入礼士中学。

1958年，13岁，遇上自然灾害，初二肄业回家。

1959年，14岁，全村贫困，靠香港姑姑的救济慰问生存。

1962年，17岁，大姐蔡德云经人介绍与戴家圩农民戴恒顺结婚。

1963年，18岁，二姐蔡德凤嫁入城镇与王福兴结婚。

1965年，20岁，父亲托关系找人安排进入太和化肥厂工作，一个月工资30块钱。

1966年，21岁，与化肥厂食堂打菜的姑娘相识相爱，于当年12月10日结婚，妻子名为蒋巧珍，后仍和父母住土房中。

1969年，24岁，工厂形势转好，工资上涨变为30块钱一个月。

1970年，25岁，4月妻子生下大女儿蔡丽萍。

1972年，27岁，11月生下二儿子蔡恒华后，由父母带，夫妻两人每天工作。

1975年，30岁，10月生下小儿子蔡恒勤；工厂安排进了新的食堂工人，妻子失业，回家和母亲一起带孩子，照看农田。

1980年，35岁，实行分产到户，被分入第一生产队。

1982年，37岁，工厂变成大型化肥厂，第二次涨工资，一个月70块钱；推倒泥巴土坯房，砌成砖混结构住房；小儿子7岁，升入礼士小学一年级。

1984年，39岁，母亲去世，享年69岁。

1986年，41岁，大女儿16岁，成绩擦边考入新桥高中；二儿子14岁，初中二年级，不想读书，年末肄业。

1987年，42岁，大女儿高中寄宿，二儿子跟随一师傅去深圳闯荡学做服装，家中仅剩小儿子在身边。

1988年，43岁，大女儿高考失利，差0.5分未考入大学，决定复读；小儿子13岁，升入礼士中学。

1989年，44岁，大女儿复读一年再次高考，考入省级中专。

1990年，45岁，小儿子15岁，升入初三，也想辍学，被制止。

1991年，46岁，小儿子考入县高，当时工资已有150元，办酒席。

1992年，47岁，大女儿中专毕业，被分配进入城镇中学当老师，二儿子在深圳进入一服装厂。

1993年，48岁，小儿子高考失利，不想复读，安排进厂工作。

1995年，50岁，大女儿25岁，与29岁退役军人徐辉军结婚。

1996年，51岁，工资涨到600元。

1997年，51岁，父亲因病去世，享年87岁。

1998年，52岁，大女儿生子，大孙子1岁；二儿子3月回家与人相亲，后回深圳，春节回家与村长家二女儿结婚，二儿媳妇名为倪秀萍。

2000年，54岁，小儿子与同厂女工结婚，小儿媳妇名为徐燕；二儿媳妇生女，得一孙女，生日正月初一。

2001年，55岁，帮二儿子在哥哥留下的土地上建了一座砖房；与小儿子一家住老房中。

2003年，57岁，小儿媳妇生双胞胎，喜笑颜开。

2004年，58岁，二儿子从深圳回靖江，在靖江美虹服装厂工作，工资

1400元。

2006年，60岁，退休，当年退休金每月800元。

2007年，61岁，二儿子退出服装厂开始创业，建立旭峰服装有限责任公司。

2009年，63岁，二儿子创业遇挫，将一亩地卖掉帮助二儿子创业，另一亩地给小儿子。

2010年，64岁，退休金涨到每月1600元，重建家中旧房，改为两间。

2013年，67岁，二儿子公司渐入佳境；家中剩余一亩地由村里承包种树，不再割稻种麦，米都在超市或向他人购买。

2015年，69岁，二儿子房子重建，建成现代化小洋房。每年半年时间在老房中居住，半年时间在二儿子家居住。乡村生日过九不过整，在二儿子新家办70岁大宴。

2016年，70岁，妻子患乳腺癌去世，享年67岁。大孙子考入南京工程大学。

2018年，72岁，孙女考上江南大学。

2020年，74岁，大孙子考上南京邮电大学研究生。

附录二

家中第一次使用下列物品时间

电　灯：1979年前后　　　固定电话：2002年

自行车：1999年　　　　　汽　车：2013年

自来水：1991年　　　　　电风扇：1995年

电视机：1998年　　　　　电冰箱：1999年

电　脑：2010年　　　　　WI-FI：2014年

压不垮的祖母

商学院国贸1801　张晨曦

1948年9月，奶奶张秀清出生于河南省杞县平城乡平东村，奶奶家中姊妹四个，她排行老二，上面有一个哥哥，下面有一个弟弟和一个妹妹。

20世纪五六十年代，每当青黄不接的时候，奶奶家早晚只能喝用一点点的杂粮或红薯煮成的稀得像水一样的汤，中午会有一口杂粮馒头吃，来维持一天的辛苦劳作。

作为家中青壮劳动力的父亲吃的是最多的，其次就是他们这些孩子，母亲总是吃得最少，常常饿着肚子辛苦操持家务。

因为家中实在养不起，弟弟妹妹都被送给了邻村没有孩子、吃得起饭的人家。那时候家里孩子穿的衣服常常是一串接一串的补丁，烂了补补继续穿。曾有一段时间，家里就一件破棉袄，到了冬天，孩子们都缩在被窝里，棉袄是谁出去谁穿。若是下了大雪，他们更是很少出去，因为怕被雪淋湿了衣服，来不及干，万一有急事出不去就坏了，又或是穿着湿棉袄出去了，万一冷风一激，染了风寒，回来发了高烧，更是厉害。那时家中是生不起病的——村里根本没有医生，且不说要去老远的地方请人来看病，家中也根本没有多余的钱看病。

在奶奶的记忆里，她小时候就没有出过村子，每天就是家里和地里，偶尔和小伙伴去林子里玩一玩，出行全靠一双脚。她的父母亲要是想进城，就要先向队里请假，然后凑上村里去城里的牛车，天不亮就出发，晃晃悠悠快到晌午时才能到，急急忙忙办完事就要赶紧返回，尽量在天黑前到家。可以说，在村里的农民们基本上都是自给自足的生活模式，很少进城，一辈子都没有出过村子的也大有人在。

那个时候虽然已经有了自行车，但要凭票购买。自行车票和钱对村民们来说都是很难搞到的，而且村里都是凹凸不平的土路，人们骑自行车也不方便。

奶奶小时候没有什么玩具，但却也有丰富多彩的童年。她常常跟着她的大哥一起玩，大哥爬树摘果、掏鸟窝，她就在一旁挖挖野菜、摘摘野花，把红色的小野果插入麻花辫里当饰品。

奶奶只上到小学五年级就回家种田挣工分了，去队里拔草、挖红薯、挖花生，能领半个工分和一小块馒头，贴补家用。

1971年奶奶23岁，经人介绍，和同村的爷爷结了婚。那个时候村里结婚也很少能搞到红布料，要是有亲戚在供销社工作，搞到了一小块有瑕疵的红布做红盖头，那是极其有脸面的事情。奶奶结婚的时候，穿着一身精神的绿军装，脚蹬草绿色解放鞋，这是20世纪70年代最流行的打扮。虽然家庭贫困，没什么好东西，但心灵手巧的她也拿碎布料给自己做了一条好看的头巾。借了一辆自行车后，她坐在自行车后座上，高高兴兴地嫁给了爷爷。

爷爷奶奶的家庭条件差不多，都不富裕，他俩在一起后却也把小日子过得有滋有味。后来大伯、爸爸、叔叔纷纷出生，这个家也越发热闹了起来。

20世纪80年代初，分田到户，家中分到5亩多地，奶奶在地里干活，爷爷干起了厨师，农忙时会请假几天帮奶奶干农活。勤快的奶奶是庄稼地里一枝花，非常能干，我的大伯、爸爸会去地里帮忙干活，做厨师的爷爷也为家庭带来了固定收入。家中慢慢有了积蓄，房子也是砖瓦房了，条件好了很多。

1983年，爷爷因病去世，分给爷爷的一亩地不久也被收回了。因给爷爷看病，花光了家中原有的积蓄。奶奶用自己坚韧的身躯扛起了一贫如洗的家庭，家里四口人有4亩地，奶奶一个人在地里辛苦劳作，风吹日晒，回家还要操持家务。

爷爷去世时，三个孩子分别是11岁、9岁与4岁，很多人劝奶奶丢下三个孩子改嫁，但奶奶舍不得，她用自己瘦弱的身躯撑起了整个家庭。

农忙时，她每天四五点钟就起床，先给三个孩子留好饭，自己馒头就着咸菜简单吃几口，就下地干活，犁地、拔草、播种、浇灌。她的脖子上围一个擦汗的布巾，烈日当头的时候她汗如雨下，布巾都能拧出一把水来。

奶奶总是积极乐观地面对生活，擅长苦中作乐。庄稼地附近有一口水井，她会带一个装水的大罐子，渴了就去打水喝。再热的天气，井水总是冰冰凉凉的，甜滋滋的。喝了这井水，她觉得再辛苦的劳作也有一股子甜味。

中午的时候，她就不干活了，可以去树荫里休息一下，家里的老大会送来饭菜，老二也会牵着老小来树荫这里玩。每每吃着自己儿子做的饭菜，喝着沁凉的井水，看着小儿子们或嬉笑打闹，或趴在自己腿上睡着，她心里就会觉得很幸福，身体里又重新涌起了力量，下午更加努力地劳作。

秋收时是最忙的了，家家户户都要赶秋收，趁着天气晴朗，赶紧把粮食收了，晾晾晒晒收进谷仓。就靠奶奶一个人播种的时候还好，慢一点也没关系，但秋收是争分夺秒的，万一晾晒的时候下了雨，粮食就会受潮了，所以必须趁着晴天抓紧时间收麦。这个时候，奶奶就会带着三个孩子齐上阵，弯着腰拿着镰刀节奏紧凑地收麦。

农村是最讲究人情的地方了，亲戚们都互相照应着，奶奶一个人带三个孩子，平日里也时常受到亲戚邻居的照顾。奶奶的大哥家、爷爷的妹妹家，在紧赶慢赶地收完自家麦后就会来帮奶奶收麦，大家一起齐心协力，等到粮食收进奶奶家谷仓，这心才能放到肚子里去。

那时候种地要交公粮，交完公粮家中所存有限，白面很少吃，都是吃杂粮。平时三餐窝窝头、玉米面贴锅饼，就着咸菜吃。爸爸说他小时候很少吃肉，家里一年也吃不了半斤肉。后来条件稍微好一些了，粮价上涨，粮食卖的钱多了一些，才稍微有点肉吃。过年的时候还虽然吃到饺子，但一大堆的白菜和一点点的肉剁在一起包饺子，就是尝个肉味。

穷人的孩子早当家，这样艰苦的条件下磨炼出来的爸爸叔叔伯伯都继承了奶奶的优良品质，勤劳能干，三兄弟17岁就出来打工赚钱了。

奶奶仍然在农村种地，但有了已经工作的儿子们的补贴，生活也好了很多，出行也有了自行车。

再后来，在不懈的努力下，爸爸和叔叔、伯伯在城里也买了房子。奶奶也不在农村种地了，她把地赁给了别人种，一亩地可以拿到300元钱，自己轮番去三个儿子们家里住，吃穿不愁。村里通了自来水，进城的公交半小时就有一趟，奶奶也常常回村里，在院子里种种葡萄酿葡萄酒，种种菜，只图兴趣，没有以前的生存压力。苦了大半辈子的她终于可以安享晚年了。

前几年，爸爸妈妈盘了一个超市，日子开始越过越好，虽然车子还是拉货用的面包车，但出行也方便。

受2020年疫情影响和网购的冲击，超市的生意没有往年好了，但奶奶不畏困难的坚毅品质在激励着后代，去克服困难，不断进取。

附录一

奶奶张秀清大事记

1948年，1岁，出生，一家4口，土房，无土地。

1949年，2岁，妹妹出生。

1951年，4岁，弟弟出生。

1954年，6岁，弟弟妹妹被送养。

1956年，8岁，上学，平东村小学一年级。

1960年，12岁，辍学，帮家里赚工分。

1966年，18岁，加入红卫兵。

1972年，24岁，结婚，大儿子出生，土房。

1974年，26岁，二儿子出生。

1977年，29岁，三儿子出生。

1978年，30岁，大儿子上平东村小学一年级，砖瓦房，分了九分田地。

1980年，32岁，二儿子7岁，小学一年级。

1983年，35岁，三儿子7岁，小学一年级，丈夫病逝。

1987年，39岁，大儿子16岁，初中毕业，在家帮忙种地。

1989年，41岁，大儿子18岁，进城打工；二儿子16岁，初中毕业，在家务农；三儿子13岁，初中一年级，平城乡中学。

1990年，42岁，二儿子17岁，进城打工。

1992年，44岁，三儿子16岁，初中毕业，进城学厨。

1996年，46岁，大儿子23岁，结婚。

1997年，47岁，大孙子出生。

1998年，48岁，二儿子23岁，结婚。

1999年，49岁，二孙子出生。

2000年，50岁，三孙女出生。

2001年，51岁，三儿子24岁，结婚。

2002年，52岁，四孙子出生。

2003年，53岁，五孙子、六孙女，出生。

2005年，55岁，小孙女出生。

2016年，66岁，进城生活，土地租给他人。

附录二

家中第一次使用下列物品的时间

电　灯：1987年　　固定电话：2001年

自行车：1991年　　汽　车：2010年

自来水：1990年　　电风扇：1991年

电视机：2003年　　电冰箱：2010年

电　脑：2011年　　WI-FI：2016年

操劳了一生的外婆

人文学院汉语1801　蔡玉洁

婆婆1946年出生在大山里一个贫寒的农村。她勤劳了一生，也苦了一生。小时候她住乡下土坯屋，阴暗潮湿，房子里的地都是坑坑洼洼的，抬头向上看，上面结满了蜘蛛网。门口的光只能照亮靠近门边的小片地方，屋里因采光不足，比较阴暗。

那时的人照明烧的都是从山上摘的桐果榨出来的桐油，点出一盏金黄色的桐油灯。婆婆就是在这样橘黄的温暖光线里看母亲缝补衣服，纳鞋底，做着各种各样的针线活，婆婆也跟着自己的母亲学了一手女红手艺。

那个年代人们穿的衣服都是用自家织的粗布一块一块缝起来的，穿坏了就补丁摞补丁，不断地缝缝补补。那时候大部分人还穿不起像样的鞋子，都是打赤脚或者穿草鞋，因而婆婆的脚底有一层厚厚的老茧。

原来吃的东西种类也少，多为红薯、苞谷等粗粮，村里人实在没有东西吃的时候，就挖山上的野菜吃。自小婆婆就上山帮忙捡柴火，用来烧火做饭。

住在大山里，人们喝的都是甘甜的山泉水。除了空气与水的质量好之外，山民们生活都极不方便。

1951年，国家开展扫盲工作，婆婆到学校去上学，当时她才5岁，上的是识字班。后来上了黑垭小学。

1956年5月，均县全县农业、手工业、资本主义工商业的社会主义改造基本完成，农村开展集体合作社，牛和农具都归公，大家一起耕种、一起分配。山区土地比较分散，村民们为了种地，要走很远的路。

1960年婆婆还在上学，学校离家几公里，每天走路上学放学，回家吃饭。后来因为"文革"，经常上课上到一半出去参加活动，然后再回来上课。发展到后来，学校就处于半停学状态了。

学校停课后，婆婆就回乡劳动，开荒造田。婆婆比较聪明，在队上当了一个小会计，帮忙记工分。

1968年，婆婆和我外公结婚了，当时还是集体所有制，两人一起出工种地。婆婆特别勤快，在别人都在休息时她就去砍柴，每次砍的柴都是最多的。

冬天天气冷，但条件有限，没有秋衣秋裤，只能"代心"穿棉袄、棉裤。有一次婆婆去一户人家串门的时候，发现他们家冬天还铺着凉席，没有褥子，几岁的孩子就睡在上面。婆婆看着心疼。虽然也不是很富裕，但婆婆仍然回家做了两件棉衣给他们孩子穿。

20世纪50年代农村的医疗卫生条件不好，国家推广赤脚医生，通过培养他们简单的医疗本领上岗，比如治疗感冒、发烧、接生等。住在婆婆家隔壁的姨奶奶就是一位赤脚医生，婆婆从她那里也学到了很多医疗知识。1976年舅舅出生的时候，就是婆婆自己在家接生的。她照着姨奶奶说的步骤，煮了一锅开水，把棉布、剪刀还有棉线煮沸，自己把脐带剪了绑起来，把孩子洗干净了再用棉布包起来。

丈夫在外工作，婆婆就在家里操劳家务，家里所有的衣服都是婆婆自己一针一线做的。如果有空婆婆还会另外找活干，帮别人家做衣服、纳鞋子。

在她33岁的时候，姥爷因公去世，婆婆不得不一个人拉扯大四个孩子（分别是10岁、5岁、3岁、1岁），日子变得很拮据。一件新衣服先给老大穿，老大穿不上了给老二穿，一个一个传下去，到最后衣服上是一个个补丁。一件衣服穿烂了都舍不得扔，缝缝补补又三年，实在是补不成了，婆婆就把衣服撕开纳鞋底，继续利用。

姥爷去世后，姥爷单位水利工程处就把婆婆一家接到乡镇，借给她一间在河边的平房，一个月租金2元。婆婆一家就在丹江口住下了。街上卖的成品衣服贵，婆婆就买布自己做，裁一块布要比来比去选择最合适的裁剪方法，让一块布剪出四件衣服。四个孩子穿的衣服都一样，只不过大小不一样。

一天婆婆在街上看到了的确良的衣服，她买不起成品衣，就又自己买布扯了两件衣服。后来她发现的确良虽然贵，但真的穿着很舒服，而且比棉布衣服更耐穿，穿着干活很多年也还是好的。之后她就攒了点钱买了布给孩子们又多做了几件。

水利工程处为了补偿婆婆，给她安排了一个锅炉工的工作，后来又把她转去办公大楼当门卫值班。她的工资很微薄，还要供几个孩子上学读书，为维持家庭运转，婆婆一方面到处找短工做，增加点收入，另一方面每次走在路上眼睛却到处看，寻找路上的烂菜叶子，看到不是特别坏的就会捡起来带回家做菜。她去菜市场买菜也只买最便宜的——别人挑剩下的菜帮子。

当时一个孩子的学费是每学期2元，婆婆知道知识的重要性，无论如何苦，都一定要供四个孩子读书。平日里婆婆舍不得买成品煤，就买煤堆回来自己做成煤球烧。

为了补贴家用，婆婆晚上帮别人补手套（那时候补一只手套5分钱），就是靠着这零零碎碎的零工和婆婆的省吃俭用，婆婆一个女人，把四个孩子都供到了大学毕业。上大学的时候大姨还会在外做兼职给家里寄钱。

多年的操劳压垮了她的身体，因经常背重物，弓着背洗衣服纳鞋子，婆婆的背慢慢变弯了，身体几乎呈九十度。

1983年单位有福利房，婆婆就拿着攒了很久的积蓄买了顶楼的房子，虽然与其他楼层是同样的价钱，但多了个天台可以上去。

后来，儿女们成家的成家，工作的工作，都有了各自的生活，生活也比原来好了，但是婆婆一生节省惯了，还是继续穿着打补丁的衣服。后来孩子们给她买了新衣服，婆婆才慢慢开始不再穿补丁衣服。但平常她还会给别人纳鞋子，尤其是冬天的棉鞋，婆婆的手艺特别好，穿起来特别暖和。

大姨自己开了一家蛋糕店，用料特别纯正，绝不添加香精等各样的添加剂，顾客吃得放心，生意特别好，还有人过来学艺。不过后来人们更加追求美味的口感，再加上对面也开了一家甜品店，生意就清淡了很多。

小姨20岁时一人跑到广州打拼，婆婆不放心她，2004年的时候去广州看我小姨，还在那边玩了几天。那是她第一次坐火车，也是一生唯一一次。她不会骑单车，出行全靠走路，也没有手机。她过去白天忙着干活，晚上忙着缝衣服，也没有娱乐时间，后来条件好了，孩子们工作了就有了时间，经常在家里看电视，有时也和别人一起打扑克消遣。

她的一生都围绕着家庭和孩子，一生都在丹江这个小地方，把孩子拉扯大了就继续照顾孩子的孩子，没有什么轰轰烈烈的经历，只有平凡、勤劳的操持，但她是一个普通却又伟大的女人。

2008年婆婆被诊断出患有胃癌，晚期。其实之前婆婆就总感觉胃不舒服，却不愿给孩子们添麻烦，也不愿去医院花钱，觉得不是什么大事，认为原来饿的时候胃也是这样疼，得病就硬扛着。结果有一天婆婆在半夜疼晕了过去，到医院才检查出是胃癌，但为时已晚，在医院治疗了一年后癌细胞扩散去世。

婆婆去世时我才8岁。在我幼时的印象里，婆婆特别温柔，对孩子特别好。即便是后来家家户户生活条件都比原来好了，婆婆也依然坚持给大家纳鞋子、补衣服。在婆婆的葬礼上大家都哭得特别大声，不敢相信这么好的人就这么走了。还有个姨奶奶坐在地上号啕大哭，悲痛再也没有人可以给她纳鞋子了。年幼的我看着大家哭也跟着哭，只知道以后婆婆再也不能把我抱在她的膝头上给我梳头了。

为写婆婆，采访亲人收集素材时，大家几度哽咽，我也常常眼含泪花。婆婆一生受苦的日子多，享乐的时光少。

附录一

婆婆大事记

1946年，生于湖北省均县盘道村。上面还有一个大5岁的哥哥，一家人都是农民。

1951年，5岁，国家扫盲，婆婆到学校上识字班；弟弟出生。

1953年，7岁，开始跟着妈妈学做衣服。

1954年，8岁，上黑垭小学。

1957年，11岁，7月1日均县有线广播正式播音。婆婆村里也安上了大喇叭。

1960年，14岁，学校处于半停学状态。

1961年，15岁，学校完全停课，回家务农。

1962年，16岁，在家出工，响应国家号召，开荒造田，同时还在食堂帮忙。

1967年，21岁，被安排到羊皮滩出工，做修建丹江大坝的前期工作。

1968年，22岁，和姥爷结婚；在家务农，种生产队的土地。

1969年，23岁，大女儿出生。

1970年，24岁，在家务农。姥爷被分到葛洲坝工作，开始接短工补贴家用。

1974年，28岁，二女儿出生。

1976年，30岁，大儿子出生。

1977年，31岁，外公花钱买了第一辆自行车。

1979年，33岁，丈夫去世，被丈夫所在单位（水利工程处）接到县城里收敛尸骨，租住在小平房里；水利工程处为补偿提供了一个锅炉工的工作；生下了四女儿。

1980年，34岁，被调到办公大楼门卫所值班。

1981年，35岁，在办公大楼值班。

1983年，37岁，搬进了单位的福利楼房。

1984年，38岁，单位上发了吊顶电扇。

1985年，39岁，买了一台便宜的黑白电视，仍然在办公大楼值班。

1986年，40岁，单位发了木质的三人沙发。

1989年，43岁，单位上统一订购彩色电视，虽然要出钱购买但单位有补贴，家里有了彩色电视。

1992年，46岁，两个女儿都被招到国企工作。

1993年，47岁，抽空帮别人纳鞋子、补衣服。

1998年，52岁，大女儿儿子出生，帮忙照顾外甥。

2000年，54岁，四女儿独自一人到广州打拼；二女儿的女儿出生。

2001年，55岁，照顾外甥女。

2002年，56岁，第一次坐火车去广州看四女儿，在广州玩了几天。

2003年，57岁，照顾外甥与外甥女。

2005年，59岁，儿子的女儿出生。全程照顾孙女。

2008年，62岁，检查出胃癌晚期，在医院治病。

2009年，63岁，癌细胞扩散去世。

13岁出嫁的祖母

设计学院产品设计1802　李诗语

说实话，我想写把我带大的奶奶，但是奶奶的故事我却全然不知。由于疾病的折磨和身体的衰老，我的奶奶已经离开了人世，爷爷在手术之后也已经失去了说话的能力，无奈之下我只能从我父亲的口中，模糊地了解那时的奶奶。

爷爷是山东临沭县大哨东村的一个平凡的农民，最不普通的可能就是家中比一般人要更穷一些吧。据说为逃避战乱寻找生机，祖上带着家人慌不择路地逃到了这个偏僻的小山村，虽然一穷二白但也算安了个家。

那时，家只是一个用土坯垒起来，简陋不结实的避风所罢了。家中只有弯下腰才能进的卧室和转不过身来的厨房。在爷爷的坚持下老房子一直没有拆，过年回乡时，我甚至想象不到这个不能称作"房子"的地方，曾容纳了五口人的日常生活。

奶奶是本地人，13岁就嫁给了我爷爷。那个年代女人就像一个附属品，毫无尊严和地位。男人们娶个老婆只是为家里找个不用付工钱的保姆。

年仅13岁的奶奶当时只是一个没有发育完全的小姑娘，搁现在的孩子，这个年龄还在叛逆期给家里人找碴呢。个子本就矮小的奶奶连灶台都够不着，沉重的菜刀切一下顿一下，一个土豆都能切半天，让人难以想象她是怎样在那个年龄撑起整个家的。

要想在那个大环境下有一定的尊严和人格，女人们只有一个办法——生孩子，并且是男孩子，生女孩是会被公公婆婆骂的。如果生了不止一个女孩，那就更是"罪人"了，不仅家里人不把女人当个人看，整个村子都会冷嘲热讽。

奶奶生了五个孩子，只有老二是男孩，这也让一些人对她有了看法。

我父亲作为全家唯一的男孩，从小受到了全家人的宠爱，被寄予了厚望。爷爷奶奶穷了一辈子，想要自己的儿子可以出人头地，想要他接受教育，做一个有文化的人。但是上学是要钱的，当时的生活只能维持温饱，衣服是几个人轮流穿，饭菜天天都是玉米糊糊和一点点咸菜，房子是下雨天要在床边放四五个盆的"通风良好"的土房。这一切似乎并不能支持父亲"知识改变命运"。

于是爷爷毅然决然地将家里的地交给了瘦弱的奶奶和其他几个女儿，自己跑到了山西打工。那段时间，奶奶就跟变了个人似的，在爷爷不在家的情况下，变得坚强了起来。

有了钱，我的父亲就去上学了，每天挤出来的钱还可以吃个白面饼。不负众望，父亲直到高考前都十分争气，一直霸占着年级前三。但到了高考放榜那天，他却没有看到自己的名字。那一瞬间，十年寒窗成了笑话，背井离乡去山西打工的爷爷成了笑话，苦苦支撑这个家的奶奶，也成了笑话。

本来我父亲很可能要重回田地务农，但是奶奶并不服输。她砸锅卖铁，也要爸爸去复读。

因长时间供父亲读书，本就贫困的家境更加捉襟见肘。辞职回家的爷爷再次去到山西，但时过境迁，因为劳动力的饱和，再加上年龄的增长，这次他在山西找工作非常不顺。无奈之下，他捡了一辆废弃的三轮车，开始了"淘荒"的一年。

功夫不负有心人，父亲考上了昆明理工大学。这一年，他的大姐和两个妹妹为了减轻家里负担都嫁做人妇。

父亲在昆明理工大学的材料与工程专业就读，开始了为期四年的求学路。为了保护好150元学费，临行前奶奶将皮带的内侧缝了一个口只有食指宽的小袋子，将钱折成长长的一条条，从小洞里塞进去。

当时交通落后，火车速度慢，且很难买到坐票。父亲从山东到云南，路上要三天时间，大多数时间都没有坐的地方。坐三天火车是什么滋味，这让我难以想象。父亲只说腿已经水肿，睡觉都不敢睡实，怕有扒手，把求来的学费偷走。

军训是在陆军学院的炮兵连进行的，父亲每天的体力消耗非常大。虽然食堂供应了饭菜，但是对于一个20岁的男性来说并不够。每天晚上，其他同学都到小卖部买泡面、零食吃，但父亲没有，他没钱吃。辅导员感到奇怪，问他是不是家里有困难，但他倔强地不愿意承认，嘴里只说着："我不喜欢吃，我不饿，老师你不要管我了，你不要再问了。"但是辅导员已经把他记在了心里，经常找借口指使他帮忙，并以此接济父亲。

四年里，为了不给家里增加负担，父亲什么都干过。卖脸盆、卖蚊帐，挨个宿舍敲开卖笔记本，一份份小小的收入积累和资助让父亲勉强读完了四年大学。

大学毕业后，父亲被学校分配到云南一企业工作，安定下来后和同校毕业的母亲成家。在一波三折的工作中，收入渐高，他终于有能力把奶奶接来云南定居。

不知怎的，在那个重男轻女环境下长大的奶奶却格外疼爱我这个孙女，以至于在我印象中，她本就是这样一个慈祥快乐的老太婆。奶奶每天去菜市场都会给我带好看的头花，我的一整个抽屉里都摆着各式各样的头花，就像一个小小的宝库一样。

那时十分流行让孩子学钢琴，她也把我拉着去了，尽管比起钢琴我更想要在公园荡秋千，但竟然也被拉拉扯扯学了十几年。

在我小时候，奶奶就像是无所不能一样，不仅把我打扮得漂漂亮亮，做的饭也让人恨不得把舌头都吞下去。只要是周末不上课的时候，一掀锅盖，整栋楼的小朋友都会"闻香而来"，一下就把刚出锅还烫嘴的菜给抢完了。因为抢不过他们，我还在我奶奶面前哭过呢。

在幼儿园里，我永远是衣服最干净、头发最整齐的小朋友。周末在没有钢琴课的时候，奶奶就会拉着我的手，走在花市中，一种一种地告诉我花的名字，甚至连路边的杂草都能区分出哪些是美味的野菜，哪些春天会像蒲公英一样开出毛茸茸的花朵来。

奶奶对我实在是太好了，在她突然在家昏迷被送进ICU时，我都感觉自己是不是被噩梦魇住了，不然怎么会醒不过来。终究，医院这扇门奶奶进去之后再也没有踏出来了，那个几乎包容了我整个童年的人去了。这个平凡又不平凡的女人的一生终于画上了句号。

白驹过隙，时光荏苒，时间可以带走一切，但带不走后悔。我后悔没有在她活着的时候多陪陪她，后悔曾经一次耍脾气没有理她，后悔拒绝了为她弹一首最喜欢的《茉莉花》……

可能别的同学从这次"我写我家"作业中更多的是了解了时代的变迁，但对我来说了解到了那个年代的艰辛与不公，明白了时间永远不会给你后悔的机会。错过，便是永远。

附录一

奶奶大事记

1951年，出生。

1964年，结婚。

1969年，生育长女。

1973年，生育次子（我父亲）。

1974年，生育三女。

1976年，生育四女。

1985年，生育五女。

2015年，去世享年64岁。

附录二

家中第一次使用下列物品的时间

电　灯：1998年　　固　话：1998年
自行车：1994年　　汽　车：2004年
电视机：1998年　　电冰箱：1998年
电　脑：2003年

从川北到陕南

纺织学院纺织2018 刘于维

1946年,我的姥姥出生在四川省德阳市罗江区。那时候罗江区还是罗江县,直到2017年才撤县设区。姥姥祖籍并不在四川,明末清初之际由于张献忠屠蜀,加上连年不断的灾害和战乱,四川人口骤减。后来"湖广填四川",姥姥的祖辈才从广东迁至四川。

姥姥家里共有八个兄弟姊妹,她排行老七。她的父亲,也就是我的太姥爷,娶了两个老婆。

姥姥书只念到小学毕业,家里孩子太多根本供不起她。一家十几口人坐在一起吃饭的时候,一盘豆芽,孩子不许伸筷子夹,由大人来给每个人分一点到碗里。当时菜很少,经常吃的是萝卜缨稀饭,把萝卜缨子切成细丝,和为数不多的大米一起煮,非常稀,没有油,甚至连盐都没有。太姥爷每天吃饭的时候都会跟姥姥说:"上完小学不要念书了,自己找活儿干养活自己。"

太姥爷和太姥姥都是裁缝,所以姥姥和她的兄弟姊妹们从小就会锁扣眼,他们白天上学,放学回家就锁扣眼。

1959年,姥姥13岁,没有再上学了。当时全国大炼钢铁,姥姥和十几个同龄的孩子步行到了四川一个深山里的钢铁厂上班。因为年龄太小,他们只能做些杂活。她们几个女孩子就用橡胶套子包住大块的矿石和青石砸成稍小的碎块。晚上睡在没有窗户的平房里,她们用木棍从屋里抵住门防野兽。

少年人挨不住看不到头的苦,在钢铁厂待了一年多,姥姥同几个一起来的孩子回了家。

当时正值三年困难时期,太姥爷的大老婆(姥姥是小老婆所生)身体不好,因为营养不良去世了。

姥姥在这样的大环境下前前后后做过很多活儿:去河边捡按筐计数的石灰石、在辣酱厂给辣椒去辣椒蒂、进宣传队去各地宣传新的国家政策……姥姥在宣传队的时候遇到一个四川本地的男孩儿,他给姥姥写过一厚沓的诗,姥姥从没有回应。姥姥始终不曾回应是因为她太想离开四川了,太姥爷没能让她继续读书的事使她始终只想尽快逃离这个家庭,而且当时的生活条件并不允许她在意太多感情的事。后来她嫁给了我的姥爷。20世纪60年代,国家支援三线建设,姥姥跟随姥爷来到了陕西。

姥爷与同事,摄于1964年　　姥爷在天安门前,摄于1965年

姥爷是国企的正式职工,姥姥继承父母衣钵做了裁缝,但单职工家庭

条件毕竟还是差一些。姥姥和姥爷有三个孩子。1973年，我妈出生了，是家中老幺。

妈妈小时候的生活已经不像姥姥当年那么苦了，至少有学上了，但还是缺衣少食。当时是计划经济体制，吃、穿都用粮票、油票、布票来换，人们得带着粮油副食本去粮油站买粮买油。家里五口人每人每个月可以分到22斤粮食，现在看来应该是够的，但是因为当时蔬菜少、油水少，也没有什么零食，吃再多的粮食都容易饿。每人每月有一两油票，姥姥家要靠半斤油炒一个月的菜，通常情况下放的油少得连锅里的盐都打不湿。

那时候做饭用的是柴火，灶台下面有一个风箱，一拉风箱就满屋子都是灰。每人每月肉票好像是二两，肉票可以买肉或鸡蛋。

姥姥有个好朋友是在粮油站卖肉的。我们家当时因为她得到了不少帮助。同样地，他们家的衣服也全都是姥姥做的。

那个年代，食物匮乏，妈妈说有一次她摔了一跤碰到了头，姥姥拿出一颗核桃哄她，都让她感觉像是过年一样。

家里有时候会吃酱油拌饭，用猪油拌上白米饭淋上酱油，全家人都吃得很香。猪油放在当时可是个稀罕玩意儿，用细碎的、现在不太受欢迎的肥肉熬出的油在从前竟那样难得，这放在今天是难以想象的。

虽然姥姥是裁缝，家里不会没衣服穿，但也很少有好的布料，因此穿新衣服的机会不多。那时候姥姥家住的已经是楼房了，但是只有一间屋子，屋子的对角上摆了一张大床、一张小床，住五口人。

姥爷是一家航空企业的职员，那时搞三线建设，把许多军工企业都建在山沟里，厂里的职员和家属也在那一带定居下来。

企业办社会，工厂、学校、商店这类的基础设施也都齐全，厂里的人互相认识，渐渐地就自成一体，和周围的农村区别开来。虽然当时条件不比现在，可是孩子们真的开心。课业压力也有，但远没有现在这么繁重。一是因为家里孩子多，父母没精力管，许多父母也没有当孩子人生导师的意识，二是因为当时还有分配工作这一说，而且像姥爷所在的这样的企业，将来家里的孩子可以"子承父业"，有一个进厂工作的名额，什么职位尚且不谈，至少可以有一个养活自己的饭碗。当时的孩子们下午四点就放学了，家长们六点下班，在这两个小时里孩子们就漫山遍野地跑：去农民地里摘玉米烤着吃、用鞭炮炸牛粪、和朋友一起玩卡片或者弹珠……然后掐着时间回家吃饭。

1992年，妈妈上了一所离家不远的大专。当年大学生都不算很多，更不要说本科生了。妈妈的学校很小，站在校门口就能一眼望到学校尽头的围墙，这和现在的大学截然不同。学校的伙食不好，饭菜油水很少，住宿条件也不好。

妈妈毕业后回到了以前姥爷工作的厂子上班，遇到了我的爸爸。那时候厂里有一部分人已经迁到周围的一个县城里了。2000年，我出生了。那时候爸爸妈妈事业刚起步，工作也忙。

我没有上过幼儿园，因为我进幼儿园的第一天哭了整整一早上，被藏在大门外偷偷看我的姥爷看见了，姥爷当即就把我领回去了。学前班之前的时光都是姥爷带着我在公园里度过的。白天姥爷领着我到处转，晚上我就坐在沙发上和妈妈一起看《西游记》。当时家里还用DVD、VCD，连着"大脑袋"电视看碟片。我的那套《西游记》是盗版的，但是我并不在意，每次片头曲一开始，孙悟空一出来，我就安静下来，谁和我说话我也听不见了。

2005年，我开始上小学，爸爸每天骑自行车接我上下学。那时候大家用的都是直板手机和翻盖手机，只能打电话、发短信，不能上网。2007年，我们家买了第一台台式电脑。

2008年下半年，我们搬家了，搬到了新厂子所在的小县城里。这个家不像以前的家，以前的家厨房和卫生间在过道里，冬天烧蜂窝煤，洗澡用热得快，新家有木地板、液晶电视、空调、热水器。

2010年左右，触屏手机出现了，那时的手机牌子现在大多都已经不存在了，看来那些只是2G手机发展到智能机过渡时期的产物。

2012年家里买了汽车，我们开始每年出去旅游。现在，高铁展现出了中国速度，成了国民的出行新宠。

我们出生在新世纪，祖辈父辈经历过的那种缺衣少食的生活从来没有体验过。在我对食物开始有自己的要求以后，基本上想吃什么都可以被满足，天南海北的好吃的都可以通过网购得到。

听姥姥讲这些往事的那几个晚上，我听她说到最多的一句话就是：我们那时候好苦呦，你们现在多幸福。确实如此。从前我总是不能理解为什么姥姥总是要求我们吃光碗里的最后几粒米，为什么要看起来过分偏执地节约水电，如今我能够实实在在地理解了。

虽然姥姥现在早已不愁吃穿，白天出门转一转，晚上回家看养生节目，最近这两年还学会了用智能机看电视节目和天气预报。但即使现在的生活已经很好了，勤俭节约的观念也早已在姥姥心中深深埋下。

附录一

妈妈的大事记

1973年，出生，家中五口人，30平方米的住房。

1976年，3岁，上托儿所。

1980年，7岁，小学一年级，燎原子校，搬家，40平方米住房。

1985年，12岁，上初中，燎原子校（初中部）。

1986年，13岁，上初二，搬家，50平方米住房。

1988年，15岁，上高中，燎原子校（高中部）。

1991年，18岁，上高四，搬家，40平方米住房（开始有独立卫生间和独立厨房，此前都是公用厨卫）。

1992年，19岁，上大学，陕南航空职业大学。

1994年，21岁，上班。

1997年，24岁，结婚，搬家，30平方米住房。

2000年，27岁，搬家，20平方米住房，女儿出生。

2002年，29岁，搬家，60平方米住房。

2008年，35岁，搬家，107平方米住房。

2018年，18岁，女儿上江南大学。

附录二

家中第一次使用下列物品的时间

电　灯：1967年　　固定电话：2000年

自行车：1980年　　汽　车：2012年

自来水：1968年　　电风扇：1984年

电视机：1984年　　电冰箱：1997年

电　脑：2007年　　WI-FI：2017年

从童养媳到五世同堂

人工智能与计算机学院数媒1801　资源

　　1921年，我的奶奶段士香，开始了她这平凡却曲折的一生。奶奶出生于湖南省耒阳市段家冲，她在这里度过了一个颠沛流离的幼年、少年时代，也在这里度过了一个恐怖血腥的青春时代。

　　在奶奶6岁那年，她的父母不幸双双死于战乱与饥饿，年幼的她只能与弟弟相依为命。在最开始的时候，他们靠着住在附近的亲戚和街坊邻居的救济维系生计。之后没过多久，亲戚们便不再想养这两个娃娃了。奶奶的姑姑便把她卖给了村里的一户人家做童养媳，奶奶的弟弟也跟着她一起到了那户人家。

　　姐弟俩从此开始像奴隶一样没日没夜地做工：人还没有灶台高，就要站在板凳上做饭；力气小还不能干活时，就漫山遍野地拾柴火；婆婆对其的教导方式多是非打即骂，奶奶常常被吊起来毒打，浑身是血，满脸是泪。

　　传统社会多数妇女的命运很悲凉。在陈腐的习俗里，女人仅仅是生儿育女的工具。童养媳这种方式仅仅需要付出抚养费就可以解决男人娶妻的困难，而且童养媳还可以作为一个劳动力来支配，为奴为婢。用奶奶自己的话来说，"6岁就没有了父母的孩子，在那时受尽了苦难的折磨"。四伯伯和我说，奶奶每每回忆起当年的事，想起做童养媳时所受过的苦，都忍不住泪流满面。

奶奶16岁那年和第一任丈夫成婚，嫁进她做童养媳的那户人家。第一个孩子出生的时候，奶奶只有17岁。

抗日战争时期，日本兵进村。大伯伯说："我很少看见男人在家，只有老妇幼三种人在留守，男人们都转移到更偏僻的地方去了，因为怕被抓丁。"当敌人正在挨家挨户搜查时，躲在茅坑一角的大伯伯惊吓到了日本士兵，被其狠狠地踹了一脚，留下了伴随他一生的疤痕。据大伯伯回忆，日本兵进村后，在经过一个短时期的混乱之后，似乎村里的气氛又平静了下来，有胆子大的男人偷偷试探着回家看了看，果然日本兵已经走了。可恶的日本兵杀了人，宰了猪，打烂门窗，将村民家里洗劫一空而去。这之后，这些逃难的人们才陆陆续续回到了自己的家里。

奶奶的第一任丈夫也就是在这个时间前后（1941）被日本兵残忍打死的。丧夫守寡七年后，奶奶带着唯一的孩子改嫁，从段家冲搬到了火田资家。

爷爷在重娶之前，与前妻育有一儿一女。爷爷的前妻死于疾病，当时大家都猜测其死于流感。

爷爷奶奶结婚之后，出于生计的需要，他们从火田资家搬去了三顺村。三顺村里有一个寺庙，人流量大，后来渐渐也成了赶集的场所，四方乡民纷纷赶来交易。因此爷爷奶奶在此定居下来，做一些小生意，卖油条、麻花、醪糟和养猪，养育了八个孩子。

封建包办婚姻往往是父母出于"善意"而做的"恶事"。爷爷与他的前妻的女儿，在爷爷奶奶的安排下，与奶奶和前夫所生的大伯伯结了婚，成了我的大伯母。这是一出包办婚姻酿成的悲剧。大伯伯和大伯母性格不合，年轻时一直吵架打架；到老了，他们俩又因感情不和一直分居，直到去世。

2018年，我回湖南探亲，到大伯伯家探望时大为震惊。老房子不通自来水，家家户户备有水缸，大伯伯家门口就放了一只大缸；大伯伯家里也没有通电，屋内不开灯，加上阴天，里面暗得像黑夜一样。偌大的房子空空荡荡,有一种昏沉的感觉。我和四伯伯转了很久,才在一个小房间找到了蹲在一个黑暗角落里的大伯伯。因为天气寒冷刺骨,大伯伯采用蜷缩的方式抵御寒风。从前我一直觉得大伯伯是一个顽固的人,子女有成,他应该好好享受儿孙满堂的晚年生活,却因为与大伯母不和而不愿意搬去和大儿子一起住(大伯母老年生活在其大儿子家度过)。如今我明白了,他只能用他的方式抗议着这不公的一生。

1949年8月5日,湖南宣告和平解放,墙上的标语、游行的横幅和高呼的口号,都是"耕者有其田",周围也是一片祥和的气氛。接下来的是贫农组成员在土改工作队领导下对每户划定家庭成分,对每人划定个人成分。1950年,在划分农村阶级成分时,爷爷奶奶家被划为了中农成分,成了团结对象。

三年困难时期,人口急剧减少,大家猜测除了饥饿这一主要原因外,妇女因营养不良停止生育也是一个重要原因。到1962年以后,本地生产不断恢复,生活有所好转。也就在饥荒刚过去不久之后,我爸爸出生了(1962),爸爸是家中最小的孩子,男孩当中排名老六。

在"破四旧"运动中,家旁边的三顺相寺庙虽然不至于荡然无存但也是名存实亡,那里面已经没有了菩萨,也没有钟鼓,当然更没有什么香火了。三顺相寺庙后来就成了学校,我的爸爸也曾在这里上过小学。

爷爷于1975年去世,享年66岁。在这之后,这家大农户(爷爷奶奶育有八个孩子,其中六个儿子,两个女儿)瓦解分家,儿孙们也都各立门户,不过住得不远。留在农村的伯伯们修的房子大多都散落在老房子前面,经常有媳妇端着一碗好吃的往老奶奶家送,后来大家都有了孩子,就是孙子孙女们送。

1980年,爸爸第一次离开湖南那生他养他的家乡。他独自搭乘火车,一路上向西,来到了四川盆地。爸爸怀揣着他那"走出农村"的梦想参军了。他成了一名中国人民解放军基本建设工程兵,主要担负国家基本建设重点工程和国防工程施工的任务。爸爸说这是个"以工为主,能工能战"

的兵种。

1985年6月4日，人民解放军裁军100万。同年，原本准备留在部队的爸爸告别了5年的军旅生涯，转业成了四川航天建设公司（现中国航天科技集团公司长征机械厂）的职员。在那个年代，机械厂多分布在山沟里，四川省万源市就是众多山沟沟里的一个，爸爸就去了那里。那里也是后来爸妈相识、结婚以及我出生的地方。

在爸爸参军前的那个夏天，他给四伯伯帮忙打工。作为工资，四伯伯送给爸爸一块手表。这块手表也多次在照片中"亮相"。爸爸吹嘘道："有块手表当时在部队里是很洋气的事，大家都很羡慕我。"

1986年转业后，爸爸开始了工作，通过自己的努力买了人生中第一台"豪车"——永久牌自行车。

其实爸爸参军后，基本上也算结束了奔波生活，安定下来了。后来在国企上班，虽然不能算富裕，但待遇已经算是不错的了，他住着单位分配的房子，拿着数目可观的薪资，基本实现了个人的经济自由。他在1986年就拥有了一台海鸥牌照相机，用它记录了很多人生中美好的回忆和难忘的时刻，单单从这件事就可以推出他当时过着舒服、富足的小日子。

而在另一边，1986年，妈妈家中还面临着经济和粮食的困难，当时她还在上小学。听外婆说，那个时候的小孩们上学普遍很晚，但是家里孩子没人带，二姨就一边带着妈妈一边上学。有趣的是，一次学堂里老师无意间给妈妈发了张卷子，让所有人出乎意料的是，妈妈考出来的分比二姨还高。就这样，妈妈开始上学，比别人都早（1982年，妈妈6岁）。

外公是1933年出生的，外婆小外公两岁，是1935年出生的。外公外婆是勤劳的中国农民缩影，他们就靠着务农，养育了五个孩子（2子3女），其中三个孩子都靠着读书这条路从农村走了出来。靠着兄弟姐妹们的相互扶持，这一大家子也都先后在成都落地生根。

农民都是靠老天爷赏饭吃，而那个年代人为了存活和发展只能破坏无价的自然环境。大姨叹气说，肚子都管不着，还有谁去管树木。首先是办食堂砍柴火，后来是烧木炭炼钢铁。人遭了劫，连树也遭了劫。

据外婆的回忆，柴火越来越紧缺，从一开始只需要捡柴火到后来需要砍树木，这其中有"大跃进"时期大炼钢铁对自然环境的破坏的因素，也有人口急剧增加对自然的压力急剧增大的影响。

根据官方数据统计，1961—1970年是人口高速增长阶段。因此，虽然计划生育在1982年9月才被定为基本国策，但是早在1970年的前后，人们已经开始呼吁减少生育。1973年，外公做了结扎手术，外婆也做了节育手术。而我妈妈却于1976年出生，这也可以体现出当时的医疗技术多么落后。

妈妈小时候家里常年只有外公外婆和我二姨，大一点的孩子有的已经成家，自立门户，有的在外求学。1989年家里面临一个很多家庭都面临过的抉择，选哪个孩子继续读书。前面也提到了，妈妈成绩更好，家里选择了供我妈妈继续上学，当时初中的学费是1.5元，而卖鸡蛋一分钱一个，一学期的学费是150个鸡蛋。

我无法知道那时二姨有多遗憾，也无法去询问当事人。时至今日，生活中的不顺心不如意，二姨还是会将其怪罪于上学少了。因为文化不高，我姐姐（二姨的女儿）初中就辍学；因为没有文凭，二姨现在只能在工厂里赚着微薄的血汗钱。我不知道这样的因果关系是否成立，但是，在当时，读书真的是大多数人唯一的出路。

1992年，妈妈考上了达州卫校，家中经济更加捉襟见肘，几乎难以支持下去。那个时候，外公外婆靠务农已经交不起学费，三年的学费都是我的舅舅交的。而妈妈自己在学校要解决吃饭、穿衣的经济难题。1995年，妈妈从达州卫校毕业，进入四川省万源市的白沙医院工作。

上了班后，单位也分配了房子，妈妈的经济状况开始变好。1998年，爸爸妈妈经人介绍认识，很快就结了婚。1999年4月11日，我出生了。我出生的时候八斤八两，非常健康。看来在爸爸妈妈都上了班后，温饱已然不是太大的问题。

2001年，四川航天部分迁到成都龙泉驿区。2岁的我跟着大部队一起搬到了龙泉驿区。这些年，住着爸爸单位的集资房，"航天"一词一直伴随着我的成长——航天幼儿园、航天小学、航天中学、航天高中贯穿了我的童年与青春期的学习生涯。

2011年，奶奶90岁大寿。中国人以几世同堂而自豪，因为积世越多，家族规模越大。一般情况下，三世同堂很常见，四世同堂也不难，而要实现五世同堂就不那么容易了。刚好这一年，奶奶顶着满头银丝，亲眼见证了这个大家族的五世同堂。爸爸是家里的老幺，同时也因为36岁才得女，因此与我同龄的常常辈分都比我低。在我12岁那年，我的一个哥哥（堂哥），他喜得孙子，实现了五代同堂。在2011年冬的家族合影上，老老少少加起来，总共62人。

爷爷去世后，爸爸当兵，姑姑出嫁，奶奶一直一个人住。尽管后来奶奶已是90岁高龄，也都是一个人自理一切。她经历过别人都有的幸运，也经历着别人没有的不幸。仿佛，她自己就是土里的一棵庄稼，甚或是一株顽强的草，隐约含着大地的香。奶奶于2014年去世，享年94岁。奶奶是无疾而终，死于器官衰竭，她走完了她这平凡却坎坷的一生，也算见证了中国近百年来的变迁。

附录一

奶奶段士香大事记

1921年，1岁，家中3人。

1924年，3岁，弟弟出生，家中4人。

1927年，6岁，父母双亡，成为童养媳。

1937年，16岁，奶奶16岁那年和第一任丈夫成婚。

1939年，17岁，第一个孩子出生，家中3人。

1941年，20岁，第一任丈夫去世，家中2人。

1943年，22岁，再婚，家中5人。

1945年，24岁，第二个孩子（三伯伯）出生，家中6人。

1948年，27岁，第三个孩子（四伯伯）出生，家中7人。

1951年，30岁，第四个孩子（五伯伯）出生，家中8人。

1958年，37岁，第五个孩子（姑姑）出生，家中9人。

1962年，41岁，第六个孩子（我的爸爸）出生，家中10人；同年，大伯伯结婚。

1964年，43岁，第七个孩子（男孩）出生，同年夭折死亡，家中8人。

1965年，44岁，三伯伯结婚，家中7人。

1967年，46岁，二伯伯结婚，家中6人。

1975年，54岁，爷爷去世，四伯伯结婚，家中5人。

1976年，55岁，五伯伯结婚，家中3人。

1980年，59岁，爸爸应征入伍，姑姑出嫁，奶奶开始一人生活。

1981年，60岁，分田到户，奶奶拥有田地。

1983年，62岁，老屋子通上电。

2006年，75岁，奶奶二儿子（三伯伯）因肝癌去世。

2010年，89岁，爷爷与前妻的大儿子（二伯伯）因食道癌去世。

2011年，90岁，举办大寿，全家大家族团圆，同年五代同堂。

2014年，3月初摔倒后失去生活自理能力，由子女轮流送饭，同年6月去世，享年94岁。

送走诸多亲人的奶奶

人文学院教技 1802　阿力米热

奶奶阿依西汗，1935 年在新疆克州阿克陶县阿克土村出生。阿克土村是一个小村，发展比较落后。奶奶出生时，家里有一个姐姐和爸爸妈妈。奶奶家房屋是土房子，大概种 10 多亩地，经济情况在当地算是中上层水平。

1943 年，奶奶 8 岁，家里开始做生意，经济比较富裕，吃穿明显比邻里好很多。奶奶说当时他们家买了 3 头牛。

1945 年，奶奶 10 岁，奶奶的爸爸把她送到学校，当时的学校规模小，把"老师"称呼为"先生"，上学也比较随意，你想去就去，不想去也没人管你，不像现在的义务教育。我奶奶看到"先生"第一眼就觉得他很凶，然后就被吓跑了，从此再也没有去过学校。

奶奶好几个朋友也想去学校读书，可是家里条件不允许，有的有几个弟弟妹妹要照顾，有的得放羊，有的得帮忙家中做饭洗衣。奶奶家境好，家里可以供她上学，可她身边无人读书却是她没有文化的原因之一。

1949 年，14 岁的奶奶结婚了。当时普遍结婚都比较早。

结婚之前她公公就去世了，夫家离奶奶家很近，两家经济水平相当，算是门当户对了。爷爷家的房屋是简单的土建房，家里种大概 15 亩地。奶奶的婆婆生了四个儿子、一个女孩。奶奶嫁的是家里的长子，奶奶嫁过来之后跟婆婆还有其家人一起生活。

奶奶年龄小，加上一直受宠爱，在娘家什么事都不做，不会做家务，都是她的婆婆手把手教她，甚至还会帮奶奶洗澡。奶奶结婚一两年后第一次来月经都是婆婆教她该怎么应付。从奶奶口中听得出来她跟她婆婆的关系非常好，她们是母女，更是好朋友。

1953年，18岁的奶奶生了她第一个儿子，不幸的是孩子出生没多久就夭折了，奶奶也不知道原因，痛哭了好久。1954年，她又生了一个可爱的女儿。可是，奶奶的命真的苦，这个孩子来到人间不到一个月又弃她而去了。奶奶当时不吃不喝了好几天，后来她婆婆鼓励她、安慰她，爷爷更加疼她爱她，她才面对了现实。可是她内心充满恐惧，不敢再生孩子了。

1956年，奶奶的婆婆去世了。奶奶记得很清楚，婆婆去世的那天早上，她准备好早餐，给花浇好水，打扫完院子，该做的事情都做好了，可是每天起得更早的婆婆却迟迟没有出来。奶奶去婆婆房间，看见她被子盖在身上，像是还在睡觉："娘，出来吃早餐了。"见没有反应，奶奶想出去让婆婆再睡一会，可是心里有种不好的预感，赶紧走到跟前一看，发现婆婆已去世，走得如此安静。奶奶不敢相信，喊了婆婆很多次没有回应的时候，她哭了，哭得很惨。她的哭声引来了爷爷，引来了邻居。

1958年，23岁的奶奶又生了一个儿子。这次爷爷奶奶精心照顾这个小宝贝。他就是我大伯。7岁的时候，大伯被爷爷送进学校。小学毕业之后，因为家里缺乏劳动力，大伯不再继续读书了，在家里帮忙照顾弟弟妹妹，去地里做农活。

1959年，奶奶的妈妈因病去世。她好像已经习惯了亲人离开的痛苦，沉默地完成了她妈妈的后事。据说奶奶那时候只是默默掉眼泪，没有哭也没有闹。

1960年，25岁的奶奶又生了一个儿子，也就是我的二伯。二伯也快乐地长大了，也去学校上学了。当爷爷奶奶准备给成年的他娶媳妇的时候，他却突然病倒了，病了不到一个月也离开了人间。自从他去世，爷爷不爱说话了，奶奶也很伤心，可是又能怎么办，不能跟着去世的人离开啊，活着的人还是得继续活着,所以他们也认命了。

1961年,奶奶的爸爸去世。奶奶说她爸爸没有什么病,只是没有人陪伴,活太久了,活累了,所以选择安静地离开了。我听得很有感触。

1964年,29岁的她生下了一个女儿。女儿7岁也去学校上学了,15岁的时候结婚。那时候近亲也可以结婚,所以奶奶和她姐姐成了亲家,我姑姑和她表哥生活在了一起。姑姑跟我奶奶一样,跟她婆婆的关系很好,她婆婆家也是做生意的,家中条件不错。

1968年,33岁的奶奶生了一个儿子,1988年,我三伯也结婚了。如今,他家中有四个子女,还有一个可爱的孙女,生活过得挺好。

1970年,35岁的奶奶又产一子,他就是我爸爸。奶奶说,我爸从小就比较调皮,经常惹她生气,他上小学初中时常离家出走,后来爷爷就带他做生意去了。1990年,我爸爸妈妈结婚了。

1972年,37岁的奶奶又生了一个可爱的小男孩,他也像我爸一样调皮,初中毕业后就去了乌鲁木齐做生意,一去就是近十年,后来他回来结婚生子,现在跟奶奶住在一起。

1988年的时候,爷爷得了重病,是糖尿病晚期。在医院检查完治疗了一段时间便辞世了。奶奶失去了她最坚强的后盾,她没有了可以依赖的人。她说她当时很迷茫,她觉得她最亲的人走了一个又一个,她爸爸、妈妈、婆婆还有丈夫都走了,她也不想活了,想到自己还有儿女,她才又振作起来。她每天早早地起来亲手炒瓜子,中午回家做饭,晚上一个个查货补货是她的日常。家里的大大小小、里里外外的事情都由奶奶一个人承担。她说当时虽苦但很充实。

1999年,我出生的时候村里发洪水,很多人的房屋都被洪水淹了,奶奶的小店也没有逃过。奶奶再一次陷入了痛苦之中。我爸爸说,那时候奶奶又哭又闹像个小孩,不肯吃饭,甚至还因伤心过度而病倒了。

采访时我问奶奶:"当时你所有儿女都成家了,你也不用像以前一样辛苦了呀,一个小店受损你为什么这么伤心?"奶奶的回答让我震惊,也让我感受到了责任和关爱。她说:"虽然是个小店,但它养了好几代人,养了婆婆一家,婆婆走了之后养了我们一家。你爷爷走了以后,如果没有这小店,我不知道怎么养活我的孩子们。虽然有地,粮食也只够家人吃饭,因为有了那个小店,我的孩子们才过得比较好。"

爸爸说奶奶总是第一时间把最好的东西给他们。爸爸上初中的时候,想要一款比较昂贵的新自行车,奶奶当时就给我爸买了。妈妈说:"1980年,我们上学那会儿,周边人们多穿兄弟姐姐穿过的衣服。很多同学为了节省,夏天直接赤脚上学,书包也是用块旧布缝起来。你爸上学的时候可牛了,穿最好的衣服,还有自行车和好看的书包,我们都羡慕他。"

2000年开始,奶奶开始领到养老金。

2003年,奶奶的姐姐患了老年痴呆后不久便去世了。

2005年,奶奶的妹妹离开人间。

2014年,奶奶突然病倒,被诊断为冠心病。值得欣慰的是,我奶奶在世的儿女们都孝顺,村里所有人都说我奶奶很幸运,有这么好的儿女。我爸爸和叔叔伯伯们把奶奶照顾得很好。身体一有状况马上带奶奶去医院。奶奶说:"如果以前的医疗技术像现在这么发达,那你爷爷、我妈妈、我去世的孩子们可能都不会死得那么早了。现在这生活真的很美好啊。"

2020年,奶奶85岁,依旧很美,医生们夸她:"老太太年轻的时候肯定是个大美女。"

奶奶的生活坎坷艰难,但是奶奶给我讲的时候脸上洋溢着笑容,她说她不知不觉活了这么久。是啊,从前那个需要婆婆给洗澡的小女孩现在都老了,走不动了,岁月真是不饶人啊。

我的奶奶

附录一

家庭大事记

1978年，改革开放以后，奶奶买了第一辆自行车。

1980年，家里有了电灯，以前用的都是油灯蜡烛。

1985年，村委会每个小队配了一台电视机。

1988年，家中买了第一台黑白电视机。

1992年，土房改成抗震房，2012年多建了几个客房。之后就是装修，改善电路。

1993年，奶奶第一次坐火车。

2004年，家中买了第一台彩色电视机。2006起路面硬化，下雨下雪都能放心出门了。

2009年，家中买了第一台电冰箱。

2017年，家中办了宽带，有了液晶电视机。

这么多年来家里发生了很多变化，奶奶是唯一一个能见证家里80年来这么多变化的人。

听奶奶、外婆讲那过去的故事

人文学院汉语1801　张苗

爷爷奶奶、外公外婆，这似乎是密不可分的几个词，然而在我的记忆中，爷爷和外公的印象很模糊甚至有些陌生。爷爷和外公去世得早，我只能凭借儿时的印象和父母支离破碎的叙述来了解他们。这些年来，陪伴着我长大的一直是奶奶和外婆。回望她们的一生，仿佛见证了一段沧桑而伟大的历史，每每倾听她们的故事，我都感慨万千。

一

奶奶名叫张秀兰，属羊，1943年生人。恰好，我爷爷也是属羊的。可能是属相的原因，就像俗语认为的"十羊九不全"，奶奶的一生充满了波折和艰难。

奶奶12岁时便独自一人离家到徐州去投奔大舅姥爷。当时大舅姥爷和舅姥娘都在一家国营工厂上班，同时还经营着一个弹棉花的作坊，因此奶奶便承担起照看家中小孩的任务。三年之后，奶奶进入徐州本地一家毛刷厂上班，成了一名制作毛刷的工人。那时她年仅15岁。

奶奶从小就勤快聪慧，学手艺很快，所以别看她年龄小，工作起来却毫不落后，积极上进，下班之后还帮着在家中的作坊里忙活，这样的日子一直持续了四年。

19岁时，奶奶离开了徐州，回到了老家山东鄄城，经人介绍与我爷爷相识并结婚。当时爷爷刚从师范学校毕业便参军入伍，奶奶一人承担起照顾家庭的责任。由于爷爷是家里的老大，因此里里外外、大大小小的事情都落在奶奶的肩上，奶奶勤劳要强、心灵手巧，把一个大家庭的生活维持得井然有序。

听奶奶说，爷爷上学时才华横溢，写得一手好字，后来又在部队工作了几年，因此在1964年我大伯出生后，爷爷很幸运地从部队转业到家乡的郓城一中担任中学老师，并且任职教师期间年年被评为先进工作者。

爷爷工作繁忙，家里的农活基本上都是奶奶一人承担。当时农村还在实行公社制，平日里生产队集体劳动，一家人生活虽清贫但尚可温饱。

奶奶说，太爷爷从1940年起便开始继承经营着一个香油作坊，平日里家里人挑着香油担子，敲着油梆子，走街串巷吆喝着换卖香油。有的人拿钱买，有的人用芝麻换，走到哪里哪里就是一个热闹鲜活的场面。这个香油作坊承载了爷爷年轻时的许多记忆，也给大家庭的生活带来了改善。不过后来由于国家对个体经济的改造政策，到了1956年香油坊便被迫关闭了。

再后来，爸爸、叔叔和姑姑相继出生，家族人丁逐渐兴旺，生活虽因人多花销大而略显拮据，但也一直平淡安稳。

天有不测风云，家中安稳快乐的日子并没有持续很久，一场突如其来的变故打破了原有的平静。改革开放的第二年，国家开始恢复高考制度。由于爷爷是学校里的骨干教师，同时还担任着高三年级班主任、教务主任的职务，自然得承担起更多的教学任务，课时比平时多了两倍。出于对学生的责任感，爷爷每天除了要上四五节课外，还经常留在学校加班批改作业，总结反思教学成果。随着时间的推移、工作压力的增加，爷爷的肝病逐渐严重，奶奶多次劝他早点去医院治病，但爷爷总是推辞说："学生们不能没有老师上课，还是等高考完了吧，我自己的身体我自己清楚！"

高考结束了，在奶奶的"逼迫"下爷爷终于肯去医院检查身体了。看着病历单上的检查结果，奶奶顿时眼前一黑——肝癌晚期，爷爷随即被安排到市立医院住院接受治疗。

当时学校和教育局的领导都感到十分痛心，对医生千叮咛万嘱咐："要不惜一切代价救张老师。"爷爷的堂哥也拼尽全力，找到当时最好的医生，用上最好的药，却依然没有留住爷爷。爷爷的生命永远地定格在了1981年的暑假，享年37岁。那年大伯16岁，爸爸10岁，叔叔8岁，而我的姑姑尚且不到2岁。

按照家乡的风俗程序办完爷爷的丧事，奶奶看着眼前的四个孩子，一滴眼泪也没有流，平静而坚定地对太爷爷太奶奶说："放心吧，我会把四个孩子培养成人的，我不会走的。"

后来，刚刚高中毕业的大伯继承爷爷的衣钵也成了一名人民教师。

1982年，正值老家农村实行家庭联产承包责任制改革，责任田包产到户，我家分到7亩地，奶奶为了让爸爸、叔叔好好学习，只身一人全天在农田里劳作。就连炎热的三伏天，在田地里总能看到她俯身耕耘的背影。

奶奶性格刚毅坚强，骨子里透着倔强的天性，不管遇到什么困难，只要自己能解决便从不求人。在她看来，人情难还。

7亩地在奶奶的细心劳作下年年都是大丰收，邻里乡亲都夸赞奶奶是种庄稼的一把好手。为了不让孩子受委屈，让家人过上更好的生活，奶奶又饲养起超长毛兔，增加副业收入补贴家用。

奶奶上孝老人，下睦姐妹，十分珍视亲朋情谊。虽然爷爷去世后家中生活条件变差，但是她在人情来往上从来不小气。作为长媳，每年春节接待客人，奶奶都是亲力亲为，热情款待。奶奶心灵手巧，在附近村庄是出了名的好裁缝，每天都有人前来拜托奶奶做衣服。

奶奶没有正经念过书，只是十几岁在工厂上班时读过夜校。正因如此她才更明白知识的重要性，家里再忙再苦也不会耽误爸爸、叔叔和姑姑的学业，她说只有孩子们接受教育，读书成才，才能让他们过上更好的生活，这样才能慰藉爷爷的在天之灵。

正是奶奶的勤劳坚强感染了她的孩子们，爸爸、叔叔没有辜负奶奶的期望，先后在高中毕业后选择入伍服役，退伍后都找到了稳定的工作。

时间来到2008年，大伯、爸爸、叔叔在老家合伙盖了一栋楼房，这也是我们镇上第一栋楼房。凭借着收租金，每个小家庭的日子过得越来越富裕。如今我们大家族四世同堂，生活幸福稳定，辛苦了大半辈子的奶奶终于可以停下操劳的双手，享受天伦之乐。

如今奶奶已经年近八十，身体仍然十分健硕，每天在老家养养花果蔬菜，闲暇之余还去村里的木料场帮忙干活。

对了，她还有一个让一家人既不解又心疼的"爱好"：捡瓶子卖废品。每个假期回家看望她，都能在楼上的阳台看到许多空瓶子，有时我觉得既心疼又生气，就问奶奶："奶奶，咱们家又不缺这点钱，您都这么大岁数了，怎么还出去干活，捡这么多空瓶子干什么啊？"奶奶笑着叹了口气："妮儿啊，我忙了一辈子，操心了一辈子，这双手早就停不下来了，我现在身体这么好，就想干点事情，心里也舒坦。你们是生在好时代了，没吃过苦，不知道人在困难面前究竟能难到什么程度，就算咱们什么都不缺也不能忘了老祖宗告诫的勤俭持家啊。"我听到后觉得十分动容又羞愧，后来每次喝完饮料，都会下意识地把空瓶子放在固定的地方收集起来。之后的一个假期，我拎着一大包空瓶交给了奶奶，在奶奶脸上我看到了从未见过的笑容，她知道她的孙女真的长大了。

奶奶给我最深的印象便是坚强独立，甚至有时觉得她有些冷漠。儿时的我爱哭，每每被奶奶看到，她都会皱起眉头，从小到大我听到最多的话便是："小女孩家，不能动不动就哭，这样会让别人看不起。"那时的我总会难过为什么她对我这么严格，直到长大后离开家求学，离开了避风港要开始学会一个人面对生活的种种磋磨，才发觉奶奶的良苦用心。世界上充满着各种困难与挫折，只有自己勇敢坚强才不会被轻易打倒。这是我从奶奶身上学到的最深切的道理。

奶奶的一生是平凡而伟大的一生。中年丧夫的她没有被困难吓倒，凭借一双手把四个子女养大成人。爷爷去世四十年了，奶奶在这四十年里用瘦弱的肩膀撑起了整个家。其实在爷爷去世不久，就有很多人为奶奶介绍对象，但都被奶奶拒绝了，她说："孩子们已经没有了父亲，我不能再让孩子没有了娘。"正是奶奶的不离不弃和自我牺牲，才有了家族后来的一切。

我的奶奶，或许只是中国万千女性中最平凡普通的一个，但也正因为平凡才显其伟大，女本柔弱，为母则刚，她是我一生的榜样。

二

姥姥的故事，与奶奶普普通通却波折艰苦的经历截然不同。我的姥姥85岁了，原本高大的身材已经没有了年轻时的挺拔，饱经沧桑的脸上堆满了皱纹，像镌刻着一道一道人生的坎坷。

姥姥的大半生，是革命的半生。姥姥讲她的革命故事，一晚上都讲不完。

我的姥姥出生在1936年，她刚满6岁时就失去了母亲，太姥爷又续弦成家。新太姥姥不贤，视姥姥如累赘。听姥姥说，太姥爷白天在外给地主种地一直到深夜才回来，姥姥和她的妹妹便不敢进家门，两个人蜷缩在门前的草垛旁冻得瑟瑟发抖，等太姥爷回家才敢进门。太姥爷在家中没有实权，只得将姥姥和她的胞妹送到她们的外婆那里。姥姥当时才6岁，到了祖姥姥家里什么活都要干。

抗日战争结束后，年仅12岁的姥姥参加了村里的儿童团，从此走上了革命道路。之后的几年里，姥姥在妇助会积极参加土改。1952年8月，姥姥由于工作成绩突出，被妇助会推荐进入曹县二棉厂工作。在工作期间姥姥积极参加文化知识学习，白天工作，晚上去夜校上课。姥姥说，她记忆犹新的事情就是1952年11月1日加入了中国共产主义青年团。

1954年7月姥姥和姥爷结婚，离开了家来到青古集镇樊楼村，担任大队的妇女主任。1955年底姥爷响应号召入伍参军，成为了一名卫生兵。1956年6月姥姥加入中国共产党。

青古集公社成立后，姥姥作为包村干部到樊楼自然村主持工作。姥姥白天带领村民搞农业生产，晚上还要参加公社会议，孩子根本照顾不了，只能交由太奶奶照看。

农村土地整改时，姥姥带领四十个妇女成立巾帼突击队，顶着零下二十度的严寒，挖河修水利，一干就是三个月，家中孩子小的队员直接带到工地上，孩子饿了就喂口奶。姥姥腊月二十八才从工地回到家里，年幼的大姨看着姥姥很陌生，好久都不敢上去相认。

1961年，在北京当兵的姥爷响应上山下乡运动，主动写申请转业到地方。姥爷转业回来后在青古集卫生室工作。随着二姨、三姨、舅舅和妈妈的出生，姥姥既要领导村里工作还要照顾孩子和老人，十分辛苦。作为一名党员，姥姥时刻牢记使命、清廉无私。

1993年，由于身体原因，姥姥向组织打报告申请从一线退下，公社主任张振起说："孙大姐，你退了，你们村的工作谁能担起来啊。说什么也不能让你退哦。"

直到1993年底太奶奶生病住院需要人照顾，姥姥再次申请退休，上级才批准了。虽然姥姥退休了，但村里有什么事情还经常叫她去协调和处理。因为姥姥德高望重，侠义心肠，工作中公平公正，到现在村里的老人一提到她的名字，都还伸大拇指点赞呢。

姥姥退休后，担负起教育子女的任务，我和表哥、表姐、表弟十几个小孩，都是从小由姥姥看着长大的。

后来，大姨把姥姥接到单县去住，姥爷给大姨父看厂子，姥姥就负责家中孩子们的生活起居。每天天不亮姥姥就起来忙活了，先给姥爷做饭，姥爷吃完饭就去厂里上班，然后再给表哥表姐们做饭，每天看着孩子们吃完饭上学去了，姥姥才能吃饭。

平时姥姥在学业上对我们兄弟姐妹们的要求很严格，哪个孩子放学没有按时回来，姥姥都亲自去学校接。她说："我们看着你们这些孩子一天天长大成人，我们的责任就完成了。姥姥不图你们大富大贵，只求平平安安的。"

2005年姥爷患了肺癌，起初家里人没有告诉姥爷他的病情，那时候姥姥陪着姥爷到处去散心，在青岛住了一年多，老两口一早出去散步，然后去医院化疗。

姥爷吃饭挑剔，姥姥总不厌其烦地变着花样给姥爷做可口的饭菜。两个老人都喜欢孩子，每当表哥表姐们轮流给二老打电话问候的时候他们都特别开心。

然而无情的病魔还是夺走了姥爷的生命，姥姥一夜之间感觉苍老了许多。五十多年的风雨同舟，相敬如宾，转眼间阴阳两隔。可是姥姥却平静得出奇，她对我们说："你姥爷早就知道他的病情，他是医生出身，从每天吃的药里他就明白自己的身体是什么情况，只不过是为了你们的一番心意他不想说出来。你姥爷说唯一的遗憾是没有看到梦妮儿和洋洋上大学。"那时我年龄尚小并没有很深的感触，直到现在想起姥姥的话才真切感觉到姥爷对我们的疼爱。

姥姥喜欢吃甜食，哥哥姐姐们经常给她买奶茶喝，每次她都特别开心。但是在2008年，姥姥查出得了糖尿病，就不能再喝奶茶、吃点心了，代替它们的是每天都要按时吃的治疗药，不过妈妈说："年纪都这么大了，不要对自己那么苛刻，有时候可以适当少吃点甜的。"所以每到逢年过节，我们都会"奖励"给姥姥一些她喜欢吃的甜品，也算是在缺少甜味的日子里的一点糖啦。

故事的后来，姥姥逐渐习惯了没有姥爷的生活，孩子们也都长大成人了，日子也就这样一天天安稳顺利地度过。

2019年，姥姥来到我家居住。虽然她仍旧身体健康，但我却明显感觉到她的脚步比以前慢了。她已经不能像年轻时那样自己一个人到处溜达旅行，也不能自己洗衣做饭了。

我的姥姥，摄于2019年

有一天，她走路没站稳摔倒在地上，我终于意识到，我一天天地长大，她也在一天天地变老。

姥姥的一生有苦难有波折，有奋斗有热血，岁月在她脸上留下了痕迹，但也赋予了她无可替代的沉淀与魅力。她如同一叶扁舟，在时代的浪潮中直挂云帆，斩浪前行。回顾她的往事，我明确了青春的意义和奋斗的价值。

附录一

家庭大事记

1940年，曾祖父张继东和曾祖母王氏结婚。曾祖父继承下来祖上的磨油坊，对外加工香油，维持生计。

1941年，祖父的大姐出生。

1942年，祖父的二姐出生。

1943年，祖父出生，取名为张绪亭。同年，我的奶奶张秀兰出生。

1944年，祖父1岁，一家五口人以香油坊为生。

1946年，祖父3岁，祖父的弟弟出生。

1949年，祖父6岁，新中国成立，祖父进入黄安镇小学读书。

1950年，祖父7岁，土地改革，家中分到3亩土地。

1954年，祖父11岁，考上联中。五年的小学生活使爷爷练就了一手好字。逢年过节，家里相邻的对联都找爷爷写。

1955年，祖父12岁；祖母12岁，前往徐州投奔大舅姥爷。

1956年，祖父13岁，由于政策原因家中香油坊关闭。

1957年，祖父14岁，以优异的成绩考入巨野师范学校。

1958年，祖母进入毛刷厂上班。

1960年，祖父17岁，从师范学校毕业投笔从戎。

1961年，祖父18岁，由于文采好，祖父被破格提干。

1962年，祖父19岁，祖母回乡，入伍三年的爷爷经人介绍与我奶奶相识并恋爱。

1963年，祖父20岁，与奶奶在部队成婚。

1964年，祖父21岁，9月我的大伯出生，爷爷奶奶和曾祖父分家另过。

1966年，祖父23岁，因为家中生计，在曾祖父的再三催促下脱下军装转业到地方。

1967年，祖父24岁，成为一名人民教师，工作于山东省郓城县一中。奶奶则在合作社上班，加工被服挣工分。

1968年，祖父25岁，拿出转业津贴翻建了住了近30年的老屋，红砖到顶，盖了我村的第一座砖混房屋。

1970年，祖父27岁，10月我的爸爸出生。爷爷文化水平高，年年被评为优秀教师。奶奶善良勤劳、心灵手巧，很快成为合作社技术能手，很多人都慕名来找奶奶裁剪衣服。家中拥有自行车。

1974年，祖父31岁，三爷爷离家只身闯关东，在东北成家立业至今。

1976年，祖父33岁，随着我三叔的出生，爷爷从县一中调回老家三中教书。我的父亲也走进学堂。

1979年，祖父36岁，由于爷爷的弟弟结婚生子，一家十几口人住在一个院子诸多不便。曾祖父让爷爷一家搬到当时村外去住。爷爷在村外宅基地又新建了一处房子。由于多年的工作劳累，爷爷的肝病越发严重。奶奶怀孕八个月，为了尽快建好房子仍然搬砖拉土。房子建好次月，奶奶生下姑姑。

1980年，祖父去世，年仅37岁。爷爷去世时，大伯刚16岁，爸爸10岁，姑姑还不满2岁。刚刚高中毕业的大伯接班当上一名教师，国家每个月给予抚恤金。

1981年，家乡的家庭联产承包责任制开始实行，我家分到7亩地。爸爸、叔叔上学，大伯在教师进修学校进修。奶奶一人耕种着土地，白天下地干活，晚上给别人裁缝衣服，撑起了整个家。

1982年，进修一年的大伯毕业当上正式教师，在附近镇中教学。

1984年，大伯在教书了两年多后，在姑爷爷的帮助下调到菏泽县（今菏泽市）粮食局工作。

1985年，大伯和在纱厂工作的大伯母相识相恋。家中使用电灯。

1987年，大伯和大伯母结婚。

1988年，大伯的儿子（我的大堂哥）出生。为了能找到工作，大伯动员我爸爸去当兵。家里买了电视机。

1989年，兵役制改变，冬季兵改为春季兵。三月，爸爸入伍参军。

1990年，爸爸在部队表现突出，加入中国共产党。同年年底，我的叔叔也入伍参军。

1991年，由于兵役制改革，爸爸年底退伍回到地方。

1993年，爸爸被分配到铁路部门工作，并到徐州铁路职工学校进行岗前培训。经人介绍认识了在毛纺厂上班的妈妈，并于中秋节订婚。

1994年，元月新春，爸爸妈妈步入婚姻的殿堂。7月份爸爸培训结束，正式工作。家中开始使用电风扇。

1995年，入伍4年的叔叔退伍回家。年底，妈妈怀孕。

1996年，随着京九铁路的开通，爸爸调到老家附近的火车站上班。当年有前瞻性眼光的爸爸买下老家一块近十亩的荒地，建起一个浴池，妈妈也辞职回到老家，帮忙打理澡堂。在全家人的共同经营下，浴池天天爆满，全家人生活得和美幸福。农历九月二十一，妈妈生下一个女孩（我的姐姐）。家中开始使用固定电话，买了电冰箱。

1997年，姐姐9个月大时，得病夭折。

1998年，家里拥有了第一辆小汽车。叔叔的儿子出生。

2001年，过年后不久，妈妈再次怀孕。腊月十七，我出生了，为了怀念已故的姐姐，爸爸妈妈为我取了和姐姐一样的大名"张苗"，就像同一个生命的延续。

2003年，锅炉故障，澡堂关闭，家中做起粘板生意。小汽车报废。

2004年，粘板生意赔钱，遂停止。

2005年，3岁，我上幼儿园。外公查出肺癌。

2006年，4岁半的我跟着大伯母走进了一年级的课堂，正式开始学校生涯。爸爸买了我家第一部笔记本电脑。

2007年，我5岁，外公去世。

2008年,我6岁,爸爸、大伯、叔叔共同盖了一栋占地600多平方米的两层楼房,我家是镇上第一户住上楼房的人家。家中开始使用自来水。

2010年,我8岁,爸爸妈妈在城市里购房付了首付。

2011年,我9岁,上完五年级,转学来到市里读书。暑假去济南做了扁桃体切除手术。

2012年,我10岁,小学毕业,进入初中。同年,爸爸单位分配的房子正式交房,我们一家三口终于在城市里拥有了自己的楼房。

2015年,我13岁,初中毕业,并以优异的成绩考入菏泽市第一中学。中考结束的暑假,爸爸妈妈带我去上海看了人生中第一次演唱会,又去了厦门参观了我当时心心念念的厦门大学。家中开始使用WIFI。

2016年,我14岁,爸爸做生意被骗取数十万,家中出现经济问题,但为了让我安心读书,爸爸妈妈没有让我知道这件事。

2017年,我15岁,因为经济问题,爸爸妈妈开始经常产生矛盾,但当时的我还不知道是因为什么事情。

2018年,我16岁,高中毕业,高考正常发挥,考上江南大学。

2019年,我17岁,终于知道了家中出现的变故,好在一切都在家人的努力下慢慢变好。

附录二

家中第一次使用下列物品时间

电　灯：1985年　　固定电话：1996年

自行车：1970年　　汽　车：1998年

自来水：2008年　　电风扇：1994年

电视机：1988年　　电冰箱：1996年

电　脑：2006年　　WI-FI：2015年

爷爷劳作一辈子

人文学院汉语1802　黄晨洲

1947年，我的爷爷出生于江西省抚州市临川区连城乡，那里自然条件很一般，简陋的房屋零散地分布在田地之间。

爷爷1岁时，他的父亲，也就是我的曾祖父就去世了。其后不久，爷爷的母亲就改嫁到了临川区熊斯村，爷爷便也跟着来到此地，在这里度过了他劳苦的童年。

在熊斯村，爷爷当过走门串户医师的小工，跟继父学习过用竹篾编织的手艺，但是，爷爷说他最怀念的，当数那些卖冰棍的时光。

1952年，当时爷爷6岁，家中生活已是拮据，根本没有余钱来供他上学，因此爷爷在夏日晨光熹微时便起床挑起箱子，奔向批发冰棍的地方。等到正午烈日炎炎时，爷爷就在放有冰棍的箱子上盖上减缓冰棍融化的厚毯子，走门串户地吆喝："卖冰棒哟，津甜津甜（非常甜）的冰棒哟！"这吆喝声爷爷至今还记得。

挑着两箱冰棍，为了防止冰棍在卖完之前融化，爷爷不得不顶着烈日奔跑，或是快步走着。在长江以南的江西，若没有下雨，气温攀升至三十八九度都是常事，遑论缺少荫蔽的乡村小路。在毒辣的烈日炙烤下，草木枯黄，热浪滚滚，沙石飞扬。但是，即使再热，爷爷也不能吃箱子中的冰棍。在爷爷顶着烈日走门串户时，总有村里的人们招呼爷爷进屋歇一歇。喝完一碗透心凉的井水，用衣袖擦擦嘴角，爷爷便又挑起箱子，向下一家赶去了。

1954年，爷爷8岁时，村里开始实行初级合作社，到1956年转变为高级合作社。爷爷说，那时的农民们都只能在生产队劳动并统一分配成果，每年要向合作社缴纳"股份"，而供销社每年则会返还每个家庭一斤盐或者一斤糖作为利息。

1958年，我的家乡也响应了国家的号召，轰轰烈烈展开了"大跃进"运动和人民公社化运动，成年男子们（当然也包括爷爷在内）在冬天要做100余天的没有薪资报酬的义务工，他们得去修堤坝、水库，修公路、铁路，有的人甚至要离开家乡，到井冈山等地方做义务劳动，条件十分艰苦，人们经常饿着肚子。

20世纪60年代初，粮食特别紧张，供给严重不足，有时甚至得去拾水库里的白色的细泥（当时人们称之为"观音土"。）加水食用以充饥。

虽然生活贫苦，但是爷爷也还是受过教育的。爷爷7岁时到村里的上黄小学上一年级，那时村里的小学分两个等级，一至四年级是初级小学，在村里的一个颓圮而破烂的庙里上；五、六年级则是高级小学，要去乡里的完小上。

初级小学一个村只有一位资历较深的老师，他要给村里一百余户里的四个年级的学生上课。四个年级坐在一个大厅里，老师给一年级的学生上十几分钟，布置了作业后，继续给三年级的学生上课，然后依次给二年级、四年级的学生上课。

课程内容有语文、算数（包括珠算）、历史、资源（相当于现在的地理）、体育（一个星期两节课）、美术和音乐。爷爷对历史和资源很感兴趣直到现在还是很乐于与子孙辈侃侃而谈。而中国的战争史、古代野史趣事以及地理现象也常常成为后来爷爷与骑"蹬士"的老伙伴的谈资。

由于家中再无积蓄可以供给爷爷上初中，爷爷上完小学六年级后就辍学了，开始过上上文所说的通过编织竹篾、卖冰棍等赚钱的生活。

1965年，爷爷的奶奶去世了。第二年，爷爷遇上了村里的一个裁缝姑娘，她就是我的奶奶。

在爷爷22岁时，他与奶奶结婚了。在那个年代，结婚有内涵，但无形式。生活已是如此拮据，怎能奢求八抬大轿、娱乐宴饮呢？

结婚后，奶奶继续在村里做裁缝，带着她收下的一些徒弟，也是几个年纪尚小的小姑娘，在村里做着缝缝补补的活儿。而爷爷在干完农活之余，因继承了继父的手艺，便经常用竹篾编织一些生活器具，像竹席、簸箕、炭火盆等，将它们卖出以补贴家用。

后来，奶奶先后生下了我的姑姑、爸爸和叔叔，和爷爷一直在上黄村过着劳苦而又平淡如水的农村生活。

到了20世纪80年代，上黄村实行了分田到户的制度，虽然也要交公粮，但是与人民公社化运动后的集体交公粮不同，这个时候是分散的，各家交各家的公粮。除此之外，还要交油、棉花、生猪（生猪需要一年交一头125斤的），交完公粮一年可以从供销社获得十几块钱。

除此之外，和以往不同的还有，当时经营副业不再受到限制，但是如果去外地经营副业的话，回到家乡还是要上交一定数额的收入。

通过一家人的辛勤劳作，爷爷于1986年建了一座两层的由砖石和木料制成的房屋，因建屋费用透支，此时爷爷一家又陷入了十分艰难而拮据的境地。

一直生活在农村，爷爷全家的生活一直是平静而无波澜的。然而，后来发生的一件大事，成了爷爷心中永远的痛。

1986年9月下旬的一天，小爷爷（爷爷的弟弟）来到上黄村爷爷家。那时，爷爷正忙着用竹篾编织簸箕，而家里并没有多少菜，于是，他就

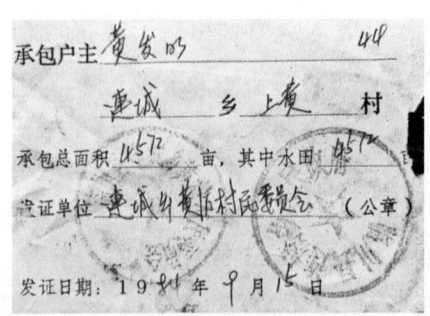

1984年爷爷的土地承包证

1986年爷爷的建房证

叫16岁的姑姑上街买一条鱼回来好好招待一下许久未见的弟弟。

小爷爷与爷爷甚是亲密，也是稀客，爷爷才买鱼来招待，平时不是逢年过节，家中有鱼是极其罕见的。

爷爷仍清晰地记得，那时，姑姑很激动地抄起家里刚买的自行车，回头向爷爷和小爷爷打了声招呼，就骑车买鱼去了。爷爷不曾想到，这竟是最后一次听到女儿的声音，最后一次看到女儿的面孔，不曾想到，自己的女儿兴奋而激动地去买鱼，却永远也尝不到爸爸做的喷香的鱼了。

就在姑姑骑自行车买鱼回家的路上，姑姑出了车祸，她被一辆汽车直直撞上。等到街上的同村人赶到家告诉爷爷，爷爷拉着家里的板车把姑姑送到医院时，一切都已经迟了，姑姑已经离开了人世，爷爷永远失去了他爱的女儿。

爷爷回忆起这段往事时，双眼已是通红。他说，姑姑那时16岁，还未成年，却已然成了一个大人，甚至可以称得上是家里的支柱之一。她继承了爷爷"卖冰棒哟，津甜津甜的冰棒哟"的吆喝，走村串巷卖冰棍，以补贴家用。

爷爷还说，姑姑是一个特别懂事而且独立的孩子，在他和奶奶下地干活时，就是姑姑照顾两个弟弟的，姑姑做饭甚至不逊色于大人做的。说到这里时，爷爷有点激动，脸上显现出一丝自豪的神色。

现在，爷爷总是后悔。他想，如果他当时放下手中的活，自己上街买鱼，或许就不会有如此令人痛心的悲剧了。不得不说，这是爷爷人生中最重大的一件事，每每想到这件往事，爷爷都是如此痛心而又深感遗憾："多么懂事的一个姑娘呀！"

世上最持久而深刻之痛，莫过于白发人送黑发人。时间长了，记忆淡了，这痛可能也会慢慢淡去。但在某一时刻回忆起来，这痛心之事又恍若发生在昨天，痛亦是丝毫不退，还如当时那般深刻。

清明节扫墓时，爷爷每每到了姑姑的墓前，都要如此感叹一番，烧纸钱飘出浓浓的烟，刺激着爷爷的眼睛，让他的眼睛变得通红。但这不全是浓烟所致，因为我能清楚地看见，爷爷的眼眶中闪着泪光。这泪光让爷爷和其他每一个人回忆起了那令人心痛的往事。

等到爸爸和叔叔成年了，他们便一起离开了家乡，奔赴上海谋求生计。虽说文化水平不高，但是，他们远在他乡也永远秉承着爷爷传承下来的勤劳的家风。他们相信，勤劳能致富，不劳动的人不配拥有美好的生活。

爸爸在上海向一个厨师学艺，两年的刻苦学习后，也算是学有所成，回到抚州市，到临川区的邻县崇仁县同妈妈一起开了一家餐馆，妈妈和爸爸共同勤勤勉勉，一直稳定地经营着这家餐馆，生活不断改善。这也成为了爷爷生活的转折点。

21世纪以来，爷爷从上黄村搬到了临川城区。此时的爷爷也将跨出知命之年，迈入花甲之年了，他本应在家好好享清福，好好享受他几十年来的劳动打造的生活，但是，劳动已成了这个老人的习惯。

作为一个农村的"庄稼汉"，爷爷的身体是很硬朗的，因此，他从2007年，便到崇仁县来骑"蹬士"（一种客运工具）。在那时，"蹬士"还是纯人力的，需要花费很多力气，收入却不多，也很不稳定。据爷爷描述，"蹬士"的收费主要看路程长短，一般一个人收费三四块，一辆车一次最多可以坐三个人，一个月大致有一千余元的收入。

到后来，"蹬士"变成电动，速度大大加快，收费也高了一些，但是由于公交等其他交通工具的投入增多，坐"蹬士"的人也在慢慢减少，因此他后期的月收入仍不到两千。

他说，别看骑"蹬士"要花挺多力气，但他骑"蹬士"的这几年也是过得很开心的。六十多岁了，不指望骑"蹬士"来赚钱，他便不用像其他年轻车夫一般辛辛苦苦抢生意，他看见有客人便骑，若没有客人他会将车停在药店门口，坐在车上看着药店门口电视上播放的"三角班"（采茶戏），也别有趣味。

爷爷身处于"蹬士"这个行业内，也有很多"老伙伴"，也可以称之为同事。他和同事们谈天说地，谈谈孙儿们的日常生活，谈谈趣味横生的野史，谈谈国际关系，说得略感口干舌燥时，便从车篮中拿起预先带好的一个装满茶水的杯子，咂一口香茶。爷爷说，这才叫生活呀！

2011年10月后，爷爷不再骑"蹬士"了，他在崇仁县当地的林业局当保安。说当保安似乎也有些不妥，因为他主要的职责是守门，说当"守门人"更恰当些吧。

相比于骑"蹬士"来讲，当守门人的工作则更加轻松了。他只要在七点左右把林业局大小门打开，晚上八点左右把林业局大、小门关上，有车进出时，用遥控器开关门，其他的时间都可以由自己支配。这的确是一个很轻松的工作呀，虽然轻松，但是收入却比骑"蹬士"的收入要多，一个月有2000元收入。

由于我的堂弟来到临川区（临川一小）上小学了，因此，在2012年8月，他辞去了在林业局的守门人工作，离开了崇仁县，来到临川区，和奶奶一起生活，照顾堂弟。此时的爷爷拥有大量的空闲时间，但是习惯劳作的爷爷怎会闲得下来呢？爷爷带着他的"蹬士"，一起来到了临川，继续他的"蹬士"生活。在临川，爷爷又交了许多朋友，我们或许可以称之为"蹬友"。同时爷爷仍然与崇仁的"蹬友"保持着紧密的联系，常常你来我往地聊着各自的生活、生意以及行情。

2016年，爷爷70岁了。这样一个70岁的老人，虽已满头白发，但眼力，听力，口齿都是不差的，这让我们一家都倍感欣慰和欣喜。

爷爷说，他的七十大寿也是他人生的关键，因为在这天，他从心里感受到了他是幸福的，且不论他的悲惨童年，这一天告诉了他，他已儿孙满堂。在这样一个老人心中，有什么比这个更让他开心的呢？

爷爷特别提到了姐姐给他买的生日礼物。当时姐姐大一，正逢爷爷七十大寿，她便用她自己做家教赚的钱给爷爷买了一件毛呢大衣作为生日礼物。"她真的懂事了，多像你那个姑姑小时候呀！"礼物虽不贵重，这份心意爷爷是感受得到的。

不久前，我回到老家，发现老家中仍完好地保存着一套木质橱柜，虽然落满尘埃,但是我可以轻松地辨认出上面刻有的"自己动手,丰衣足食"八个字。这句由毛主席在八十余年前的经济困难时期提出的口号,正是爷爷人生的真实写照。在劳动中打造生活,这便是属于爷爷的人生。现在,有我们全家人陪伴着爷爷用劳动打造生活,而全家人共同用劳动打造的生活,定是爷爷梦寐以求的真正的生活!

附录一

爷爷黄发明大事记

1947年，爷爷出生，家中有一个约60平方米的土屋。十个月时，他的爷爷去世。

1948年，2岁，爷爷的父亲去世，爷爷的母亲改嫁至临川熊斯村。

1953年，7岁，爷爷的姐姐去世，爷爷随母亲从熊斯村回到家乡上黄村，在上黄小学读一年级。

1958年，12岁，上完六年级后辍学。

1959年，13岁，开始学竹篾编织手艺。

1965年，19岁，爷爷的奶奶去世。

1968年，22岁，爷爷结婚。

1970年，24岁，爷爷的女儿（我的姑姑）出生。

1973年，27岁，爷爷的大儿子（我的爸爸）出生。

1975年，29岁，爷爷的小儿子（我的叔叔）出生。

1986年，40岁，爷爷的女儿（我的姑姑）去世。

1986年，40岁，爷爷盖了新房子。

1997年，51岁，爷爷的长孙女（我的大姐）出生。

2000年，54岁，爷爷的二孙女（我的二姐）、三孙女（我的堂姐）出生。

2001年，55岁，爷爷的长孙（我）出生。

2002年，56岁，爷爷的二孙子（我的堂弟）出生。

2005年，59岁，爷爷的三孙子（我的堂弟）出生。

2007年，61岁，爷爷从上黄村来到崇仁县。

2012年，66岁，爷爷从崇仁县来到临川区。

2020年，家中一共有12个人（包括爷爷，奶奶，爷爷的两个儿子、两个儿媳妇、六个孙子孙女）。

附录二

家中第一次使用下列物品时间

电　灯：1984年　　固定电话：2006年
自行车：1997年　　汽　车：2010年
自来水：2005年　　电风扇：2001年
电视机：1988年　　电冰箱：1997年
电　脑：2012年　　WI-FI：2016年

父亲艰辛的创业之路

人文学院汉语言文学1803　羊峻漫

我的爷爷

我的爷爷1936年诞生在重庆的一个小镇（如今的铜梁区），他的家庭在小镇算是一个相对富裕的家庭，据说极盛时有半条街都是祖父家的。然而在他3岁那年，我的曾祖父却不幸离世。对于失去了依靠的母子来说，在这样的大家庭里生活变得十分艰难，后来我的曾祖母带着爷爷改嫁，开始了新的生活。

从1939到1942年，日军无休止的轰炸严重影响了人们的生活，此后关于重庆大轰炸的故事常常出现在我爷爷的童年回忆里。

1950年，成渝铁路全线开工，出于生计和理想，14岁的爷爷加入了铁路修建的队伍。这段多山的线路大都靠人工开凿。夏季闷热潮湿，在开凿隧道的过程中时常会有水流涌出，这时就需要有一大批工人用各种各样的容器将水舀起再倒出。铁路工人们没有固定的驻扎地点，修到哪里就在哪里吃住，长期睡在潮湿阴寒的隧道里导致很多人患上了风湿。

铁路竣工后，爷爷归来，但因为风湿爷爷只能躺在床上，直到几年后才能下地干农活，他的背再也没有挺直过。爷爷立了功受到了表彰却也因此成了残疾人。这也意味着他失去了一部分劳动力。在那个时候的农村失去劳动力是一件可怕的事情,因为一家人生活的重担都在爷爷肩上。在生产队里,爷爷因为身体有疾受到了一些村民的歧视。但是爷爷是一个骄傲的人,他不断地努力着,努力去成为一个正常的人,他比其他人更认真勤劳地工作着,他在艰难中守着自己的尊严与骄傲。

"大跃进"时,爷爷在公共食堂担任伙食团团长。他每天勤勤恳恳地工作,却遭到他人的恶意诬陷,被举报贪污粮食,为此遭停职还要去上学习班。

当时爷爷要承担一个家庭的重任,家里有三个嗷嗷待哺的孩子,他不得不每天背着我大伯去上学习班,还要遭受一些同乡人的嘲讽。后来,生产队经过调查还了他的清白,他才得以重新返回岗位。

在生产队,爷爷因为残疾,只能算半个劳动力,只能得到一半的工分。为了凑齐工分,爷爷加班找活干,如晚上看谷场。尽管爷爷努力去挣工分,可到年底算账他家还是未达到工分总量,要倒贴80元给生产队。在那个时候,80元对于一个农民来讲可是一笔不小的数额。

那个时候一家人最期待的是过年,因为过年可以吃得很"丰盛",这里的丰盛其实就是有肉吃。一年到头,对劳动最大的回馈就是吃到有"油腥"的饭菜。

爷爷很在乎对孩子的教育,他对孩子的要求很高,即便家里不能继续供养孩子们上学,他也会在生活中给予良好的熏陶。

1982年,土地分田到户,调动了农民的生产积极性,大家为了改善生活都努力劳作着。爷爷也带领着家人在一方不大的田地里种出了属于自己的幸福。他的日常变成了早晨去地里干活,中午回家吃了饭又匆匆走去地里。无论是寒冬还是酷暑,他都坚守在那方土地上,看着秧苗长高,结出劳动的果实。

孩子们在艰苦的岁月里长大成人,他们逐渐离开家乡到其他地方开始闯荡,带着父辈吃苦耐劳的精神,逐渐开辟出属于自己全新的天地。

家里的生活压力变小了,生活逐渐富裕起来,爷爷终于可以好好休息一下，可是好景不长，他的身体逐渐衰弱，不再像之前一样精神。在病榻上缠绵几年之后，他离开了。

爷爷的大半生都在操劳，先是为国家修筑铁路，后来是为了自己和家庭的生计奔波辛劳。在离开的时候他依然不忘告诫子女，现在的生活来之不易要好好珍惜，更要不断地努力奋斗，才能一直过着幸福的生活。

爷爷的故事让我深受感触，或许由于时代的原因，他们那一代的人都有过贫穷困苦的经历，但与此同时，生活也反馈给他们珍贵的精神品质：无论生活有多么艰苦从不妥协，一次又一次在艰难里挑起肩上的重担。

我的父母

小时候我的父亲给我讲得最多的故事就是粮票的故事，最初我还很有兴趣，到后来听多了只觉得无聊。而现在我逐渐明白了为什么父亲会如此偏爱粮票的故事。因为吃饱就是他们童年最大的愿望。

我的父亲1967年出生在重庆的一个乡村，那时候家里还是会漏雨漏风的土房。听父亲说当时的屋顶都是用茅草铺起来的，一到夏季就会有扎人的虫从房顶掉下，往往早晨起来胳膊腿上就是几个大水泡。因为没有钱修房，家里7口人只有两间屋子，一个饭厅和一间厨房。每到夏夜奶奶就会坐在床边给孩子们扇扇子（小时候孩子们全部挤在一张通铺上），等到孩子们都睡着了再离开。因为爷爷的残疾，父亲与大伯时常被同村的孩子欺负，他们决心练功自卫，每天凌晨四五点就起床，在家门前的黄桷树下打拳，瘦小的身板硬是要将粗大的黄桷树打到摇晃才肯停歇。或许是因着这股狠劲儿，村里孩子无人再敢欺负他们了。

1974年父亲到了入学的年纪，因为家里实在太穷，连一学期1.5元的学费都交不起，只能申请欠费条，等以后再补交。

每天清晨，年幼的父亲就带着奶奶为他准备的搪瓷罐（学校没有食堂，自带粮食，大家都把米饭配菜装在饭盒里，学校厨房会免费帮学生煮饭），背着破布包从家里绕过山头去上学。就这样父亲在这条泥泞的山路上来来回回走了三年，读到中途家里实在是没有钱了，于是父亲就停学了两年。后来因为地方政府扫盲，学校的老师到家里劝说几番，还给父亲提供了很多帮助，父亲才能继续上学。到如今父亲也常常带着感激的语气和我提起这位老师。

听父母的描述我才知道：他们上学的时候不仅要读书还要在家干农活。我的母亲在中午上学之前要背上背篓在放学回家的路上打猪草牛草带回家，而我的父亲在回家的时候则需要担水回家。

现在的五一劳动节对于我们而言是外出游玩的小假期，于他们而言则是名副其实的劳动节。从放假开始他们就得回家插秧、栽小麦、除草施肥。饶是如此辛勤的劳作，温饱问题仍然不能解决。

除了在田里捡遗漏的粮食，我的父亲从七八岁开始就到附近的煤场去捡煤炭，和同伴一起背着背篓到煤堆和小河里去捡煤渣他们还会遇到附近的孩子王守在门口抢已装好的煤渣。父亲告诉我，捡煤渣不仅要力气大还要能跑能打架。

直到1979年土地下放到户，农民才能靠劳作解决家人的温饱问题。

1985年，18岁的父亲到了贵阳谋生。他没有技艺，没有学历，只能卖力气。他开始在建筑工地上工作，担水泥、搬砖成了他的日常，但是这样辛苦的劳动，一天只能挣到一元钱。由于老板时常克扣工资，辛苦打工一年，父亲也没有攒下多少钱。长期担水泥的工作使得父亲后颈皮肤溃烂，脊椎受损，直到现在都不能根治。

1986年父亲回到重庆开始学习制鞋。500元的学费父亲交不起，好在有亲戚帮忙才找到了免费的老师。于是父亲每天就带着自己的小饭盒装上青菜稀粥到工厂学习，得了闲就到师傅家帮忙打杂。

三个月之后父亲勉勉强强地出师了，就留在了鞋厂制鞋。他每天早晨6点出发，从家走十几里路到工厂，冬天夜里时常得打火把回家，一有存货还得担着鞋子走到其他乡镇叫卖。虽然辛苦，但父亲说有了这门手艺才不至于挨饿，辛苦也不算什么。

1986年下半年一位远房表哥告诉父亲，去贵州做鞋子能挣钱，他就与表哥起程了，带着奶奶给的两个鸡蛋和爷爷从亲戚那里凑来的18元钱。等待父亲的是未卜的前程，可父亲却告诉我相比害怕和忐忑，对于未来的憧憬才是当时他内心的主旋律。

为了省钱父亲一路上没有吃饭，到了贵阳找到了工作，就开始和表哥一起做鞋。工作没几天，表哥便说有事要回家一趟，找父亲借了钱就回了重庆。只是后来表哥再也没有回来，还借走了父亲身上仅剩的几元钱。

当时父亲的内心是有些害怕的，孤身一人在他乡，没了钱又因为害怕家人担心不敢向家里告知实情，便选择留下继续做鞋。因为工厂的工人紧缺，老板只得和工人一起制鞋，父亲的制鞋技艺也因此更进一步。

在父亲帮老板送货的过程中，因为没有食宿费和路费，去其他市县卖鞋坐火车时，父亲只能逃票。逃火车票对于那个时候的一些打工者而言仿佛成了一项"必备技能"，从这列车厢躲到另外一列，一路上都不敢合眼。到了目的地，如果时间太晚了，也只能在火车站、广场公园休息一晚。尽管这段日子很是艰难，父亲却也在奔波中看到了创业的前景，而和各地的买方打交道的也为他后来创业打下了基础。

1989年末，父亲决心开办鞋厂。他本打算到乡镇银行贷款500元，可因没有足够的抵押资产而失败，于是父亲只能向亲戚朋友借钱，凑了几百元重新回到贵阳办了一个制鞋小作坊。

创业之初，就欠着几百元的债务，父亲只能省之又省，租了50元一个月的小房子。这房子一到雨天就满屋漏水，他睡觉都得在床上放一个盆接水，请不起工人只能叫上家中的妹妹一起做鞋。因为技艺不精时常有次品，原材料经不住这样浪费，于是一到赶集的时候父亲就背上次品鞋子到集市摆摊低价售出。没有送货工人再就只能自己做完鞋，清点货物亲自背到其他市县去卖。短短几个月的时间父亲就把贵阳周边城市的市场摸得清清楚楚，到现在他都能给我谈起哪种鞋子在哪个地方卖得最好。

为了不花住宿费，父亲不管多晚都要买票回家。后来母亲也在1990年前往贵阳和父亲一起创业，每天凌晨入睡，早上五点起床开门做买卖，旺季的时候常常十点才吃晚饭。父亲买不起新车，只能在旧货市场花50元买一辆没有刹车的自行车。

渐渐地父亲的生意越做越红火。在和卖方的往来中，他发现批发皮鞋更有前景，于是在1992年将自己所有的积蓄都投在了贵阳市西路的店铺上，交完7000元的转让费，一个月还有500元的房租。父亲的积蓄又一次清空，但他并不害怕，因为他相信自己的能力，也相信自己的努力会有回报，于是父亲和母亲又开始起早贪黑地进货卖货。当时的社会治安较差，时常有运货中途被偷或者抢劫的现象，父亲和母亲在每一次运货途中都慎之又慎。

父亲在生意中结识了很多朋友。他的诚信与爽朗，让供货方愿意先给货，父亲也开始从重庆、温州、州进货卖鞋。

1995年父亲开始联络温州重庆的朋友一起经营生意，这时候父亲的账户上才有了相对稳定的存款。父亲说那时候他一直想办一个有规模的连锁产业，于是在贵州、南宁、温州，广州开始布置自己的事业。

1998年因为当地政府的招商引资政策，父亲在重庆璧山修建厂房，成为最早一批入驻西部鞋都开发区的厂商之一。

2003年越来越多的皮鞋被运往俄罗斯、哈萨克斯坦等国家，甚至远销巴西等国。璧山区的制鞋业一片红火。我年幼时，父母很早就出门了，晚上八九点吃饭也是常态，旺季的时候办公室里的电话铃与工厂的机械运作声几乎就没有停过。母亲从来不穿高跟鞋，因为她走路总是像一阵风。

2008年，母亲一个人管理鞋厂，父亲决定进入一个全新的领域，遇到不懂的地方他就大方地向前辈学习请教。初中文凭并没有局限父亲的眼界，他比他人更努力地研究国家政策，揣摩市场前景。所幸父亲的努力没有白费，他又一次成功了。

和朋友聊天，一有感兴趣的项目父亲就会立即把实地考察提上日程，他从来没有想过停下来休息一下，一辈子都在创业，一辈子也都在努力。我的父亲说："小时候我的梦想是要吃饱，不能让家里人挨饿；到了贵阳我的梦想是想买一辆面包车，可以带家里人出去玩；后来我的梦想就是把自己的事业干大点，给你们提供更好的生活。你记住，一个人有了成就一定要回馈社会，要学会感恩，大度，不要揪住以前的小事不放。"如果单单听父亲讲这些话，我可能只把这些当做过耳的鸡汤，不会有太大的感触，但是听我的父母讲完了他们的故事，我才明白父母的辛劳与不易，才明白今天的生活是真的来之不易。

  我的父亲时常告诫我团结是最重要的，只有相互帮助，让大家都好了才能走得更远。他总是说："我还是很幸运，有那么多人对我好，创业也比较顺利。"我却认为幸运只是一小部分，他所付出的努力，在黑夜里打着火把回家的每一个夜晚，在泥泞的乡间小路里踩出的每一个脚印，在没有刹车的自行车上蹬出的每一圈都为他的成功打下了坚实的基础，都成了他所言的幸运。

附录一

父亲大事记

1967年，父亲出生在重庆市璧山县依凤乡。

1974年，父亲开始上小学。

1977年，因为家庭贫困无法提供学费，父亲休学。

1985年，父亲到重庆市璧山县七塘镇学习制作皮鞋。

1987年，父亲前往贵阳打工。

1989年，父亲与母亲结婚，年末父亲前往贵阳创办皮鞋厂。

1991年，母亲前往贵阳共同经营皮鞋厂。

1992年，父母在贵阳市市西路租下店铺做皮鞋批发，生意日渐红火。

1996年，回到重庆璧山修建工厂。

2000年，返回重庆璧山工业园区继续经营皮鞋厂。

2008年，母亲管理皮鞋厂，父亲开始探索其他领域的事业。

附录二

家中第一次使用下列物品的时间

电　灯：1987年　　固定电话：1992年

自行车：1990年　　汽　车：2000年

自来水：1991年　　电风扇：1990年

电视机：1991年　　电冰箱：1996年

电　脑：2008年　　洗衣机：1993年

在时代的旋涡里

人文学院汉语言1803　张谦益

1946年12月，我姥爷陈振生出生于河北省邯郸市曲周县马疃村。1945年共产党军队解放了邯郸，1946年1月曲周县开始土地改革，将我们家定性为"下中农"，分了5亩地，原有4亩，这样一共就有9亩地。房屋两间，一院。

姥爷的爷爷叫陈天翀（1898—1987），没有在河北老家，早年是教书匠兼木匠，和妻子怀氏（1898—1975）在家乡生养了我的外曾祖父，随后便北上加入了东北军，在江桥抗战时担任过东北军炮兵第19团江桥卫戍营营长。而姥爷的奶奶便留在了家中。江桥失守后，部队死伤殆尽，姥爷的爷爷遂改名易姓，隐入市井，将资财供给儿子（即我外曾祖父）读书，一直在当地生活，没有回家。

姥爷的母亲，外曾祖母刘香兰（1917—2006）识字，所以家中能记得她的名字。她和外曾祖父陈章化（1916—1999）在16岁完婚。随后，外曾祖父在其父亲的安排下赴北平求学，说是求学，其实本来是想让他当兵，奈何身体羸弱，未果，才有了读书的安排。此后，外曾祖母便一直在家里务农。外曾祖父在北平教会的预科学堂学习两年后进入辅仁大学数理系学习，还认识了年长自己1岁的同乡、工学系的张国宝。此人后来和我们家有着太多故事。

上大学两年后，卢沟桥事变爆发，大量爱国学生被捕，其中就有张国宝。外曾祖父性格温和，见好友被擒，却又无计可施，悲愤无奈之际只得屈从明哲保身之道，于1938年匆匆肄业返乡，度过了艰难的抗战岁月。

邯郸解放得很早，新来的村支书听说村里的陈章化和"数"打过交道，依据"人尽其用"的原则，就安排外曾祖父在务农的同时，另在村民自治委员会任会计，补有少量工资。

一、1946—1966年

1946年，家乡土地改革，家中既增加了土地，也添了人口——我姥爷陈振生出生了。已经30岁的外曾祖父霎时感到解放区的天真是无比明朗。1948年，我的二姥爷出生。1948年底土改后"填平补齐"措施开始实行，村中将39亩土地拨转给四疃村，我们家的土地减少为8亩，不过只是粮食积累减少了，口粮尚足。

真正的变化出现在1950年2月。当时刚过完年，一个满头卷毛，穿着皮夹克的中年人来到了马疃村，见了支书，点名指姓地说要见会计陈章化。支书叫人去传话，外曾祖父听闻后一头雾水，只知道有县里领导要见我，放下笔就去了，但是，忘了左手还勾着一把算盘。到了，还没等人家回头，外曾祖父就认出他是大学同学、曲周老乡张国宝，就凭一头"卷得跟细毛羊一样的毛"嘛！

十二年没见了，其间"活死都不知道"，想到这儿，外曾祖父的腿可就挪不动了，愣在门口。人家转过身来，边笑边走边伸出右手要握手，外曾祖父还在门口愣着呢，见这架势，慌忙伸出了手来接，可是错了，伸成了左手，左手上还勾着一算盘呢，俩人就一左一右握住了一个算盘。

要问我怎么知道这些细节，是我外曾祖父讲给我姥爷，我姥爷又给我说的。

至于他们之后怎么聊的，怎么回忆曾经北平的读书岁月，张国宝又是怎么作为爱国学生被日伪扣押又释放，又怎么找到我外曾祖父的，外曾祖父没有讲，我姥爷不知道，我也不好乱编。

之后，介绍信、调离书等纷繁而至，我外曾祖父被推荐到曲周一中当教员，筹办数学教研室，也正式脱离农业生产，领起了国家工资，家里的地也调减到了7亩。

1951年6月，曲周县第一中学成立，张国宝任校长，外曾祖父任代数教师。外曾祖父重新研究起了数学课本，还把曾经的衬衣拿了出来，大夏天也穿。用外曾祖母的话说，"还没当上干部就先把衬衣揣到了裤子里"。1952年三姥爷出生，1953年姥爷进入四疃小学读书。

1954年4月，村中实行互助组，自愿结合，农忙互助，我们家当即加入。互助组是农业集体化的先声、铺垫，是按照自愿互利原则组织起来的劳动互助组织。它一般由几户或十几户组成，实行共同劳动、分散经营。土地、耕畜、农具等生产资料和收获的农产品，仍归私人所有，但由于换工互助，在一定程度上提高了劳动生产率，产量一般高于个体农户。曲周县的农业生产互助组大都是季节性的临时互助组。

9月，解放军为老区村庄改造危房，我家在解放军华北军区第27军工兵排长郎煜琦与战士们的帮助下改造了一间危房。他们还为姥爷留下两枚签名弹壳作为纪念。改造危房时，外曾祖父特地告假回家，和郎煜琦排长同吃同住同劳动，听说郎煜琦排长的弟弟在北京学外语，还专门赠送了自己曾经的一本英文书籍，两人结下了短暂却深刻的革命友谊。一个月后郎煜琦返回部队，本以为从此江湖路远，再难相见，却不知在十八年后还有阴差阳错的交集。

1955年夏季，全村集体加入"马疃农业合作社"，这是一个农业合作初级社。我家中有一旧且坏的"牌子车"（类似独轮车，较大），被"计价入股"。后来"入股"确实是实现了，"计价"未能如愿。不过外曾祖父还是很满意，因为这辆坏了的牌子车，他一直修不好，毕竟没有他父亲的木匠手艺，由此常招致家人"儿子不如老子"的数落，不如送至初级社"做点贡献"。但是之后家人对他的数落不减反增，言语里还附加着对私人财物被集体收走的不悦。这说明农民思想在新社会还是有着惯性的。"大跃进"在曲周县如火如荼地展开了，外曾祖父进入生产队西赴太行山运输煤、铁矿，家门口一棵百余年的老栎树被砍伐、进炉。这一年，姥爷高小毕业，进入鸡泽县初级中学读书。

1959—1961年，是家里最困难的三年，不堪回首。姥爷只记得喝水喝得肚子大四肢细。粮食不足，只能吃代餐的"五香团"，就是玉米芯、榆树皮（叶）、高粱、黑麦、谷子的混合物。四姥爷也出生了。

1960年外曾祖父恢复原职，但得了浮肿病，无法参加学校义务劳动，待遇折半，仅能满足个人温饱。困难时期，我们家靠中央救济粮与代餐食物度日。

1961年姥爷初中毕业，回家帮助农业生产，在9月和接受改造的中央财政部"下放干部"顾小康分到一个修路队工作。

顾小康听说我姥爷初中毕业了，毕业成绩还不错，便不断鼓励我姥爷，让姥爷准备来年继续高中学业，说高中就有国家补贴了，平摊下来，能每天吃一张棉花籽油烤的玉米面饼，或者半块小桃酥，蘸着水吃，水都跟糖水一样。这诱惑可太大了，姥爷便给外曾祖父说要上高中，外曾祖父在同事的辗转帮助下为我姥爷争取到了曲周一中的入学名额。姥爷说自己是因"饿"上的高中。

1962年，姥爷在外曾祖父的帮助下，进入曲周县第一中学读书。外曾祖父身体康复，待遇恢复，家庭状况也好转了。

1963春季，"四清"运动开始，前期在农村中是"清工分、清账目、清仓库和清财物"，后期在城乡中表现为"清思想、清政治、清组织和清经济"，5月华北局四清工作队进入马疃村，外曾祖父回村帮助清理账目。

1964年姥爷的高中处于半停课状态，为恢复农业生产进行义务劳动，每月可领5块2毛的补助。外曾祖父经常为姥爷讲解数学，补习功课，还留过一道题"试证明乘法分配律"，"乘法分配律谁都会用，但是少有人想过证明，你的老姥爷（外曾祖父）教会了我去思考一个存在之所以为存在的原因。"我姥爷如是说。

1965年姥爷参加高考，被南开大学历史系录取，领取的国家补助每月11块4毛。"我们那一届，曲周一中考上了五个南开，一个复旦，一个北大，只有我的数学考了满分，"我姥爷现在想起来还很欣喜，"觉得很对得住我的老姥爷（外曾祖父）。"

1966年"文革"爆发，姥爷加入南开大学"八一三"毛泽东思想宣传队；冬季，村里开始破四旧，地主老财的坟墓首当其冲，明代户部尚书陈于陛之墓被盗。我家中主动上缴四只银簪子、一只银锁，被搜去一只日本雕花马笼头。这些大部分都是姥爷的爷爷在东北军服役时托堂弟带回的，除一只银簪子于1979年被归还外，其余均被没收，不知去向。

二、1967—1979年

1967年，我们家最大的变故发生了！一帮红卫兵（大都是外曾祖父的学生），在我家门外敲门，外曾祖父开门，向他们点了点头，自行走到院子一角抱起一箱书，说："这些四旧的东西，运动开始我就封起来了，没再看过，一直想主动上缴来着，正好你们来了就……""陈老师，不是这事！"一个学生低声说。带头的开口了："你的老同学张国宝，在县劳改所里交代了你的问题。当然，可能是他乱咬一通，不过还是要你接受调查，没问题就不会冤枉。""文革"开始时的第一批红卫兵对待教过自己的老师还比较客气，要说一点人性都没有，也不真实。

外曾祖父被带走了，那一箱书既然已经拿了出来，便也被带走了。先是在马疃村革委会初审，再是在劳改所里复审，事关重大，甚至县里派出了公安去北京调查。外曾祖父整天念叨着"万万没有想到是国宝"。究竟是什么事呢？

外曾祖父的大学同学张国宝，在劳改所里揭发外曾祖父在北京辅仁大学读书时（1937年），曾在校报上写过关于《集合论之模糊集的问题》，称其是"在理论上搜奇逐异、混淆视听,刻意在抗日学生的宣传阵线上制造混乱",并诬陷外曾祖父肄业回乡就是因"诡计败露"。

张国宝是辅仁大学工学系的学生,绝不可能不懂数学集合论里的"模糊(Fuzzy)"和混淆真理的"模糊(Unclarify)"之间的天壤之别,却偏以这满纸胡言潜害昔日的友人。当然,也有人说他是被迫的,这是后话,后来再讲。

这份荒唐的口供,在那个科学话语毫无权威的时代,却可以蒙蔽整个曲周县,抑或少数知识分子心知肚明却也不敢开口。总之,这让外曾祖父被关在了拘留所内被三个月反复审查。

外曾祖母也生病了,家庭仅靠姥爷邮回家的补助,以及二姥爷、三姥爷的劳动来供养。家里给姥爷邮去了信,丢了,姥爷一直没有收到。直至过年,姥爷回家,看不见父亲迎接,进门听说了这事,脑子像被手榴弹炸了一样,手一软,行李散落满地,掉出了一本《半序空间引论》。这本书姥爷当然看不懂,这是南开大学红卫兵在抄数学系教授杨宗盘家时,姥爷偷偷从火堆边拿走,准备给外曾祖父看的。

1968年正月初七,外曾祖父回来了,瘦得像俩竹竿儿上搭着一张豆皮,这是我二姥爷的比喻。膝盖、胯骨上都有伤,说是床铺得硬,硌的。曲周县革委会、公安局对外曾祖父调查无果,因为辅仁大学已经被拆分了,数理系连同其资料并入了北京大学,北京大学的学生太革命了,一年前已经把抗战时期的辅仁校报都烧毁了,什么都没找到。

幸亏派去的那三个人,都谨遵实事求是的原则,调查回来承认"证据缺乏"。曲周县革委会一番讨论,定性为"证据已被销毁,难脱嫌疑。教育工作事关重大,建议谨慎任用",这已经是万幸了。

于是外曾祖父被停课,调至滏阳河水坝站工作,待遇每月11块多,在那跟着水文局的同志学习一些水利知识。他走的时候还不忘带上姥爷送的那本《半序空间引论》。姥爷去过水坝站的值班室,见这本书第一页写着外曾祖父的批注——"没看懂"。讲这个的时候姥爷笑了,姥爷让我多写点有趣的事，因为这是那个年代苦难生活中少有的明朗了。

1970年姥爷大学毕业，被分配至武清县（今天津市武清区）棉织厂工作，月薪与危岗补助共20块。

姥爷和同学在校园马蹄湖边合影，摄于1970年

1971年张国宝在劳改迁移过程中与数名劳改犯人一同逃跑，追逃中有犯人拒捕，警卫鸣枪威慑，误使张国宝被流弹击中，张当场死亡。在其随身信件中，发现数封仅写了收信人而未写内容的信件，其中有外曾祖父的名字。后来张国宝的女儿向我们家解释，说父亲生前说过最对不起陈叔叔，父亲是在逼迫下，难堪酷刑，只能说出几个人，捏造些犯罪事实。他随身的信，就是打算逃跑后给你们写信解释的。至于她是怎么知道那些信的用途的，我们不晓得。她说的是不是张国宝的真话，亦不清楚，但是她说这些话的时候已经是1980年了，外曾祖父已经不计较真实与否，说他愿意相信这是真的。

因为当时发现张国宝随身的信里有外曾祖父的名字，外曾祖父被再度调查，红卫兵入室搜查信件，烧毁大量演草、笔记与书籍，仅存的两本数学书《半序空间引论》《集合论》也被没收，一个月后仅归还一本英文的《自然辩证法》。不过，这场风波还是平安度过了。

1973年姥爷结婚，姥姥在国棉一厂任设计师。8月我母亲出生，此时他们已从大家庭分立,这个小家庭月收入49块,一间房。

1974年姥爷调至广平县一中,教"实用无线电技术"课程。同教这门课的另一个老师叫叶朝辉,是北京大学无线电系毕业的,1978年去了武汉的中科院读研,现在是中国科学院院士。

1975年二姥爷结婚;9月姥爷的奶奶去世。1976年三姥爷结婚。

1977姥爷调任邯郸市第一中学,任历史教师。分得一间四室的房子,每月工资33元,家庭月收入65元。

1978年四姥爷参加高考,因为之前一直有外曾祖父的帮助,考得不错,进入了北京工业学院材料学专业学习。二姥爷担任北海舰队记者。舅舅出生了。

1979年,原马疃村革委会主任自杀,北京知青苍秋秋担任村支书,组织为外曾祖父平反,恢复党籍、公职,后因曲周县一中教师人数已满,和教师王阿仁一同调入河北水利水电学院工作。

大名县万堤镇万北村一队在1978年试行"大包干"责任制,比小岗村还早了一年,不过不彻底。马疃村也开始效仿,苍秋秋在春天开始"大包干",但在6月时,河北省委组织调查组专门调查所谓分田单干问题,"大包干"在试行三个月后被迫终止。但老家收成明显好于往年。

1980年"大包干"获得河北政府肯定,开始在马疃村推广,老家仅有三姥爷夫妇进行农业劳动,外曾祖母年事已高,对农业生产参与很少,收入要依靠外曾祖父与姥爷的教师工资、二姥爷的部队津贴。

1982年家庭联产承包责任制在河北全面推行,曲周县随即在6月推行,三姥爷家有了11亩土地的经营权;四姥爷大学毕业,进入中船重工718研究所工作。

三、1980—2000年

进入20世纪80年代之后,我们家很少有大的动荡了。

1983年马疃村中开始有人进城打工，三姥爷很会种地，没有去。1984年全家都办理了身份证。

1985年姥姥的单位国棉一厂开始国有企业改革，自负盈亏，工资打破铁饭碗，每月59元，一套房，月收入109元。

1986年受"百万大裁军"影响，二姥爷转业，进入邯郸日报社任记者。姥爷担任邯郸一中历史组教研组长；母亲上初中；1987年姥爷的爷爷陈天翀去世。

1989年邯郸有一些治安案件，一个老乡死在城里，这使我三姥爷又打消了进城务工的念头；母亲上高中；1990年姥姥评上高级工程师职称，工资每月增加100余元；1992年母亲高考失利，补习一年；1993年母亲被北京师范大学中文系录取；1994年姥爷评上副高级教师职称，工资每月增加50余元。

1996年母亲大学毕业，分配入邯郸市第三中学教书，未分得房子；1997年舅舅参加高考，进入成都电讯工程学院电信工程系。

1998年父母亲结婚，月收入2000余元，一套房子。2000年姥爷任高三年级主任，当年邯郸一中清北人数突破二十人，位居河北省之榜首；此年我出生，姥爷在《尚书·大禹谟》里找到"满招损，谦受益"句，为我起名。

四、2000年至今

2001年姥姥退休；舅舅大学毕业。2002年姥爷评上正高级教师职称，工资增加200余元；2003年父母买房外住。2007年姥爷退休，被返聘。我进入小学就读。2013年姥爷结束返聘，正式退休。2018年我进入江南大学就读。

附录一

姥爷陈振生大事记

1946年12月,姥爷出生于曲周县马疃村,家中4人,已分得土地共9亩,房屋两间,外曾祖母务农;外曾祖父务农,同时在村民自治委员会任会计。

1948年,二姥爷出生,家中6人。

1949年,受1948年底"填平补齐"措施影响,村中将39亩土地拨转给邻村,已分得土地减少为8亩。

1950年,外曾祖父受在北京读书时的同学张国宝推荐,调任曲周县教育局筹办曲周县第一中学,不再从事农业生产,家中土地调减至7亩。此时家中5人,房屋两间。家庭成分定性为"下中农"。

1951年,曲周县第一中学成立,外曾祖父在校任教师,教代数。

1952年,三姥爷出生,家中6人。

1953年,姥爷进入四疃小学读书。

1954年4月,村中实行互助组,自愿结合,农忙互助,我们家当即加入。9月解放军为老区村庄改造危房。

1955年夏季,全村集体加入"马疃农业合作社",家中有一旧"牌子车",被"计价入股"。

1956年,姥爷进入鸡泽高小学习;外曾祖父的父亲曾经担任东北军炮兵第19团江桥卫戍营营长,于7月因其隐藏的身份泄露,在齐齐哈尔被划为"四类分子",强制劳改两年。

1957年,曲周县第一中学校长张国宝被划为右派,外曾祖父是其好友,也被接受调查。

1958年,姥爷高小毕业,进入鸡泽县初级中学读书;外曾祖父暂被停课返乡,进入生产队西赴太行山运输煤、铁矿;家门口一棵百余年的老栎树被砍伐、进炉。

1959年，四姥爷出生；家庭进入最困难时期。

1960年，外曾祖父回归原职，但得了浮肿病，无法参加学校义务劳动，待遇折半，仅足个人温饱。困难时期，靠中央救济粮与代餐食物度日。

1961年，姥爷初中毕业，回家帮助农业生产，9月受"下放干部"顾小康鼓励准备来年继续学业。

1962年，姥爷在外曾祖父的帮助下，进入曲周县第一中学读书；家庭状况转好，外曾祖父身体康复，待遇恢复。

1963年春季，华北局四清工作队进入马疃村，外曾祖父回村帮助清理账目；夏季洪涝严重，农业大幅减产，经济恢复成果受冲击，家庭状况再度困难。

1964年，姥爷高中处于半停课状态，为恢复农业生产进行义务劳动，每月可领5.2元的补助。

1965年，姥爷参加高考，被南开大学历史系录取，领取国家补助每月11.4元。

1966年，"文化大革命"爆发，姥爷加入南开大学"八一三"毛泽东思想宣传队；冬季，村里开始破四旧。

1967年，外曾祖父大学同学、曲周一中前任校长张国宝揭发外曾祖父致使外曾祖父被停职调查，外曾祖母生病。家庭仅靠姥爷邮回家的补助，以及二姥爷、三姥爷的劳动来供养。

1968年，外曾祖父被安排至滏阳河水坝站工作，待遇每月12.8元。

1969年11月6日，姥爷来到定县学习工作。

1970年，姥爷大学毕业，被分配至武清县棉织一厂工作，月薪与危岗补助共20元。

1971年，因逃犯张国宝随身信件，外曾祖父再度被调查，红卫兵入室搜查信件，烧毁大量演草、笔记与书籍。

1972年，二姥爷在海军718机油厂任厨师，4月在郎煜琦的帮助下入伍，在北海舰队岸防部队服役。此时家中月收入约59元，共三间房，共7人。

1973年，姥爷结婚，姥姥在国棉一厂任设计师。8月我母亲出生。

1974年，姥爷调至广平县一中，任教"实用无线电技术"课程。

1975年，二姥爷结婚；9月姥爷的奶奶去世。

1976年，三姥爷结婚。

1977年，姥爷调任邯郸市第一中学，任历史教师，分得一间四室的房子，每月工资33元，家庭月收入65元，共3人。

1978年，四姥爷参加高考，进入北京工业学院材料学专业学习。二姥爷担任北海舰队记者。舅舅出生。

1979年，村支书吝秋为外曾祖父平反，恢复党籍、公职，后因曲周县一中教师人数已满，外曾祖父和教师王阿仁一同调入河北水利水电学院工作。

1980年，母亲上小学。

1982年，家庭联产承包责任制在河北全面推行，三姥爷家有了11亩土地的经营权；四姥爷大学毕业，进入中船重工718研究所工作。

1983年，马疃村开始有人进城打工，三姥爷很会种地，没有去。

1984年，全家都办理了身份证。

1985年，姥姥的单位国棉一厂开始国有企业改革，自负盈亏，每月59元。全家4人，一套房，月收入109元。

1986年，受"百万大裁军"影响，二姥爷转业，进入邯郸日报社任记者。姥爷担任邯郸一中历史组教研组长。母亲上初中。

1987年，姥爷的爷爷陈天翀去世。

1989年，邯郸治安异常混乱，这使我三姥爷又打消了进城务工的念头；母亲上高中。

1990年，姥姥评上高级工程师职称，工资每月增加100余元。

1992 年，母亲高考失利，补习。

1993 年，母亲被北京师范大学中文系录取。

1994 年，姥爷评上副高级教师职称，工资每月增加 50 余元。

1996 年，母亲大学毕业，分配入邯郸市第三中学教书，未分得房子。

1997 年，舅舅参加高考，进入成都电讯工程学院电信工程系。

1998 年，父母亲结婚，月收入 2000 余元，一套房子。

2000 年，姥爷任高三年级主任，当年邯郸一中清北人数突破二十人，位居河北省之榜首；我出生。

2001 年，姥姥退休；舅舅大学毕业。

2002 年，姥爷评上正高级教师职称，工资增加 200 余元。

2003 年，父母买房外住。

2007 年，姥爷退休，被返聘。我进入小学就读。

2013 年，姥爷结束返聘，正式退休。

2018 年，我进入江南大学就读，至此家庭月收入 8000 余元，两套房。

附录二

家中第一次使用下列物品时间

电　灯：1968年　　固定电话：1985年

自行车：1962年　　汽　车：2008年

自来水：1970年　　电风扇：1983年

电视机：1985年　　电冰箱：1991年

电　脑：1997年　　WI-FI：2012年

目不识丁的爷爷

人文学院汉语1803　马草原

我爷爷1939年生于河南省上蔡县林堂村,有兄弟两人,姊妹一人,现皆已亡故,膝下有三个儿子,两个女儿,我父亲为长子。因家庭贫困,父亲在我很小时就外出打工,所以我的童年是在爷爷的身边度过的。在夏天燥热的夜晚,他同我讲了许多过往的事……

林堂村是爷爷生活的地方,它位于国道G345沿线,处在塔桥、韩寨、蔡沟和党店四乡的交通枢纽上,由林堂、大任、后张、构皮四个自然村组成,户籍人口在一万上下。其中林堂是集市所在,诊所、饭店、商店都分布在十字路口,人流量最大。

据爷爷说,从前林堂是有城墙的,现在城墙早已不见。由林堂往南走,过桥便是大任。大任面积最大,人口最多,以任氏居民为主(据说都是一位古代官员的后代),东北与西南部的池塘是闲人聚集地。大任人才辈出,第一个万元户,第一个清北学生,第一个厅局级官员都出自这里。后张南接林堂,北面邻蔡河(2018年以前称为黑河),与邱路口村隔河相望,以张姓居民为主,民风最为彪悍,早年间曾有人拦桥收过路费。构皮村(村里人称小庄)位于林堂西南角,面积最小,人口最少,以郝姓和邢姓为主,存在感最低。爷爷家原在林堂老街,因省道修建,老街衰落,后来搬到新街十字路口,延续至今。

5岁到10岁的事,爷爷是记得一些的。曾祖父家有四亩地,正常年景下，麦子亩产百斤上下，加上交公粮，粮食不够一家人饱腹，歉年更不必说。一家人经常要到地里找野菜吃。野菜或生拌或清蒸都是极美味的。

农收时，一家老小都要去地里劳动，麦子收获也要分收割、碾粒、晒场、收装几个步骤。在这几个步骤中，有些麦穗难免遗漏下来，村里的女人和孩子就会去田间地头拾取，曾祖母就是其中一员，她挎着篮子，领着孩子到田间地头拾麦穗，以求增加一点口粮，有时还会为些许麦子与他人发生争执。

那时还没有化肥农药，增产主要靠上粪，当时就有"种地不上粪，等于瞎胡混"这样的俗语。粪便取自厕所，而厕所建在外面，相当简陋，就是四面半人高的泥墙，没有顶无法遮风避雨，不分男女，卫生条件十分糟糕。

洗澡也不容易。夏天，男人脱了衣服下河去，虽清爽却危险，淹死人算不上什么新闻；女人家就不能不避人，早上在家打好水，放在太阳下晒上一天，晚上关门撩水擦拭。冬天时，河上结冰，太阳光照不足，只有在铁锅里烧洗澡水才行。

曾祖父家有两间房，一间是堂屋，往边走是里屋，皆有几十平方，算不上大，全家六口人却都睡在那里。墙壁是土砖混砌的，屋顶是木梁架起的，上面还有些瓦片，外形与《茅屋为秋风所破歌》里的茅屋相似，"床头屋漏无干处"自然不难想象。地板也是没有的，一律是泥土地面，门槛也是高高的。每到雨天，门槛上总有一层厚厚的泥，那是家人进屋前刮下来的。客人为表尊敬，不使主人家脏乱，也会把脚放在门槛上蹭一蹭。我以为爷爷会抱怨那时的居住环境，他却说那样的屋子冬天更暖和，夏天更凉爽，比开空调痛快。

爷爷10岁到20岁的事说得更为详细。曾祖父家与村里其他几家结成了互助组，共用农具和牲畜进行劳动。劳动按照工分计算，曾祖父一家人手多，挣得工分就多，与新中国成立前相比，生活条件有所改善。

爷爷没有上过学，一是因为平时性子野坐不住，二是因为家贫供不起。如果有三，那大概是爷爷吃得了生活的苦，吃不了学习的苦。

爷爷17岁结婚，娶的是邻村的姑娘，也就是我奶奶。当时农村普遍贫穷，彩礼并不高，亲戚邻里也不送钱，而是米面布匹之类的东西。爷爷给了女方家4块钱，买了几斤糖，奶奶的嫁妆是一个雕花的衣柜和一床花棉被。

爷爷20岁到30岁，一家加入了人民公社，分在第五队。本来他是不想参加的，处于观望状态，多数人也在暗暗观察，最起劲的反而是村里的几个懒汉，到最后乡里强制村民入社，再加上爷爷和五队队长张军伟关系不错，也就参加了。

还没来得及体验人民公社带来的好处，三年困难时期就开始了，长时间不下雨导致粮食颗粒无收，河流断流，湖泊干涸，连村里的饮用水也出了问题。大队里的公社食堂也不得不断炊，村里出现了饥荒。在求生欲望的驱使下，村民杀光了牛羊牲畜，吃光了口粮，甚至连草根和树皮都煮了吃。爷爷分享过草根树皮的吃法，人与牛羊不同，草根树皮先洗刷干净，然后暴晒，最后和在面里才能吃，直接吃口感不好，肚子也会难受。他们还吃老鼠，剥完皮蘸上油放在火上烤，很香。

与饥饿同时出现的是疾病，由于长期吃不饱肚子和医疗条件落后，许多村里人手脚浮肿，出现了水肿病。

爷爷三四十岁时，村里的生活很热闹。社里常常是集体劳动，少则几十人，多则近百人一同下地劳动。农活是由队长分配好的，不能自己安排，忙完后队长根据村民劳动表现确定工分。其中难免有些偷奸耍滑的，大家在村里抬头不见低头见，旁人也就没再提了。

爷爷在热闹的氛围里过的是单调的日子，用"白天干活，晚上开会"几个字就能概括。我爷爷干活卖力，且与队长关系不错，一天常常能拿十个工分，我奶奶一天最多只能拿九个。

由公社牵头，村里领导主办的思想改造大会常常在晚上进行，不参加是要扣工分的，工分就意味是一家人的衣服口粮，所以每晚都是人山人海。爷爷对政治上的事情并不感兴趣，往往还没有开完会就悄悄回去了。

爷爷不识字，生活里唯一的娱乐活动是唱戏，《红灯记》《沙家浜》几个样板戏到现在他还记得清楚。后来有了电视，他又成了《梨园春》的忠实观众。

爷爷40岁到50岁，生活有了一些的改观。村里通了电，每到夜晚，村民就拉开电灯，无边漆黑的夜晚有了灯光。

村里仅有的几台黑白电视机晚上才有信号，而且要用竹竿撑起天线来接收，满屏雪花、声音杂乱都是常有的事。即便如此，黑白电视机在当时仍然有着无穷的魅力，每晚吸引大批村民去观看。他们吃完晚饭后自备板凳和茶水争先恐后地去抢位置，有的端着饭碗就来了，有时主人家的院子都坐不下。

对爷爷及村民影响最大的是大批年轻人南下打工。深圳、广州这些城市进入高速发展阶段，急需大量劳动力，随着户籍制度的放开，村里的年轻人就在一夜暴富的引诱下南下进厂打工。他们不仅带回了血汗钱，还穿上了"喇叭裤""蛤蟆镜""连衣裙"……这些新潮的衣服，让留在村里的年轻人羡慕不已。

我二叔就是在他们的诱惑下进厂打工的。爷爷当时已不再热切地追求时尚，对年轻人的奇装异服不感兴趣，但他听说进厂一个月的收入顶得住种地一年的收入，也就同意二叔去了。后来二叔跟我讲，光鲜亮丽都是骗人的，农民工在厂里没有地位，打工挣钱很辛苦，读书才是穷人唯一的出路。

种地也与以前不同了，据我爷爷说，国家又把地分给老百姓了，自己想怎么干就怎么干，不再由队里统一安排。但爷爷并不喜欢这种方式，按他的说法是，大家在一起干，每天领工分才有劲，自己干心里没底。

1991年，一件不幸的事情突然发生，叔叔一天早晨叫二叔公吃早饭，可怎么也喊不应，走进里屋，发现他还侧躺在床上。离近又喊了几声还是没回应，叔叔开始慌了，使劲推了推，最后伸进被窝摸了摸他的手，才确定二叔公死了。叔叔惊得脑子一片空白，当时坐在地上不敢动。后来还是婶子急忙借车把二叔公送到诊所，不过已为时过晚，二叔公的身体早已凉透了。

爷爷当时一直没有想明白为什么二叔公死得那么突然，明明头天傍晚还在地里劳动，晚上就不行了。爷爷为他这个中年早逝的兄弟感到惋惜，同时也害怕起来，认为这就是命，感慨人命的脆弱。从那以后他也开始向村里的半仙咨询。他曾把我的生辰八字交给半仙去看，并说我五行缺水，我实在是哭笑不得。但我对半仙是充满敬意的，他不像电视里演的那样神经兮兮，反而显得和蔼可亲，我吓掉的"魂"还是他哄回来的。

那时黑白电视机开始普及，电冰箱、电风扇也相继出现，爷爷用二叔打工赚来的钱买了一个收音机，闲暇时就打开听听戏曲，虽然里面的节目不多，但他已经很满足了。露天电影也开始兴起，谁家孩子考上大学，谁家有喜事，都要请人放露天电影的。一块黑边白底的幕布、一台放映机、两箱胶卷，就是放电影所需的所有。夜里在电影未开始时，方圆几里的村民就带着孩子来看稀奇。在孩子眼里，电影放映员拥有神奇的魔力和极大的自由，羡慕敬仰之情油然而生；在大人看来，电影放映收入高，活不累，是人人向往的一份工作。露天电影设备的昂贵，注定了放映员的数量稀少，随着电视和手机的普及，露天电影已经渐渐退出时代的舞台，爷爷也很久没见过电影放映员了。外出打工成了村里的主流，我父亲跟随主流去了北京，结识了我母亲，第二年他们结了婚。

最让爷爷难忘的是三叔公的离世。据爷爷说，三叔公身体一直不好，平日咳嗽不止，农历五月一日吃完午饭不久，三叔公又吃了个熟透的软柿子，没来得及嚼就卡在喉咙里了。叔叔看他满脸通红咳嗽不停，没问缘由就急忙把他送到诊所里。大夫看了看也慌了，就让叔叔送他去县里，到县医院人已经不行了，抢救也无济于事。

三叔公的尸身运回村里已经是晚上了，爷爷没吃晚饭就急忙安排晚兄弟辈，料理叔公后事。他特别嘱咐叔叔，要为三叔公买口好棺材，三叔公生前曾多次对爷爷说过，入土的棺材越好，在地下的房子就越好，自己想要口好棺材。

叔叔果然照做，年轻力壮的男人们抬棺材时比以往更加费力。在下葬路上，本来晴朗的天空突然下起雨来，村里上了年纪的人都说三叔公的好品行感动了老天爷……

一切忙完后，爷爷想起弟弟受苦受难的一生，不禁失声落泪，他可从来没享过什么福。平日里他时常与三叔公一块下棋聊天，有时连饭都顾不上吃，现在全没了。邻居都劝他说，人都有一死，三叔公不再受苦算是一种解脱，爷爷不这么认为。三叔公年事已高，日子所剩无几，爷爷心中早有准备，只是他没想到自己的兄弟竟是以这种方式离去，随着身体的衰弱，他也愈发担心自己的未来，不敢奢求长命百岁，只求走得体面。

大量的商品进入爷爷的生活，供销社前的长队再也不会出现了。电脑、电动车、智能手机等各类电子产品成为新宠，空调、暖风机让人们的生活更加舒适。爷爷总是感慨，他正在与时代加速脱节，越来越被边缘化，对过去的日子怀念起来。有时他会发起牢骚，说什么吃的东西多了，添加剂也多，出门堵车还不如步行，空调开多了没好处，衣服鞋子不经穿，过不了多久还得买新的……奶奶常常笑他老顽固。

附录一

家族大事记

1939年，爷爷和姑姥姥出生。

1941年，二叔公和三叔公出生。

1956年，爷爷结婚。

1964年，父亲出生，农业学大寨运动兴起。

1965年，上蔡县划归驻马店。

1966年，大姑出生，林堂城墙拆除。

1970年，二姑出生。

1973年，二叔出生。

1975年，三叔出生。

1982年，村里通电，家里有了电灯，第一次全家分得12亩田。

1984年，大姑嫁到后张。

1985年，父亲结婚，大姑儿子出生。

1986年，大姐出生。

1988年，二叔深圳打工，二姑结婚，第一个万元户出现在大任。

1989年，二姑大女儿和二女儿出生。

1991年，二叔公去世，爷爷搬家到新街。

1992年，二姐和二姑儿子出生。

1993年，家里有了收音机，曾祖父去世。

1995年，父亲第一任妻子去世。

1997年，三叔结婚，父亲北京打工。

1998年，父亲再婚，大姐辍学，第二次土地承包，全家分得10亩田。

1999年，我及三叔女儿出生。

2000年，三叔大儿子出生，三叔开烟酒店。

2001年，家里有了电视，上蔡文楼艾滋病事件震惊全国。

2002年，三叔二儿子出生，曾祖母卧病在床。

2003年，吴仪副总理探访上蔡文楼村。

2004年，曾祖母去世。

2005年，我及堂姐上学，重修省道。

2006年，三叔大儿子上学，二姐辍学。

2007年，三叔二儿子上学，温家宝总理慰问上蔡文楼村民。

2008年，三叔公去世。

2010年，家里有了电脑。

2012年，家里有了空调，姑姥姥去世。

2013年，三叔二儿子去塔沟武校。

2014年，三叔女儿和大儿子辍学，第一个清北学子在大任出现。

2015年，三叔女儿在福建工作。

2017年，省道升国道黑河清淤工作完成。

2018年，我考上大学，第三次土地承包，全家分得10亩田，黑河改名为蔡河。

2019年，三叔大儿子在理发店工作，蔡沟撤乡设镇。

靠土地为生的祖父

人文学院汉语言文学 1804　朱德凤

山东省昌乐县红河镇朱家埠村是一个有两百多年历史的村落。关于朱家埠村的形成，相传在嘉庆年间，有朱氏二兄弟为逃避洪水携全家来到此地定居。此后，随着耕地开辟、人口增加，几处草屋渐渐发展成了村落。

村民除多数朱姓外，陆续增加刘、孙、吴、董、赵、许、肖、王等姓氏。传统农业社会，人口流动性小，行动半径有限，经过多年的共同生活和相互嫁娶，村民多数都有亲戚关系。朱家埠村现有户籍 236 户，大约 580 人。而我的祖辈在这个村子生活了多少代，已不考。

20 世纪 40 年代，兵荒马乱，我的曾祖父死于壮年。那时，祖父仅 3 岁。因为生活艰难，曾祖母很快便改嫁了，于是祖父开始跟随当过几天八路军的二哥生活。而二哥不善劳动。

祖父在很小的年纪便开始做各种农活，帮助二哥一家做家务照顾孩子，尽管这样，祖父还是经常挨骂。这段经历给了祖父刚毅倔强、吃苦耐劳的性格，也导致了后来祖父刚愎孤僻。

1962 年，18 岁的祖父决定离开这个不属于他的家庭，直接原因很简单——再这样下去是绝对娶不上媳妇的。祖父先是成了附近东石山石场的石匠，随后又去了邻镇苇塘学习苇编工艺，在四处做工中渴望着稳定的生活。

1966 年，22 岁的祖父入赘到了张家楼村曾经的小地主李家，娶了他们家患有哮喘的孤女，也就是我的祖母李凤英。

我的祖母当时仅有18岁。祖母是在她的祖母的安排下嫁给祖父的。因为祖母的父亲，即当年那个小地主家庭唯一的男性，在一次去收租的夜路上遇到事故，因为惊吓而患上了失心疯，不久便去世了。祖母年轻的母亲便也嫁人离开了。

祖母性格淳良，对于祖母的决定欣然接受，每日为丈夫操持饮食，并生下了一双儿女。

在我父亲8岁时，祖父回到了自己的家乡朱家埠村，那一年是1979年。拥有了自己家庭的祖父回来了，带着自己的妻子儿女以及妻子年迈的祖母，并在3个月后盖起了一座狭小但属于自己的土坯房。

因祖母有身体疾病不能干重活，生活的重担几乎全部压在祖父身上。除了天天出工参加集体劳动，祖父还要照顾自留地里的庄稼，晚上还要熬夜切地瓜片或者编制苇席。虽然日夜操劳，但因为祖父性格倔强，不善与人周旋，生活总是十分清贫。

绝大多数时候，家里的饮食就是地瓜干和玉米面做的煎饼，地瓜干和野菜蒸的窝窝头、煮的粥，或者干脆就吃地瓜干。"见到有的人家吃油条，就站在人家旁边看，口水能沿着街道流进咱村水库里。"父亲开玩笑说。每人每年3.3尺的布也不够做衣服。衣服常常只能层层打补丁。

姑母和父亲到了上学的年纪，祖母便缝一个编织袋作为书包。而作业本则是买了一刀烧纸之后再裁小，用线缝起来的。我的祖母因为患有哮喘，常常咳嗽、呼吸困难，甚至夜不能眠。祖父便买来苹果给祖母压制咳嗽。但家中贫穷，苹果是平常日子里吃不到的东西。因为害怕父亲和姑母白白眼馋，祖母便只能将苹果藏起来，在夜里咳嗽的时候偷偷地吃。

每年的冬天，祖母的病情都会加重。慢慢到后来，一个冬天通常要花费百十块钱甚至几百块钱来打针吃药，以控制病情。而剩下的钱，在过完年后也就几乎没有结余了。

我的姑母早在小学二年级便辍学了，父亲也在16岁读完中学后退学在家帮农。因为家中负责为大队带牲口，父亲就负责家里放牛和喂马的工作。父亲小时候最喜欢的就是当时生产队里的一匹红色小马。但是后来小马在拉车时跌伤了脚，不能干活的小马也就被卖掉了。除了喂牲口，父亲在很小的年纪就开始向祖父学习编制苇织品的手艺，同时还要下地干活、切地瓜干、打猪草。他和姑母的童年都是在繁重的劳动中度过的。

20世纪70年代响应政策号召，红河镇农民开始大量种植黄烟。黄烟在成熟后期对天气和水肥的要求比较苛刻，高产量和好成色非常难得。采摘下来的黄烟在卖出之前还要进行简单的初步加工，需要放入专门的烘房对烟叶进行烘烤。

20世纪80年代前中期，虽分田到户，但村里还流行"联合生产"。因为大家都没有能力建造自己的烘房，所以烘房以及一些工具往往要几家人同时使用。

烤烟的夜晚，祖父和父亲需要通宵照看烟叶，依据烘房里的温度计，适时地调整炭火。因为一旦出现次品，就意味着辛苦付诸东流。

种完必备的麦子、大豆等粮食作物之后，家里4.8亩的田地（村中土地分配定额是人均1.2亩）一半用来种植黄烟。1993年镇上烟站撤销，黄烟种植失去了销路，盛行了十多年的黄烟种植潮流也就在镇上悄然退去。

1990年，祖父以每年1000元的价格获得了村里北边大片沟地为期15年的承包权。祖父和父亲盖了房子居住在那里。他们砍掉沟地的槐树，栽种生长期更短的杨树。随着断断续续的砍伐，祖父和父亲靠着木材获得了3500元左右的收入。

20世纪90年代初，父亲买了一台柴油机用作沟地抽水灌溉的设备，这也是在购买手扶拖拉机之前家中最重要的农业工具。

祖父在沟地住所的旁盖了3间水泥屋进行生猪养殖，并决定在凹凸不平的土地栽种果树，在略微平坦的土地上栽种地瓜。种植技术不过关，果树病虫害严重，苹果和桃子的品质也都不甚理想。没有收益的果树很快便被刨去。家里转而依靠大量售卖地瓜、草莓、西瓜、生猪等换取收益。

失去主要经济作物黄烟后，在昌乐已有两百多年种植历史的西瓜进入了大众的视野。品质最优的昌乐西瓜产自尧沟镇一带，20世纪90年代中后期市场需求增加，附近其他地区便加入了西瓜种植的行列。1995年，沟地可以进行种植的平坦土地绝大多数都种上了西瓜。

同时，在土地里辛劳了很多年以后，家里搬出了土坯房，搬进了高大明亮的新房。20世纪70年代新村规划以来，住房便以四间为定制。到1994年盖新房时，四间制的房屋则已经发展出了厦房檐、挂耳门和月台。

新房站立在村头上的第4年，26岁的父亲和母亲在亲戚的介绍下相亲结婚。当时的彩礼是简单的2000元钱，轿车与婚纱是租来的，彩纸攒出的手捧花是当时婚礼所钟情的红色。

三年之后，2000年4月2日，我来到了这个家庭。6月30日下午，红河镇域东部、南部遭受了冰雹的袭击，冰雹直径甚至达到四五厘米。全镇共有4万亩农作物受灾，直接经济损失1500多万元。田地里尚未收获的西瓜、黄烟均被冰雹砸毁，甚至有的人家房顶被冰雹砸穿。

世纪之交，昌乐农村地区出现了打工热潮。因为种田收成极少而风险很大，父亲也决定弃农外出。在潍坊高温的压榨工坊里，父亲一天的工资是38元钱。

虽然外出打工更多的只能从事体力劳动，但父亲发现外出打工可以挣到更多的钱后，便留在了工坊。

2002年，家中的西瓜已经到了成熟的季节，无利可图的商贩却因为运输成本高而不再前来收购。不能看着西瓜熟透在田里，祖父无奈与一位村人议定，用卖瓜收益的一半请村人帮忙将瓜运到市场，最终以五分钱一斤的价格将西瓜全部卖了出去。经历了这一年的挫折后，2003年村里西瓜种植规模大幅下降。兴盛一时的西瓜种植从此便也销声匿迹。

2004年开始，随着昌乐县黄姜出口规模不断扩大，黄姜成了新兴的经济作物。2009年，新修的水泥路208乡道又接通了朱家埠向外的道路。有了市场和运输条件，黄姜种植的规模不断扩大，种植技术也随之不断更新。

2010年开始，大棚种植在村中出现。黄姜的种植比之西瓜要更加精细，种植投入较大，机械化程度低，从肥料到农药以及灌溉，一亩黄姜从种植到收获需要2000元左右的成本，而大棚种植的成本甚至可以达到每亩地4000多元。2007年以后，普通露天黄姜平均价格大约在每斤1.2元，而大棚姜的价格则平均在每斤3.3元左右。

大量人口外出务工后，农村荒地增多。外出打工5年的父亲重返乡野，以300元至600元不等的价格租了15亩土地进行种植。其中黄姜种植面积稳定在8亩左右。

2014年，父亲搭建大棚进行种植，并在次年以每斤4.5元的价格出售。但随后，由于种植时间过长，各种病虫害以及细菌真菌感染累积，大规模姜瘟在老种植地爆发。作物仍然纷纷腐烂消亡。父亲的黄姜种植遂进入低谷期。

2017年，潍坊市乾锋铸业成立，成了村里沟地新的承包者。熟悉这一块地方的祖父，受聘看护鱼塘及牲畜。然而一年后，祖父被查出肺癌晚期，并在三个月后离世。

面临2016和2017连续两年的亏损，父亲也告别了将农产品种植作为主要经济来源的生活方式，进入乾锋铸业，成为一名包装工人。母亲则依旧维持着理发店的生意，并开始独自照顾10亩左右田地里的小麦、玉米、花生等花费精力少的作物。

2020年的今天，父亲成为一名包装工人已经三年。三年中，离开土地转而打工的人们仍在增加。

当下村中的农产品种植已经越来越低迷：劳动力少、人工成本高、土地零散、地力疲乏、作物传统都是目前面临的难题。年轻人他乡务工，但老人们还依托土地生活，人们与土地的关系，陷入了困境。

父亲曾寄予希望的大棚，如今废弃了几年，已经残破不堪。往日为灌溉作物费心修葺的水井，也几乎不再使用。而在2020年天公不作美的夏末，多雨导致花生开始腐烂在田里。收花生所需要的每天280元劳务费，则使得一些涝水的田地面临着值不值得收的难题。

附录一

家族大事记

1944年，祖父出生。

1947年，曾祖父死亡，曾祖母改嫁，祖父遂随其二哥生活。

1949年，祖母出生。

1961年，外祖父与外祖母结婚，双方为换亲。

1962年，祖父离开其二哥的家庭，在石山和苇塘等处打工。

1968年，祖父入赘张家楼，与祖母结婚。

1970年，母亲出生。

1971年，父亲出生。

1979年，祖父携全家离开张家楼回到朱家埠，新建土坯房居所。

1987年，父亲初中毕业辍学；同年，母亲外出务工，先后学过美发以及面点制作。

1990年，祖父承包村中北边沟地开展农业种业，为期15年，承包资费1.5万元，于1998年还清。祖父扩大黄烟种植规模。

1995年，祖母因哮喘离世。

1996年，祖父建造新屋，当时的形制潮流为四合套式，并月台及两厦。

1997年，父亲与母亲结婚。

2000年，我出生。同年，夏季冰雹导致黄烟无法收成，父亲前往潍坊油坊打工。

2001年，母亲的美发店开业。

2003年，昌乐县先后实施了农业部农业科技示范场、国家级西瓜标准化示范区、西瓜良种工厂化育苗基地建设等项目。西瓜种植在全镇兴起。父亲回到朱家埠村，同祖父、大舅、姑母以及母亲继续西瓜种植。

2006年，父亲在潍坊乐港集团下属企业打零工并继续农产品种植。

2007年，黄姜种植兴起，祖父及父亲扩大黄姜种植规模。

2008年，朱家埠村修通水泥公路。

2009年，妹妹出生。

2015年，大姜种植在红河镇规模扩大，父亲停止打零工。

2016年，安装家庭电脑。

2016年，大规模姜瘟开始流行，全镇近70%的土地难以继续黄姜种植，大多数农户开始熏地种植。

2017年，潍坊市乾锋铸业成立，承包村北沟地。祖父受聘看管鱼塘及牲畜。

2018年，祖父肺癌离世；父亲成为潍坊市乾锋铸业流水线包装工人；我进入大学读书。

2019年，外祖父于家中离世。

2020年，朱家埠村户户通修路工程提上议程。

三代人的自述：由近而远

人工智能与计算机学院数媒1804　曹颖

序言

为什么决定以这样的一种形式完成《我写我家》？

记得《活着》的作者余华说过：在中国，对于生活在社会底层的人来说，生活和幸存就是一枚硬币的两面，他们之间轻微的分界在于方向的不同。生活是一个人对自己经历的感受，而幸存往往是旁观者对别人经历的看法。

爷爷奶奶、爸爸妈妈以及我这三辈人的经历，我希望能以一种讲述自己的故事的方式呈现出来，所以我用的都是第一人称的叙述，他们的讲述不需要添加别人的看法，只需要自己的感受，如果用第三人称叙述，在旁人眼里就会变成一个苦难的幸存者。

为什么没有以曾祖母的视角写一篇文章？

曾祖母是贯穿爷孙三代的关键，她作为爷爷的母亲、爸爸的奶奶、我的曾祖母，见证了整个时代的变迁。但是曾祖母已逝，很多事情已经无从考证，我只能凭着自己爸爸、爷爷和姑奶奶的记忆简单勾勒出曾祖母生前种种。

为什么不只以爷爷的视角勾勒家庭70年的变化？

只以爷爷一个人的视角，难免会不够真实和全面，而爷孙三代的同与不同，正是此作我想要表达的核心内容。所谓生活的变化，不仅仅是指物质条件的变化，还有不同时代人物内心的变化。爷孙三代生活的方式不同，经历的种种也各不相同，但是读者又能从中发现一些相同的地方，那是那片土地，土地上耕种人的灵魂之所在。

谨以此作，献给我生活过的土地和岁月！

此情可待成追忆

我叫曹颖，2000年出生于湖北广水大邦街上的一个小诊所，而我的家就在离这个诊所不远的村庄——曹家畈。

刚记事那会，也就五六岁的样子，爸妈来到县城里做生意，负责给超市送货，于是我也来到县城开始接受启蒙教育。在县城里读幼儿园是我特别骄傲的一件事情，以至于后来我和村里的小伙伴说起我幼儿园的经历时，眼睛里都闪着自豪的光芒。我还记得那里有好多好玩的，比如滑梯，会摇的小马……每天睡完午觉后，老师先给女孩扎小辫，再给每位同学发零食，我们就坐在一个小凳子上听一位漂亮的女老师弹钢琴。每每放学，我都会在学校门口，寻找推着自行车正在四处张望的爸爸，跑向他，然后指向学校旁的烙饼摊……于是，小小的我，吃着香香的饼，坐在大大的自行车后面，形成了那时的记忆中第一个循环播放的画面。

我还记得那时居住的房子，旁边就是一个监狱，我经常能看到监狱里的犯人们给一片菜地浇水，有时看得入迷，楼上的警察叔叔开玩笑说，我要是不听话，就把我也抓进去，在那里种菜。我赶紧躲进屋不敢看他，以至于后来一见到他就悄悄跑开了。

一年后，也许是爸爸的生意并不景气，我又回到了老家，开始在村里的一个小学——王店小学读一年级，那是爸爸之前上过的小学。又过了一年时间，爸爸妈妈去了广东，我和奶奶生活在一起。我还记得他们是在我上学的时候走的,我回到家的时候就发现他们不见了,只剩下那个紧锁的空荡的房子。即使很小,也会从大人的只言片语中知道他们要出远门的消息,我或许是哭过的吧,至于怎么被哄好的却怎么也记不清楚了。

在王店小学读到了三年级,我就和我的小伙伴们一起转到大邦街上的一所小学,一个年级一个班,学校离家30分钟的步行路程。那个时候有三四个小伙伴和我一起上学,我们在一个村,早上一起去,晚上一起回来。之前也坐了半学期的"校车",后来觉得那个车实在是不舒服,每次都挤得我喘不上气,加上我晕车,就和妈妈说不坐车了。

每天早上,我们总是急急忙忙赶去学校,尽管到了热集的时候也无暇欣赏街上的繁忙,手里有几块零花钱的时候,就会在街上买上一份2块的热干面,或者买个1元钱的葱油饼,来替代学校难吃的早饭。晚上回家时,就悠闲很多了,我们会在途经的草地坐会儿聊聊天欣赏风景,会在有水泥地上面玩抓石子的游戏,会在毛针草生长的时候,沿路去摘,甚至偏离回家的道路很远很远,以至于有时候,天都黑了,会在路上遇到来寻我的奶奶。小学的空闲时间很多,村里一起玩的小伙伴也很多,也一起玩过很多现在想起来十分怀念的游戏,过家家,捉迷藏,跳皮筋,跳房子,自制的五子棋,"三将十五兵"……

奶奶有时会给我一块钱或者两块钱的零花钱。或者帮奶奶摘棉花,剥花生玉米都会获得一点点"小费"。这个时候便利店就成了我经常光顾的地方了。奶奶平时都在田里干活,爷爷也在外地打工。我和曾祖母相处的时间算是很长很长了吧,而对于曾祖父的记忆却较为模糊,他身体不好,大部分时间都是躺在床上,而曾祖母腿脚有些不好,不管去哪里都一直拄着一个拐杖。

曾祖母有一个很孝顺的女儿,也就是我的姑奶奶。姑奶奶有文凭,会做生意,嫁得也好,每次来看曾祖母的时候都会带上好多好吃的,有些是我从来没有见过的,偶尔还给我发红包,但是每次都由奶奶或者妈妈收起来,不过我知道,曾祖母总是会把这些好吃的留给我。所以,我特别盼望姑奶奶的到来。

村里有人杀猪，很多人都去凑热闹，我和曾祖母也去看，曾祖母怕我吓着，一直用手捂着我的眼睛。我头发很稀少，曾祖母说，用猪油水洗头，头发又黑又亮，我连连说不，吓得一下就跑开了。

曾祖母喜欢给我做布鞋，没事的时候，我就在曾祖母家用手给她卷线。她眼神不好，线总是穿不进针眼里去，每次都是我给她穿。所以，后来只要曾祖母拿着装着线的筐箕来到我家，我就立马跑过去给她穿线。

记得曾祖母告诫我最多的就是不要去河边玩，有水猴子，眼睛是红色的，手臂力气很大，专门抓我这么大的小孩，只要抓住你就拉不上来了。奶奶也经常和我说：不要吃陌生人给的食物，都是下过毒想骗你的。好在，我至今都安然无恙。

爸妈离家了多久，我也不记得了。只记得有一次，爷爷带回来一些我之前没有见过的小面包，说是爸爸买给我的，我拆开包装，下面有一层薄薄的"皮"。这是我第一次吃这样的小面包，也不知道这层东西可不可以吃，放在嘴里嚼了好久，发现怎么也嚼不断，才知道这是不可以吃的。

五年级的时候，妈妈回来了，再没去广东。有人说，留守儿童多多少少都有些情感上的缺失，可是我庆幸，那片土地给予了我儿时应该有的天真与童趣，即使没有父母在的那段时光里，我也收获了来自曾祖母的爱与陪伴。

或许是我上初中开始，我与这片土地的联系渐渐减少。每年暑假回家的时候，我才又闻到稻田的味道，然后去曾祖母家坐一坐。

上了高中后，我更少回老家了。好像也就是这个时候，曾祖母身体状况每况愈下，最后去了她女儿那里治疗，不久，在县城医院去世。

高考之后，姑奶奶给我发了一个很大的红包。她和我说，那年她和表叔聊天时说道，等他家小孩考上了大学就给他买一个手机，曾祖母听闻便说："我家颖读书很聪明，等到她考上大学，也给她买一个。""要买要买。"姑奶奶那时答应过。

清明祭祀回老家，曾祖母给我家舀米的铜瓢仍旧放在那个竹篮里，梦里她好像在和我说：我的曾孙大了，我也要走了……

终不似，少年游

1974年的某天，随着曹家畈一间土坯房里的一声啼哭，我睁了睁眼睛，想要看看我到了一个什么样的家里，越想要看清，眼睛就越疼，于是我加大哭声来表示我的抗拒。小时候的我，地上爬过，树上躺过，河里捉过鱼……只是奶奶一直不让我去河边，她说，河里有会捉人的水猴子，眼睛是红色的，专门抓小孩。

我也是吃过大锅饭的，只是不久后，家里分了几亩土地，也就开始每家自己做饭吃。我弟比我小两岁，但是我觉得他又笨，胆子又小，每次出去玩都故意不带他。奶奶在后面喊："三，把小六给带上。"那时候，我还叫曹三，弟弟叫曹六，说是按照家里的辈分取的，可是我却嫌弃这个名字很久了，所以十几年后，我把自己的名字改为了曹辉，三就成了我的小名。

9岁时，父母就把我送到了村里的一所小学里读书，我记得叫丰满小学，教书的是我的伯父。那时，村里上学的小孩也不多，凑不齐一个班级，于是不同年龄不同年级的人在一个班里上课，教的什么倒是不怎么记得了，只记得老师睡觉时就是我们的下课时间，老师睡醒了就大喊"上课了"。后来，我转到了大邦街上继续读小学，勉强算学了点知识，认了些字。据史料记载，大邦店在清同治年间已形成集市，相传有个张大邦的商人最先在此搭棚开店，就叫作大邦店，1964年徐家河水库竣工，公路被阻断，集市才渐渐弱化……老师侃侃而谈，我突然想到，徐家河水库，听说爷爷奶奶当时就是去修的这个水库。

小学放学早，我就和奶奶一起去山上放牛，在它吃得正香的时候，我总是淘气地向它的牛角扔石子，好像它曾经欺负过我似的。十几岁的年龄，父亲正值壮年，选择和村里的一些青年们外出打工，家里的几亩田都交给了母亲一人打理，待田里出现一片片金黄，也就是父亲回家的日子。

放假的时候，家里正忙，大丰收的时节，我是少不了要帮家里做农活的，稻谷成熟收割后，捆成一捆，父亲用扁担把它挑到平地上平铺开，由家里的牛牵着石磙把谷粒给碾出来，再收到袋中，但是这样得到的谷粒还要再扬一下，所谓扬谷，就是在平地上，把一簸箕一簸箕的谷粒向同一个方向撒在空中，一点微风就可以将谷粒和谷粒中的稻草根分开。还有芝麻、花生、玉米、棉花……这些农作物的种植、栽培和收获都需要一步一步地付出。

有时，母亲也会带我和弟弟一起去外婆家打鱼，村里只有干部们分到了私家船，我平时也总是偷偷跑去玩，看见有人过来就赶紧躲起来。外婆家住在河边，有好几条船停靠在岸前，舅舅每年捕鱼季后会给我们家送些鱼，我和母亲也经常去"帮忙"，外婆家的菜园有一小片的桃林，我经常去摘桃子吃，只是每次下过大雨后，通往菜园的小路就被河水给淹没了，孤零零地屹立在水里像一座孤岛，于是我和弟弟摇摇晃晃地把船晃到菜园里去，或许正是这些无忧无虑的日子，让我很小就学会了划船、打鱼等技能。

后来去了县城上初中，来回需要半小时的车程。那时，村里的一位小叔刚刚买了辆三轮车，这在村里可是一件稀罕事。母亲去找这位小叔，送点家里腌制的菜或者买点小礼物，让他送我一程。每次去学校之前，母亲都会让我带点自家腌制的"霉豆腐""酸豇豆"之类的去学校，好下饭，估摸着我吃完了，会再让小叔带些给我。后来，天气转冷，也会舍得花钱坐客车去学校。小学时，上学基本都穿着家里给做的布鞋，遇到下雨，就欣喜且小心翼翼地拿出自己唯一的球鞋，穿完后就马上洗干净收起来。初中后，母亲说，要穿得体一点，于是从衣柜上面的一个大箱子底部翻出一块手帕，从手帕里拿出来一点钱，又将手帕叠好放回原来的位置，带着我去了集市。

初中毕业后，我跟着别人学了门手艺，给别人建房子。1994年那年开始，在县城的工地里打零工，8块钱一天。辗转几年，存了一点点钱，1999年冬天与我的妻子结婚，他们都说，2000年生小孩好，是一个世纪的转折点，于是我的大女儿在2000年的农历十月出生了。结婚生小孩后，我才知道家里的开销有多大，结婚添置的彩电、冰箱、家具、电话都是一笔不小的开销，于是我萌生了创业的想法。

2005年，我们一家三口来到县城，在离监狱不远的一个地方附近租了一间房子，我负责给超市送货，也把女儿送去了当地的幼儿园。一年后，生意不景气，我们又回到了老家。那时候，我拥有了我人生的第一辆摩托车，早上出发去县城工地，拾起了自己的老本行，晚上再回家。小县城工作很少，为了能赚到更多的钱，一年后我和妻子一起去了广东打拼，把七八岁的女儿留给我母亲照顾。我这个女儿呀，上个幼儿园都哭得死去活来的，这次出远门不知该怎么告别，我朋友提议说，等她上学的时候偷偷走，她回来发现了，自己哭会儿也就不闹了。没想到，我们真的这样做了。

在汉口打工的父亲要回老家时，我和妻子赶紧买些吃的用的东西托人捎给父亲，让父亲带回家去。可终究还是放心不下，我们提前回了家，我记得我回家的那天，母亲去田里干活了，女儿在她曾祖母也就是我奶奶的家里。她坐在那个土灶边上，朝里面添加稻草和木柴，小脸上不知从哪里蹭的黑黑的东西，稀少的头发打结在一起。她走向我的时候，脚上那双布鞋上被缝补的线头格外引人注意，我似乎看到了二十年前的那个我，穿着奶奶做的新布鞋，在门前追逐打闹⋯⋯

奶奶和我说："那天溜回来，孩儿坐在他旁边不敢说话，看出来是想爸妈了。"

"让孩儿妈留下吧！没有钱用，我和你姑妈说，找她借点⋯⋯"

听了以后，我心里五味杂陈。

再次出发去广东的时候，只有我一人。

忆往昔，峥嵘岁月

1951年，我作为家中的长子诞生在一个贫农的家庭。从我记事的时候就已经有了合作社，父母基本每天都和生产大队一起出工，那个时候我还小，有时会坐在田埂上看着一群群人卖力地干活，有队长在旁监督他们，偶尔开我玩笑，"开勇，去帮你爸妈干活嘞"。我沉默不答，跑到河边扔石子，和小伙伴比赛谁扔得远。可爸妈总不让我去河边玩，说河边有抓人的水猴子。

8岁那年，我记得很清楚，有一天队里来收家里的铁制品和粮票，说是以后吃公共食堂"大锅饭"，当时家里没有油票，不知母亲把家里的一个铜瓢和几张粮票藏到了哪里，竟然躲过了一劫。事后，她还严肃地警告我，不要说出去，我点了点头。

大概也就是这一年，我经常饿肚子，有时饿得头昏眼花，之前的面疙瘩汤还可以勉勉强强填饱我的肚子，现在吃不饱却成了常态。有次母亲带我去山上挖野菜，我拖着无力的身子却又满怀期待，一路上不停地问母亲，这个可以吃吗，这个这个要挖吗。这时，一位比我母亲大一点的中年妇女从旁边把我挤到一边。母亲气不过和她吵了起来：你这么大年纪的一个人，和一个小孩抢，知不知羞呀！回家后，我和母亲把挖到的野菜先拿去门前的小河边洗干净，我记得那天的母亲，眼神有一刻是那么的空洞，母亲是不是还在生那个妇女的气？我想上前安慰她，却因害怕又踌躇不前。

又是在家蔫蔫的一天，父母都去离家较远的地方修水库了。中午母亲从生产大队里带回来一碗白米饭，据说是她不舍得吃，赶紧带回来给我。我乐坏了，就着野菜把那碗米饭吃的一粒也不剩。长期的饥饿感得到一点点缓解，米饭的香气久久停留在唇齿间，片刻的满足感也渐渐地驱散了我心中的"饿魔"。

两年后，妹妹诞生了。一次母亲带我去走亲戚，去的哪里倒不怎么记得了，我只记得那天亲戚家做了好多吃的，说是可怜我们几个小孩太久没吃饱饭。我一直盯着桌上的食物，喜悦中又有些许迫不及待。等到他们开始叫我吃的时候，我赶紧拿起筷子，好久没有吃饱饭了，那种对食物近似疯狂的向往感，驱使我不受控制地往嘴里塞东西，等到反应过来，肚子已撑得非常难受了，最后还在地下打滚。

10岁过后我开始上学，可是我一点也不想念书，每次都逃出去玩，读书有什么用呀，连饭都没得吃。四年级时，我说什么也不读了，想要和家里人一起去田里干活，父亲还把我打了一顿，最后也只能依我。于是，我开始给家赚点工分，这样分到的吃的也就多一些。而妹妹读书很努力，我还记得她说她想要多读点书，她不想要种田，她想要去外面的世界看看……

在田里干活的几年，太阳把我的皮肤晒得黝黑，最开始我做得远不及父亲，到最后和父亲做得一样多，我有些许欣慰。褪去孩童的稚嫩和天真，不知不觉中，我已经长成为一个成年人，一个可以为家里分担责任的成年人。

21岁那年，也就是1972年，父母亲张罗着给我娶了媳妇。1974年，大儿子出生，1976年小儿子出生，那时，我们一家7口人住在三间紧邻的土坯房里。我父母一间，我一间，还有一间我留着大儿子结婚时再装修，等到小儿子结婚，我就把自己房子移出来，我们夫妻俩在旁边再搭个小屋。这些呀，我早都想好了。

几年后，家里七口人一共分到了5亩田，我结婚后也和父母分了家，父母2亩，我和妻子3亩田，也不用再吃大锅饭了，种下去可就是自己的粮食，我比以往更有活力，每家每户也都积极地出工，头一次觉得田地里人多得就像过年那样热闹。每天天还未亮，我就和父亲一起出门，妻子和母亲也会来帮忙，特别忙的时候，我和父亲一天也不回家，由母亲带些饭菜和水来给我们，直到太阳彻底下山，天黑得完全看不见才回家。

不知什么时候起，我觉得父亲老了。哦对了，大概是那天，我在田里耕着地，牛突然不听使唤，我赶紧喊来在不远处的父亲，父亲牵着牛，可是这头牛发疯了似的，把父亲顶出了很远，直到周围的村人都来才慢慢驯服了它。父亲断了根肋骨，也因此住了院。可是当时的我们哪里拿得出钱呀，妹妹到处找亲戚同学借，终于借到了几十块钱，让父亲住进了医院。从那以后，父亲再也不能做重活，我看见母亲偷偷哭了好几次。

1991年，小儿子十几岁的时候，村里的很多同龄人都外出打工了，我和妻子商量着，就去了省内的汉口打工。我不善言辞，也没有什么特殊的技能，有的只是满身的力气和田里的一些本领，于是我被安排在那里修公路，只要会的什么都干，铲平旧路，推小车，调水泥……天未亮就出工，太阳下去了很久再回到那临时搭建的篷子里。一个地方完成后，我就会再去汉口其他地方打零工，有段时间，也帮忙挖下水道，那一锄头下去，似乎又回到了田里。

眼瞅着，家里的麦子也该要丰收了，儿子们也都在外面工地打工，老伴一人怕是忙不过来，我和工头请了假，坐上了回家的火车。两个多小时的车程从汉口到广水站，从广水站坐半小时大巴车到应山，再从应山坐半小时大巴车到大邦街道，再从大邦街道步行半小时到村里的家，这么多年，或许已经习惯了。

几年后，工头说暂时没有事情做，我就在家和老伴打理起了田地。算了算收成，一家四口人，每年给国家交税一千三百多，每年种的麦子的收成也就不到两千，还有成本费。算下来，这几亩田真是个负担，难怪连村里的干部都连连叹气。不过，家里喂养的两头猪、一头牛，还有一些鸡，也能让我们在过年的时候还不至于太落魄。

没有去工地的这一两年，我也不敢闲着，一边种着各种作物，菜园里也种着各种菜，可是总也赚不了多少钱。得空的时候，我就把留下的稻草编织成扫把，去山上砍些柳条编成竹篮，自家留些使用，剩下的拿去县城卖。找一个人多的地方，一坐就是一天。我不敢在县城买午饭，要好几块呢，带的白开水喝完了也不敢买，就这样饿着肚子等着扫帚和竹篮卖完回家。回家第一件事就是让老伴给我热热剩饭，她一边忙活一边埋怨着：你怎么这么傻，也不知道先买个饼填填肚子……

1998年，我还深刻记得这年的大洪水，恰好是半夜，雨越下越大，村干部紧急号召：要破堤了，要破堤了，每家每户的青壮年都赶去帮忙！我也赶紧叫上自己的两个儿子，披着雨衣去河边运送沙袋。洪水退去，田里的庄稼也因此遭了殃，不过除此以外也没有太大损失。只是老丈人家就住在河边，以打鱼为生，洪水过后不仅颗粒无收，家里也被淹了大半。老伴着急，整晚都睡不着，洪水退后，我赶紧挑着两袋粮食送往丈人家。那是我们前几年储存下的陈粮，家里菜园里的菜也都经常送去些。在我们的救济下，老丈人和小舅子他们勉强度过了这次灾难，我和老伴也紧紧巴巴地迎来了下一年的丰收。

再后来，听说国家出了什么规定，在村干部讲的时候，我也不懂，我只知道每年还给种田的我们补贴几百块，村里人干劲十足。当我牵着牛在耕田时，发现附近田地的人比以往都要多，闲置很久的荒地也破天荒地被打理成沃土。可还是有很多人选择外出打工，想要摆脱农民的宿命，我与老伴商量着，家里几亩田，不忙的时候老伴一人也是可以应付的，忙的时候我再回来。

我又随着打工的人潮离开家去汉口工地干活挣钱，家里的土地留给老伴打理，丰收的季节我再会回到家帮忙。生活开始慢慢变好，大儿子和小儿子都结了婚，孙子孙女也都有了，再没有说吃不上饭的时候了。只是偶尔不认识字的时候，也会感叹一下当时为什么要早早辍学，然后把孙女叫到身边问问这上面写的什么呀！

不知什么时候开始，开始引入机器收谷了，少了很多烦琐的过程，碾谷的石磙闲置在大平地上，成为小孩们的玩物，可我还是照例在农忙的季节回家。儿子们总和我说：你种的这些能卖多少钱？还特意请假回家，还不值你在外面干活赚的钱呢？我笑而不答，只有我知道这是值得的。迎着清晨的第一抹阳光，呼吸着家乡清新且湿润的空气，听着老伴呼唤：开勇，回家吃饭了。我迈着轻快且欣喜的步伐回家……粮食的温情不同于外面冰冷的钢筋水泥，这片土地带给我的意义也非物质可比。

后来，儿子们买了手机，家中的唯一座机也就拆除了。小儿子从他手机店里带回了一个二手的手机给我。我把他们的电话都写在一个小本本上，儿子告诉我，按完数字后再按那个绿色的电话键就是打电话了，接电话也是这个绿色的键。

用了半年后，我觉得这个手机屏幕太小了，小儿子就给我带了个二手的智能机回来，屏幕很大，我却怎么也滑不开解锁。孙女教了我很长时间，我布满老茧的手始终无法很好地操作，最后只能泄气地和儿子说：还是给我带个原来那样的老年机吧！接着我就用上了一个翻盖手机，还是比较满意的，盖上还可以看时间，用了一年多却又觉得这个手机声音太小，经常听不见别人给我打电话，于是又换了一个……

这些年来，哪怕生活变好了很多，我还是不敢闲下来，在工地和田地间来回奔波，想永远逃离那种一无所有的生活。

再后来，也就老了，真的是老了吧，工地嫌我年龄太大了。我回到老家，还是原来的三件土坯房，只不过早就用水泥重建了，儿子们也都在县城买了房子，不住在老家，空荡的院子被老伴安置了一些小鸡，倒也显得不那么冷清。只是曹家畈只剩下我们这一辈了，当年的玩伴许多都辞世了。回到老家的我，一边照顾身体不太好的老伴，一边种些田地，早年工地上挣的钱也够我们养老了。

只是有时在田里锄草时，我看到了曾经吃过的那些野菜，想起那个和我抢菜的妇女也早已去世，眼神竟也变得空洞，似亦不似当年的母亲……

附录一

爷爷曹开勇大事记

1951年，出生，贫农，家中三人，住在一间土坯房。

1955年，4岁，父亲曹宏元购买邻居土地，家中两间土坯房。

1959年，8岁，生产大队收家中铁制品。

1961年，10岁，在村里丰满小学读一年级，同年妹妹曹木兰出生。

1965年，15岁，辍学，在生产队劳动赚工分。

1969年，妹妹在村里的丰满小学读一年级。

1972年，21岁，与妻子尚芝兰结婚

1974年，23岁，大儿子曹辉出生，家中3间土坯房。

1976年，25岁，小儿子曹六出生。

1977年，26岁，与父母亲分家，一家四口两间房，父母亲一间房。

1982年，人均1亩田，家中分田3亩，父母家分了2亩。

1983年，大儿子9岁，开始在丰满小学读一年级。

1982-1990年，期间家里长年养了3头猪，1头牛，十几只鸡。

1985年，妹妹曹木兰结婚离开曹家畈。

1986年，父亲被牛撞断肋骨住了医院。

1989年，38岁，大儿子15岁，去县城团山中学读初中。

1990年，39岁，第一次去汉口工地修公路。

1991年，40岁，家里的两间土坯房改为了用水泥砌成的瓦房，重修了一间杂物间。

1992年，大儿子18岁初中毕业后，开始在家帮忙做农活。

1994年，43岁，在汉口工地挖下水道，同年，大儿子也开始外出打工，一天8块钱。

1998年，47岁，遇大洪水，家中粮食被淹。

1999年，大儿子曹辉与尚忠菊结婚，占用一间瓦房，小儿子一间。

2000年，大孙女曹颖出生，家里第一次添置了冰箱，彩电等物品。

2004年，小儿子曹六与张春莲结婚。

2005年，大儿子一家三口搬去县城，大孙女在县城上幼儿园。

2006年，大儿子从县城回老家，孙女在王店小学读一年级，同年，孙子曹瑞阳出生。

2007年，小儿子一家去武汉做生意。

2008年，57岁，久卧在床的父亲去世。同年秋季，大儿子去广东打工。

2010年，59岁，儿媳尚忠菊留在家里和妻子一起种田，大儿子一人再去广东。

2010—2015年，期间大部分时间都在武汉各工地干力气活。

2015年，64岁，母亲病逝，葬于父亲坟旁。

2018年，67岁，家中大孙女考上大学，在村里置办了酒席，同年，两个儿子均搬去了县城。

2019年，68岁，妻子常年的高血压和呼吸道感染加重住院。同年开始，留在家中照顾老伴并继续种些田，再无外出。

2020年，新冠疫情暴发，度过只有两个人的新年。

亲人眼中的外公

商学院金融 1901　董育瑶

生命的过程，无论是阳春白雪，还是青菜豆腐，我都得尝尝是什么滋味，才不枉来走这么一遭。

春去冬来春又回，几回寒暑。长河浩荡，世事万千。我的外公生于 1951 年，因为这项作业，我还给他打了一个久违的电话，听他在电话里回忆自己的往事，那些我无法想象的艰辛与难挨，居然都真真切切地发生在五六十年前。看着他回忆往事时的意气风发，听他讲他记忆里每一个清清楚楚的年份，我不由得思索起来，这就是三代人的人生吗？

而外公这一生的骄傲便是他的儿子，也就是我的舅舅，现在是清华的一名研究生。2014 年的高考成绩的公布，2018 年初考研成绩的公布，这也算是我外公最开心的时候了吧。每次外公都兴高采烈地给妈妈打电话报喜，说舅舅有多么的厉害。妈妈也总是说道："你外公不知道因为你小舅多活多少年呢？你看他提起他儿子开心的样子！"

我心中的外公

我们不得不接受和某个人的分别，因为我们都有更重要的事去做、更重要的人去见。

我和外公一起生活的时间也并不长，只是节假日陪妈妈回老家，但一般只是送个礼吃个饭就又回来了，一年也就见那么四五次吧，或许小的时候见的次数更多一点，现在在外上学自然是更没什么时间回老家了。可每次我去外公家，他家里总会准备很多好吃的，一盘盘的瓜果摆在桌子上，还是不得不说，农村自己种的瓜果就是感觉比城市里的更天然更好吃一些。

外公总是健谈的，张嘴闭嘴总是一段段的人生哲理，这可能和他教了半辈子的语文有关系。记得从我小时候见到外公，他就总是要教育我要好好学习，长大成为祖国的栋梁之材。

人生的意义是什么，我一时回答不上来。但是我想，人生是由细碎的快乐和各种各样的苦辣酸甜堆起来的吧，什么味道都有，甜的收藏，苦的舍弃。

外公的生活也总是十分朴素，在我眼里甚至认为这日子是十分苦的。可能是在农村过了一辈子，给他钱他也不舍得花了，总想着要给孩子攒点。对于一位农村老人而言，一个月接近一万块的退休金，应该可以把日子过得很富足才对，可他总说要给我小舅攒钱买房子。每次我小舅看到他勤俭节约的样子，总会戏谑着劝他说："以后我要是留在北京，你攒的这几十万块钱还不够我买个卧室，你就自己留着好好花吧，该吃点啥吃点啥。"这就是老一辈人吧，总是操不完的心，他们是最苦的一代人。

你瞧这些白云聚了又散，散了又聚，人生离合，亦复如斯。

说实话，两年前的我以为外公还是非常年轻的，满头黑发，身体健康，走路时腰杆挺得笔直，穿双大皮鞋，手拿公文包，一点也不像是爷爷辈的人。直到2018年4月，他觉得肠胃不舒服去医院做了检查，查出是肠癌，那天妈妈在家里哭了很久，小舅也从学校赶了回来，不过他并没有哭，而是表现出一副很坚强的样子。那天详细的检查结果还没有出来，只知道是癌症，妈妈认为既然能查出来是癌症，那最起码也是中晚期了。那几天，我在学校也是牵肠挂肚的，总想着外公的病情和难过的妈妈。两天后详细的检查结果出来，说是早期，可以做手术，妈妈悬着的心这才放了下来。可是小舅却开始失声痛哭，他说他这些天压力太大了，可是又不能被我外公看出来，因为全家人都在隐瞒着他的病情，不能被他看出来他们的难过，已经好几天没有正儿八经地吃饭了。对啊，那时他才只是一个大四的学生，他才只有21岁啊。那天是周五，爸爸和妈妈带着我和舅舅好好地吃了一顿饭。我现在还记得，那家店的名字叫"小江南"，当时也没想到这家店的名字里还藏着我的大学呢。

　　写到这里，我不禁想到了这几年国家刚刚放开的二胎政策，许多和我父母年纪相仿甚至比他们更大的人，也纷纷想要再生一个孩子。也可能是受传统思想的影响，很多人都认为有个小男孩可以传宗接代。总之，这几年我父母的同事、朋友纷纷开启了"生娃热潮"。可每当我看到四十四五岁挺着大肚子的妈妈们，我总是从心里心疼这个孩子，他从小就要背负太多了，这位妈妈也背负了太多了。妈妈们面临高龄生产的危险，心理的压力特别大，更要照顾小孩子长大成人，压力就更大了。恰巧我昨天刚刚在知乎上看到了一个类似的帖子，答主讲他父母是在四十五岁才生了她，在上小学时，就经常会被同学说："×××，你爷爷来接你了。"这件事一度在答主的童年留下了深深的阴影，答主甚至对她爸爸说以后不要来接她，她可以自己回家。而直到这几年，她已经快25岁了，她的父母也已逾古稀之年，她才明白珍惜这份迟来的父母情。她现在最大的愿望就是她的父母可以长寿，可以健健康康活到她出嫁的时候，不要让她孤孤单单地离开家。

　　好运总是要先捉弄一番，然后才向着坚忍不拔者微笑的。

　　2020年4月28日。妈妈早上起得很早，和爸爸一起赶去了外公家对我说："你外公这两天身体不好，想去大医院再检查一下，我和你爸爸中午就不回来了，你和你弟弟点外卖吃吧。"听罢，我心里便咯噔一下，所能做的也就只是在心中默默祈祷一切平安。下午三四点钟，爸妈终于回了家，外公和小舅也在医院旁边的酒店安顿下来。妈妈回家便给我说："你外公说，这次再检查出来什么病也不治了，回家。"妈妈说她当时在想：

都已经做过两次手术了，再检查出来什么也不能治了吧。我什么都没说，看着妈妈已经释怀的表情，仿佛这两年间也早已知道故事的结局。我倒是心中没有很大波澜，只希望一切平安，希望我姥爷平安挺过这一关。

妈妈对外公和往事的回忆

人间的温情跨越无数岁月和命运的阴霾，将记忆烘烤得蓬松而馨香。

妈妈会经常给我聊起来她小时候的事，是一种我们这代孩子无法体会的童年。"童年的一天一天，温暖而迟缓，正像老棉鞋里面，粉红绒里子上晒着的阳光。"外公家比较靠近李四光预测的最后一个地震带，妈妈说她小时候有一段时间传着要地震，外公就用个玻璃瓶子放到门后面，门一动，玻璃瓶子就响了，家里人就知道可能是要地震了。那个夏天，妈妈和外公外婆会带着打地铺的东西到街上睡觉，妈妈兴致颇高地讲："那时候吃完晚饭就要拿着草席去占位置呢，去晚了只能睡路边坑坑洼洼的地方，去得早才有舒服地方睡觉。"妈妈说起他的童年时，眼睛里是有光的，眼睛里有爱他的父母。

妈妈说外公的中年时光或许是不得意的，妈妈的亲生母亲只生了妈妈一个小孩，第二个孩子不足月便胎死腹中，从那之后，就没有过孩子了。听妈妈说，在几十年前的农村，家中没有男孩子是件丢人的事情。或许也是因为没有个男孩子吧，妈妈的亲生母亲也在四十多岁郁郁而终。在那之后我的外公再婚，有了儿子，对妈妈的关心少之又少，亲情也逐渐疏离，直到我爸妈结婚，关系才慢慢变好。这些年，外公身体不好，每每生病住院，才一点点感觉到了这个大女儿有多好。妈妈也总说："说这个老头明白他也不明白，说这个老头不明白他也明白。我年轻没钱的时候，买新房子差点钱，老头一分都不给我，现在老了，只有我离他还比较近，当他知道他有什么事还是得依靠我的时候，连家里的香椿树发芽了都要摘下来给我留着。"

2020年4月29日星期三，下午妈妈接到了舅舅的电话，说检查结果不是很好，已经有肝腹水，应该是癌细胞又扩散了。妈妈在她的房间哭了："自从他化疗，我和你爸爸每周末都去医院看他，我心里一直给自己希望，我看你外公还这么能吃，也没日渐消瘦，我觉得他还能活好几年呢。无论和父母的关系好还是不好，咱不是都希望他们长命百岁吗？我以后就要活成老妖精，等到我都痴呆了都不认识你了，你喊我一句老不死的你怎么还要麻烦我的时候，我相信我们都是幸福的。"我的眼泪夺眶而出，我和妈妈的关系一直都很好，像朋友一样，我不敢想象妈妈离开我的那天，我想永远做她的小孩子。妈妈又说："你外公什么都明白，我们昨天去他家的时候，他都把后事交代清楚了。他说不要厚葬，要有三个墓，把他放中间，把妈妈的母亲放右边，以后把现在这个妈放左边。"听到这些我就一直哭啊，人这一生，真是把自己燃尽了就走了。

两个和尚讨论生死，一个说："生则一哭，死则一笑。"另一个道："世间无我，不值一哭；世间有我，不值一笑。"外公的豁达，使我的眼泪久久止不住。

舅舅眼中的外公

当冬天蹒跚着向我们走来，春天的影子早已悄然隐匿在其背后；当雪花纷纷扬扬地落下，希望的种子已然在泥土里等待苏醒。没有不可治愈的伤痛，没有不可结束的沉沦，所有失去的，会以另一种方式归来。

我一直认为舅舅是个很优秀的人，他从小就经历了许多苦难，却一直阳光开朗、成绩优异。舅舅小时候在农村上学，直到外公退休了，我的父母把一切都安顿好了，才肯搬到城里住。可是外公心里还惦记着他那几亩地，外婆也觉得在城里过得不舒服，又想回乡下。舅舅那时候五年级，哭了好几天不想回去，可我外婆不想把他留在我家，我爸妈也认为家里两个孩子太多了，也就没让舅舅在我家住。后来从舅舅上初中高中就一直住校，很少和我的外公外婆交流，现在也是。他总是对我妈妈讲："也不是不想跟咱爸妈说话，就是感觉跟他们说不明白，代沟太大。"对啊，还是二十出头的孩子，还应该有父母疼着爱着宠着，他却已经经历了太多太多，外公做手术是他整夜地陪着，联系医院检查也经常是舅舅一个人去，他承担了太多。他也给我妈妈说道："姐，我最近在家里压力太大了，过了这段时间我得出去走走，去旅旅游。"这真是长姐如母了吧。

说实话，外公身体不好我最心疼的就是舅舅，明明是和我年纪只差几岁的孩子，我还在跟父母撒娇，他却已经独当一面。舅舅也很成熟，在我妈妈劝他时，他说道："没事，姐，我们都不能选择什么时候出生，生在哪，我们能做的只有自己给自己最好的。"我认为他已经做到了。

在舅舅眼里，他的父亲是有些迂腐的。是啊，都七十岁的人了，和二十多岁上学的孩子比起来哪能不迂腐呢？他也总认为他的父亲又太不懂得生活了。或许也是心疼吧，看着外公省吃俭用的，冬天在家里都不舍得开空调，舅舅总是给外公说："那些剩饭剩菜就别吃了，那几亩地就别种了，别天天想着攒钱，我以后也用不到你那点钱，自己吃好喝好就行了。"

没有一个冬天不可逾越，没有一个春天不会来临。青少年时期的舅舅冬天太多了，我想快快看到他的春天，也想告诉舅舅：等到黑夜翻面之后，会是新的白昼；等到海啸退去之后，只是潮起潮落。你做得已经很好了，不必自责也不必内疚，收拾好心情，继续走好自己人生的路。

总结

岁月江河日下，青春如鲠在喉。有的人一生都活在青春里，活得激烈、活得动荡、活得像没有明天。我们可以去选择自己怎么样生活，为快乐、为前程、为爱情、为父母、为下一代等等，选择疯狂或平静、选择安逸或拼搏。可我希望等我老之将至时，也像我外公这样豁达，回顾往昔时不因碌碌无为而悔恨。

外公这次病来如山倒，让我明白了我们这一生很短，我们或许随时会失去它，我们也终将会失去它，所以不妨大胆一点，爱一个人，攀一座山，追一次梦，不妨大胆一点，毕竟有许多事没有答案。

写完此文，我不禁开始思考我们这一代人的人生——被繁忙的社交工作包围着，过着表面光鲜亮丽的生活，发着多姿多彩的朋友圈；被各种社交软件的社会发声包围着，很多人已经失去了独立思考的能力。可鲁迅先生的一句话我很想与大家共勉，"愿中国青年都摆脱冷气，只是向上走，不必听自暴自弃者流的话。能做事的做事，能发声的发声。有一分热，发一分光。就令萤火一般，也可以在黑暗里发一点光，不必等候炬火"。去听听长辈对这个世界的评价，或许你会对生活有更深层次的认识。什么时候，你能与一个老人待一个下午，饶有兴趣地听完他精彩或不精彩的人生故事，那说明你已经成熟。

附录一

外公大事记

1951年，出生于山东省滕州市庄里村，家境贫寒，上有一姐，下有一弟一妹。

1959年，8岁，上庄里小学。

1965年，14岁，上初中，就读于羊庄镇中心中学。

1969年，18岁，就职于羊庄镇中心小学。

1972年，21岁，第一次结婚。

1975年，24岁，第一个女儿出生。

1977年，26岁，第一个儿子在腹中夭折，自此再未与第一任妻子育有儿女，也因为家住农村膝下无子郁郁寡欢。

1983年，32岁，其弟因抑郁症自杀。

1988年，37岁，大女儿考上羊庄镇中心中学。

1993年，43岁，第一任妻子即我妈妈的母亲突发脑出血，在医院医治半年后去世。

1995年，45岁，再婚，第二任妻子带来一个女儿。

1996年，46岁，与第二任妻子育有一子。

2000年，49岁，大女儿结婚，离开家生活。

2001年，50岁，第一个外孙女出生。

2005年，54岁，由庄里村搬到西江村。

2006年，55岁，搬入矿区居住了一段时间，因不适应又搬离。

2008年，57岁，第一个外孙出生。

2013年，62岁，二女儿独自到济南打拼。

2014年，63岁，儿子考入山东大学。

2017年，66岁，其父亲去世，那时他已经是四个兄弟姐妹中在世的唯一一个。

2018年，67岁，检查出直肠癌早期，经历了第一次手术。

2019年，68岁，第二次手术。

2020年，69岁，第三次手术，10月离世。

附录二

家中第一次使用下列物品时间

电　灯：1979年　　固定电话：1988年
自行车：1960年　　汽　车：2005年
自来水：1980年　　电风扇：1980年
电视机：1983年　　电冰箱：1990年
电　脑：2006年　　WI-FI：2010年

苦水中泡大的外婆

法学院法学1903　方慧慧

受疫情的影响，我在家度过了一个漫长无比的寒假，也因此有了回乡下外婆家小住的机会。心中想着此次的作业，我在与外婆相处的过程中便总是有意无意地聊起过去。我本以为这种唠嗑会相当轻松，实则不然，外婆每每提起过去眼泪便要出来，说者有情，听者又岂会无心！外婆的记忆并不那么清晰，有许多记忆尘封已久，甚至对自己的儿女都未曾谈及，可当外婆在我的追问下含泪说起一件件往事时，那么多的细节竟历历在目。我以为我知道历史发生过什么，我看过书、看过影视剧、听过老师说，可外婆的经历让我真正明白：我根本不知道，老一辈人身上究竟发生了怎样的悲剧！

外婆的叙述并不完整，断断续续，却又对细节印象深刻；往昔人事，多已作古，一段段复杂的关系无从说起，也难以令我这个小辈听得明白。听过姥姥的叙述，我又向我的母亲、舅舅求证，结合三方的叙述，我也只能通过一些重要事件大致描绘外婆的人生轨迹。我不禁想：当一个人的一生用时间轴呈现，这个人可否明白？他者，会不会有些许的触动？外婆并不明白也不能清楚地记得，但我，真切而又难过地看到了大历史下的小缩影。

一、出生

外婆大概于1952年出生在安徽省阜南县的一个小乡村之中,家中长辈旧时曾是地主,彼时显然已经破落。家中有4个孩子,均是女孩,外婆排行第三。太姥爷有学识,长得俊,乡人都夸,但英年早逝,在外婆3岁左右便去世了。太姥姥带着外婆姐们几个改嫁,但在新家中过得并不好,彼时年幼的外婆,眼睛里印下的是新爹把亲娘的被褥扔到猪粪坑的场景。外婆的幼年,便是与亲娘、姐妹们相依为命。

二、三年煎熬

1959到1961年,是全国的三年困难时期,是每一个百姓的三年煎熬期。外婆说,她尤其对1959年印象深刻,因为那一年,最小的妹妹因为营养不良去世了。

外婆打从懂事,便跟着在生产队劳动,一起吃大锅饭。自家的锅碗要么被没收,要么就偷偷藏起来,私自开灶如被发现,少不了一顿毒打。外公曾给自家娘偷拿了一点"红片儿"(红薯干),事发后,叫人拿着麻袋蒙住倒闷在井水里。每日的大锅饭也不是想吃多少都行的,若没有眼色没有势力,饿肚子是经常有的。一点点的饭菜,先紧娘吃,再给大姐姐们吃;小妹妹年龄小,不能劳动,常常吃不到饭,要得凶了,大人就从碗底撇出一嘎嘎(一点点)汤水来,小妹妹若嫌少而淘气不要,便再也吃不到;日子越来越难过,终于有一天,小妹妹又一次被哄去睡觉,就没再醒来。

三、"文革"丧母

"外界的一切消息都告诉我,地主是有钱有势的人、是富甲一方的人、是奴仆成群、良田无数的人,是十恶不赦的大坏人。可是,我的父母,在我看来他们是那么的善良……"母亲受我触动,提笔忆当年。并不知情的我读罢母亲的文字,内心酸涩。已过不惑之年的母亲早已不再是个懵懂而委屈的女娃,然而,所谓"不惑",在每每忆及过往时,是那么的脆弱单薄,我亦知晓了,所谓"地主",竟注定了条是舛途。

外婆眼里泛起泪花。她说,太姥姥的命本就不好,娘几个偎在一起觉得日子还能过。因为家中有地主的成分,太姥姥被拉去批斗、戴高帽、游行、被乱棍殴打,整日整日里都抬不起头。彼时大姨姥所嫁夫家是一个红卫兵旗手,逮着甲家偷煮红片儿,把甲家好一顿教训,甲家气不过,就拿外婆她们撒气,见是几个无依无靠的女人,叫嚣着"你是地主"而肆意欺侮。白日里平白遭受千夫指,夜里望着紧锁着但被拍击得摇摇欲坠的门,看着怀里瑟瑟发抖的孩子颤抖着哭泣着,太姥姥忍受不住,不惜丢下年幼的孩子,结束了自己看不到希望的生命……此后,外婆和二姨姥相依为命。"大姐二姐都嫁人了,就我,俺娘还没等到我嫁人啊,她死得惨嘞,你知道……"外婆欲向我讲述那能打死人的细棍、那乱哄哄的场景,却终究是抹着眼泪,哽咽着再也说不下去。

四、阶级下的婚姻

你仿佛是棵草,长在地主的坑里,一辈子都要受人践踏。外婆18岁说亲与外公相识,19岁嫁与外公,念及家庭成分的因素,想着婚后不被人平白欺负,外婆与外公,两个同是地主后代的人走到了一起。

但外婆说,外公一辈子都瞧不起她。外公的爹曾是青年军的将领,外公也上过学,有学识。若不是世道变了,外公是该享福享清闲的,又怎会结识目不识丁的外婆,并与之共度一生。外公是有名的孝子,但他和母亲都瞧不起外婆,苦活累活脏活一并归外婆,就连外婆怀着孩子时,依旧要独自拾柴。外婆累极了想要讨杯水喝,赶来送水的外公仍嫌弃外婆手脚慢，还拿着绳子像驱赶牲口一般笑着抽打她……

"有人说是性格不合，有人说是属相不合，有人说是母亲不孝，有人说是父亲不喜母亲，反正自我记事起，家里就争吵打闹不断。"母亲如是记述。外公外婆的这段婚姻大概本无缘，只是因这世道叫他们共度余生。

五、为人父母

腊月初八嫁进门，腊月初六生娃娃，别人总笑外婆说，你这女儿倒进门比你早，事实上外婆与外公结婚第二年才有了我母亲。20岁有了大女儿，23岁生下大儿子，月子尚未坐满，便因计划生育上了环，十余年过后摘环，又有了第二个男丁。

家中穷，买不起菜穿不起衣，几缝几补的衣裳几裂几开，裤裆也不知是何时裂开的，总让人嘲笑了去。我母亲学习好，聪明，远近都知道，却总掏不起学费，回家问外公：钱借到了吗？外公怕女儿担心，就说：借到了借到了，人家明天就给送来。一连几天都是如此，开学前一天，再也瞒不住了，外公哭了，我母亲愣了愣，明白了外公是在骗自己，除了眼泪还能有什么呢！

一穷二白的年代，外公与外婆竟丝毫没有重男轻女的想法或态度，自始至终不顾乡邻们的"劝告"，诸如家里这么穷还供小孩上学，一个女孩拿去换亲不好吗。外婆常说，手心手背都是肉，哪一面儿都不舍得亏着。外婆还常说，俺老的没用，太穷咧，对不起小孩……老的做再多都觉得亏欠了小的，小的总思忖着尽孝不周对不住老的，这大概算得上这家里一点令人心酸的安慰。

六、远赴他乡

女儿一日日长大，还在用功念书，外公外婆却又担心起了地主这个老根：听说地主家的孩子不准考学。外公家有个远亲在新疆打工，听说在那边工作可以落个户，要是能成，以后子女上学就好办了。许是一封草草交代的信率先飞往遥远的新疆，外婆随后便跟着乡人坐了三天三夜的火车来到这个偏远的地方。外婆不知具体身在何处，只道别人说是南疆，一行人路过火焰山，还专门下来看过哩。

　　托那封信的福，外婆得以有吃饭落脚的地方。虽是住在亲戚家尚未养猪的猪棚，但要知道人生地不熟，别的打工者只得住窑洞。每天天不亮，外婆便要起床开始摘棉花，住在亲戚家，好棉花自然不敢跟自己的东家抢，只能跟在人家身后捡别人掉下的，顶着新疆火辣的太阳，背着沉重的筐筐担担，一直工作至半夜。外婆每每回到亲戚家中，做好的面条永远只剩下残汤，稠的面条是轮不到她来吃的，且不被允许踏入正屋一步，生冷绝情。异乡的月，怕是再圆都是残缺，那时外婆才生下小舅舅没几年，想孩子时，想要写信却找不到人代笔，每每听到有阜南的信或者人来，都要激动一阵子。寄人篱下的日子，隔着墙头，双眼含泪，听着别人家的欢声笑语，看着别人家分享着新疆香甜的瓜果，外婆的心里会是什么滋味！远亲对外婆的事并不上心，外婆受够了新疆的昼夜温差、起早贪黑、人情冷暖，一年以后便返乡了。回到家中，争吵依旧，操持依旧。

七、入城务工

　　过去再苦，值得安慰的是，日子总在一天天变好。儿女进了城，在城里安了家，尽管并不一帆风顺，尽管并不富足，最苦的日子总算熬了过来，都有了个家。在我还小时，外婆进城照看我，她却是个闲不住的人，总想要赚点钱略微补贴。一次送完我上学，外婆问老师说，哪里有招保姆的，她去照顾照顾人家，也能挣来几个钱。老师好心领着她去了中介所，自此，外婆摸着了门路，开始了几段城里打工的生活。时间说长不长，说短不短，工钱从800元涨到了1000元，农忙时再回到乡下。

外婆入城务工的经历并未向我过多提及，大多时候是偶尔提到。例如，外婆收拾衣物时，点着几件不起眼的衣物与我说它们是在城里照顾人时东家送的，看到小镜子、痒痒挠等物什，就对我说是在城里2元店里买的。勤劳一辈子，节俭一辈子，老人的眼中几乎是物物有用、物物有情，即便物质条件好了许多，也很难劝服老人"大手大脚"一些，过往的生活，不只有捶打，亦有锤炼。

八、丧夫独居

2019年秋天，我的外公毫无预兆地去世了，姥姥不肯来城里住，执意守着一亩三分田。

外婆认为：孩儿他爸走得太委屈了，这样突然而没能得到救治。别人说，他生前对你又不好，别想着了，外婆总会反驳："我跟孩儿他爸过一辈子了，就这仨小孩，我也是他的人。"外婆不喜面条，只有外公吃，这下不用再做面条了，家里的肥肉也没人吃了。有时桌上摆俩杯，杯酒下肚，只剩外婆一人醉眼蒙眬问："孩儿他爸啊，你咋不喝了……一辈子的争吵也成了习惯，怎么会先没了你。"外婆说："谁也没想到他会先走，他身体一直比我强，最近两年刚开始捣鼓卖点药，还想着等我死了去城里跟儿女一块儿住，卖药的钱给这个一万给那个一万哩……"外婆总是唤外公的名字，外婆说有几次夜里听见外公也唤她哩。她说，有时候想想自己也没啥不满足的了，有儿有女，也饿不着肚子，单单就少了外公。这一想，却又是缺憾！怎么算都不得顺遂，都不算圆满。

老家里只剩下外婆一人，妈妈和舅舅们都不放心，想让她到城里来住，她不愿。电梯高楼她住不惯，顽皮小孩也带不动，不想给儿女添麻烦，也舍不得丢了那个家，所以至今外婆仍坚持一人独居在老家。陪了两辈人的土房子已作危房拆迁，取而代之的是老人石棉板房，冬冻夏热，老鼠钻壁，房顶漏雨之处便用糨糊式的材料刷一层堵住。我想念从前老屋中母亲手制的纸风铃、装饰堂屋的纸画，悬挂于房梁上、外公用以锻炼臂力的双环，土屋一拆，这些都与厚实的泥巴墙一块儿没了。随之消失的，还有能使人时刻嗅到的、积攒了数十余年的生活气息。

外婆依然在这方寸之地忙进忙出，在与外婆的相处过程中，我发现她过得竟比我要充实，当然也更加辛苦：给本庄人插红薯苗、种南瓜苗、割蒜薹割韭菜、搭葡萄架、天旱浇水、赶集卖菜……用她的话说，一天到晚都在忙，都没有落脚的时候，有次我竟发现她凌晨起身，趁着外面路上的灯还亮着洗衣服，只因为次日要早起去地里怕没有时间。我窝在家中时都懒得规整地梳理头发，外婆瞧见很不满，特意给我洗了把干净梳子，叮嘱我把头发梳好，像她用手和梳子将一头银白短发抹平那般。无论白天多累，外婆晚上还留了时间出来"压马路"，乡间近几年修了路，安了路灯，还有零星的健身设施，外婆就喜欢去晃晃腿，伸伸腰，稍做锻炼，总是在抱怨就她这个腰不好，像个孩子一样。

后记

前言中我说，我透过外婆看到了大历史下的小缩影，此言不虚。真真假假都是事实，书上的文字没有生气，生命的伤痕没有回转的余地。我还不禁感慨，我的18年人生，好像只剩下上学这件事，除此应当还有弯弯绕绕的小心思、平常人家的小欢喜，而外婆的前18年人生，吃尽了苦头，经受了太多让人难以承受的悲剧，眼泪都已化作一汪汪苦水。历史已经走到了新的一页，我们的人生注定不同。以前我不懂往回看究竟还有什么具体的意义，但现在我有些明白了，了解过去，才懂得化解当下一些所谓的愁绪吧，不幸已作前车之鉴，我们该一日日地大步向前走。

附录一

外婆大事记

1952年，外婆出生在安徽省阜南县的一个小乡村的破落地主家庭，家中姐妹三人，外婆排行第三，后家中再添一女孩。

1955年，3岁，丧父，外婆母亲带着孩子们改嫁，母女相依为命。

1959到1961年，7岁到9岁，参与生产队劳动，其间最小的妹妹去世。

1966年到1968年，14岁到16岁，外婆母亲在"文革"中受到批斗，母女遭受对家欺侮。

1968年，16岁，丧母，外婆母亲不堪欺侮而自杀。

1970年，18岁，通过说亲与外公相识。

1971年，19岁，结婚，与同为地主家庭出身的外公结为夫妻，因文化程度及性别等原因，家庭地位低下。

1972年，20岁，生下大女儿。

1975年，23岁，生下大儿子，月子未满，便应政府要求节育上环。

1986年，34岁，精神失常，许是长期生活压力所造成，一段时间的住院治疗后，情况逐渐好转。

1987年，35岁，摘环，生下第二个儿子。

1991年，39岁，远赴新疆务农打工。

1992年，40岁，返乡，回归家庭。

1997年，45岁，大儿子结婚。

1998年，46岁，大女儿结婚。

2006年，54岁，从阜南农村来到阜阳市区帮忙照看小孩，经偶然介绍，开始在农闲季节进城做保姆工作挣钱。

2008年，56岁，在家独自务农，外公外出打工。

2009年，57岁，外公被查出糖尿病。

2012年，60岁，二儿子结婚。

2019年，67岁，生活了大半辈子的老房子被拆，政府补偿改建石棉板房。

2019年，67岁，丧偶，一为不给儿女增添负担，二为不适应城中生活，执意独居乡下。

附录二

家中第一次使用下列物品时间

电　灯：1995年　　固定电话：2000年

自行车：1992年　　自来水：2016年

电风扇：1987年　　电视机：2012年

电冰箱：2016年

自小就被溺爱的爷爷

商学院会计2017　　纪文添

爷爷纪寿全，1940年生于山东省平南县南纪家村，有三位长姐，两位妹妹，是家中唯一的儿子，育有一女三儿，曾祖父担任清朝保长（相当于一村之首），祖父为私塾先生，父亲务农。他曾参与拓宽加深胶莱河、开挖泽河等大小水利工程。

1947年，爷爷7岁，正值国共双方内战，共产党来到村子，开始打地主、斗恶霸。爷爷说，他父亲在共产党到来的第一时间响应号召，上交了十几亩土地，并从家里牵出一头饲养得很好的牛。20世纪50年代初，土地改革，爷爷家被确立为中农。说到这里，爷爷无不感慨地说，正是因为他有六个姑姑，他的爷爷先前在女儿们结婚时送出了不少陪嫁，家底也随之削弱，才能勉强被划为中农，不然在划成分的时候恐怕要被打为富农，接受后期批斗。

爷爷在1949年时入学。当时每个村子都有自己的小学，但年级设置只有一、二、三、四级，要念五、六级的话，则要到镇上的小学。爷爷读书时学校的老师是十分严厉的。每天清早，老师都会从前一天所学的汉字中挑选二十几个进行听写，如果同学们的书写出了错误，一个错字要在手心挨一教鞭。爷爷说，当时村子里有几个同龄人，每天听写都会错十几个，挨完打后手心都会肿起来，而自己除了有一次因听错听写内容挨了一教鞭外，就没挨过打。

爷爷的小学六年只用了五年，在三年级升四年级时跳了级，直接到镇上开始了小学五年级的学习。镇上小学实行寄宿制，每星期放一次假。爷爷说，他每次放假，老奶奶都会到村后面的路上去等他，一见面，老奶奶就会抱着他这唯一宝贝儿子边哭边说："我们不去念了，不去念了。"而爷爷最终也在完成小学学业后结束了他的求学生涯。

爷爷写得一手毛笔字，会珠算，也会看黄历查日子。我一直以为爷爷的毛笔字是因为当时的教育环境下学生们都长期使用毛笔才练成的，但爷爷告诉我，当时他们也是偶尔用毛笔，但也只是在相当于现在美术课的书法课上，而且这样的课开设在三年级之后，课程次数也很少，所以用得最多的还是铅笔。而毛笔字，是他一直以来练习的结果。更让我惊讶的是珠算也是爷爷是后来对照书本自学的。

1951年，村里设置"互助组"，强制全村每户人都要参加。所谓互助组，就是七到十户人家共同合作，家里劳力多的给劳力少的干干活，劳力少的人家给劳力多的人家一些钱，共同生产。而每一个互助组都是村民自愿组合，并不强制分配。当时土地还是私有，这无疑在私有基础上加强了劳动力资源的优化配置，一定程度上提高了土地粮食产量。

1955年冬天，村里成立合作社，整个村子是一个大队，下面又分为四个小队，每个小队带领部分村民进行生产。此时的分配，便用到了工分这一计量工具。爷爷因为自己的一手毛笔字和珠算能力，在1956年时担任小队记工员，任务是记录每一个人、每一户家庭每天所得的工分。因为对这种分配制度很感兴趣，我便仔细问了问爷爷使用工分时期的分配方法。爷爷说，那个时期，工分只是分配的辅助，物品分配还是以人口为主，是"三七分配"，又叫"人七劳三"。因为每小队在衡量劳动记分时的标准不同，所以分配是在小队内部进行的，七成的物品按人口均分，剩下的三成按工分占比均分。工分的计算也并不麻烦，劳力出工会有相应的工分，每户提供一定量原始肥料的屎尿也会有一定的工分,每户养猪所产生的增重斤两差值也会有相应的工分,这些内容一年累计下来就是每户的总工分数。1957年,爷爷担任村大队的副会计,管理全村的财务。爷爷说,当时的主要干部,只有成分好的人才能担任,也就是只有贫农和下中农出身的人才有机会,而他是中农出身,所以即便是担任干部,也是在人家的领导下。

1958年进入"大跃进"时期,全国范围内开始组建高级合作社。高级合作社与之前合作社的不同之处就在于先前的合作社是村子内部户与户的合作,而高级合作社是一个镇内村与村之间的合作,又称"联村社"。随后是全国大炼钢铁。爷爷说,当时每家每户的锅都砸了用来炼铁。村民们都没办法在家吃饭了,便都到公共食堂吃大锅饭。

1958年,爷爷担任水利工程统计员,任务是记录每天的工程进度以及宣传好人好事。一项水利工程由一个营负责,营设一位统计员,营下设三个连,每连设一位统信员,来上报各自的进度和先进事迹。爷爷说,当时的浮夸风十分严重,每个连上报时都会夸大各自的进度,而他的记录数据则是在询问营长之后才确定的。爷爷回忆道,他们有一次在一个叫六七里的村子里修建水利工程,当时那个村子包括农田在内一共面积才600亩,而工程队去了三天,上报的总数就已经达到900亩。领导们都不去核实真实的数据,每次大会便是表扬一连一天开挖300亩,是其他连的榜样,三连一天只挖100亩,有些落后了,需要再接再厉。而爷爷说,其实当时那个条件,一个连每天能挖30亩就是很厉害的了。

1960年,由于前几年大炼钢铁忽视农业生产,粮食匮乏,再加上自然灾害全国性灾荒随之到来。爷爷说,我们村子比较幸运,前一年的时候在农田里挖了一大片空地,窖藏了那一年产的所有地瓜,因而在饥荒年代还有地瓜干和地瓜叶可以吃,拥有了一丝生机,大部分人都活了下来。爷爷回忆道,1960年那一年,嫁入村里的新媳妇多达三十个,而彩礼只是几斤地瓜干。

1984年，村里的土地开始分配到个人，但是在其后几年里，土地变动频繁，个人所拥有的土地数量和位置都不固定，直至1999年，国家宣布土地固定承包三十年不变动。

爷爷从小就是家里的独子，姐姐妹妹都有好几个，老爷爷和老奶奶溺爱这一根独苗，什么活都不让他干。放学回来他玩溜溜球、捡石子、打弹弓，老姑们就纺棉线、弹棉花、到地里拾柴火。爷爷结婚后，奶奶也一直随着他、顺着他。所以，爷爷从小到大也没干过多少活，本身也不爱干活。

但爷爷在村里也算是个识字的文化人，写得一手毛笔字，算盘也是打得响当当的。当初三年困难时期，爷爷才21岁的时候，去镇上粮管所参与助征（帮助征收统购粮）。和他一起被招去的大多是曾在县上求学、学历远高于爷爷的青年。到了粮管所之后，别的人都相互聊天寒暄，同学兄弟什么的十分亲近热络，没有人看得上爷爷这个万小生（万家小学的毕业生），爷爷只能自己蹲在墙角等着安排，直到粮管所的工作人员出来说"伙计们来帮我核个账"，对爷爷他们那一批人的考核算是开始了。别人都拿着崭新的算盘或是还不错的算盘，只有爷爷拿到一个少了一串珠的破算盘。但就是在这样的情况下，全场跟得上工作人员报数速度的两个人中有一个就是爷爷，而且只有爷爷的核算结果是正确的。当时，爷爷可让那些青年大吃一惊、刮目相看。也因为爷爷有出色的珠算能力，所以被任命为主管会计。那可谓是爷爷人生中最风光的时候了。

小时候，我觉得爷爷总是笑着，也许也是小孩子心思简单，没有那么多的东西需要考虑，觉得爷爷是很亲切的。但随着我的成长，我开始明白大家庭里的事情，也慢慢认识到爷爷在待人处事方面的不足。爷爷能够较好地处理与外人之间的交往，但在处理自家事情时却总是太过顺着自己的心意，而忽略了家中小辈们的感受。或许是"家长"思想影响太深，爷爷在大家庭中可谓是"最高领导者"。不过随着爷爷年龄的逐渐增加，尤其是在奶奶过世后的这几年里，爷爷的想法也改变了很多，也慢慢地接受了和自己不同的思想观点。

后来的这几年里,爷爷就像是一个可爱的老小孩。记得有一次我放假回家,没有第一时间去看爷爷,第二天爷爷就气冲冲地来到我家说:"哼,放假回来都不知道来看看我,那我来看看你。"说完转身就走,留下我和我妈在那面面相觑。我看着爷爷腿脚不好的背影,心中有些五味杂陈。自那之后,每次放假我都会先去看望爷爷,陪他聊一聊学校有意思的事情。

到我大一寒假的时候,爷爷因为生病的原因体重急剧下降,身形从原本的些许富态变得瘦削,整个人看上去小小的,让人一眼就感受到生命的流逝与脆弱。爷爷生病后,爸爸妈妈、叔叔婶婶对爷爷的照顾更加细致,爷爷也温和了许多,不再生气,脸上总是笑眯眯的。一向强势的爷爷突然转变成这个样子,我当时的心情十分复杂。在爷爷生命的最后那段日子里,因为疾病的折磨,状态已不是很好。和奶奶在另一个世界相逢,对当时的爷爷来说,应该也是一种解脱。爷爷的生命在2019年画上句号。

爷爷奶奶,摄于2009年

附录一

爷爷大事记

1940年，出生于山东平南县纪家村。

1949年，家庭划归中农；就读村小学。

1952年，跳级至万家小学（镇小学）就读五年级。

1954年，小学学业完成，求学生涯结束。

1956年，担任村小队记工员。

1957年，担任大队副会计。

1958年，担任水利工程统计员。

1961年，到亭口粮管所助征；结婚。

1962年，长女出生。

1963年，担任大队会计。

1965年，长子出生。

1968年，次子出生。

1970年，担任村小队队长。

1971年，三子出生。

1984年，村土地分配到个人。

1985年，担任村大队会计。

1995年，卸任会计。

2011年，妻子逝世。

2019年，逝世，享年69岁。

附录二

家中第一次使用下列物品时间

电　灯：1987年　　固定电话：1998年
自行车：1958年　　汽　车：2008年
自来水：1984年　　电风扇：1987年
电视机：1987年　　电冰箱：2000年
电　脑：2009年　　WI-FI：2013年

姥姥：苦难打造女性的坚韧

商学院、工商管理1701班　陈青云

我的姥姥一生命途多舛，从她的讲述中，我窥见了新中国成立以后中国农民的真实生活状况，看到了千千万万农村妇女的不幸，但同时我也感悟到了生命的顽强坚韧。

父母去世

1952年，我的姥姥顾广珍出生在一个普通的农民家里，当时家里有八口人：爷爷、爸爸、妈妈、四个哥哥和我的姥姥。1954年，家里又添了一个弟弟。姥姥的家在安徽省淮南市寿县双庙村胡碑队，这个小村庄位于瓦埠湖以南，地势低洼，每次发洪水，周边数十个村庄都要被浸泡半个月左右，村民四处逃难，待水退去，再重返家园。

2020年7月淮河发洪水期间，这个村庄及周边数个村庄都被淹没了，现在这些地区已经成了蓄洪区。当地政府在双桥镇、双庙镇的集镇街道附近新建了房屋，让双庙村村民按照房屋数量，以户为单位摇号抽取新房子。其中根据旧房和新房面积不同，村民只需要补足差额即可。整个村子的搬迁和蓄洪区的建设，预计在3—5年内完成。

在小弟出生的那一年，村里也发大水了，那时的他们就没有今天这样幸运了。几天几夜的大雨过后，堤坝被冲垮，汹涌的洪水如千军万马从河道跃出，席卷了周边的农田和村庄。姥姥家的房子也被洪水淹了大半，他们一家人只得外逃。姥姥清楚地记得，在逃难的时候，爸爸挑着担，一头是锅，一头是小孩，那时候大家都很穷，没有锅，做不了饭，就会挨饿。后来人民公社时期，粮食都上交生产队了，对于逃难的人们，国家颁布了救济政策，无论大人小孩，一人一天八两稻谷（磨出来就是不到半斤米），每天大人去生产队领口粮，一天只能吃一顿饭。大家都是贫苦农民，即使是亲戚，家里也没有多余的地方收容逃难者，更无力分享自家的粮食。村子里逃难的人只能搭窝棚住。白天，爸爸带着大哥回到家中，用麻袋装土加固房基。那时候都是土房子，如果不加固，泥砖被洪水泡烂，房子倒了，他们就真的无处可去了。二哥、三哥、四哥和姥姥在窝棚里帮妈妈照顾小弟。洪水退去，他们才回到了原来的家。

1958年，我的姥姥6岁，人民公社和"大跃进"运动兴起，姥姥所在的生产队和周围的几个小生产队组成一个大队，几个临近的生产队共用一个大食堂，吃大锅饭。1959—1961年，是姥姥苦难生活的开始。其间，姥姥的爸爸、妈妈、爷爷和大哥先后去世，剩下的兄妹五人成为孤儿。因为夸大事实、虚报粮食，上面的领导来检查时，真以为小麦能亩产3000斤。既然农村有这么多粮食，农民们也吃不完，多余的就上交吧！农民家里的粮食都上交了，没有吃的，饥饿煎熬着每一个人。

于是，干部组织生产队的人都出去找野菜，地里的野菜、土里的草根、水里的水草，人们想尽办法找吃的。姥姥说，现在都找不到那些野菜了，可见它们都是救命草，专门长出来救老百姓的。1958年，姥姥的妈妈在生产队做饭，烧饭的锅是一个又大又深的锅，锅盖也盖不严，就用面在周围糊上一圈，防止漏气，只有负责烧饭的人才刮到这个面。那时候的煮饭就是乱炖，开锅了大家都去抢，但是菜少米少只有水多，一天两顿饭。刚开始，自己家还能做饭，后来管理更加严格了，不允许自己烧饭，挖到的野菜必须交到生产队。干部看到谁家里烟囱冒烟，就来把锅端走。姥姥回忆，妈妈有一次找到了花生，晚上在家里把门窗都堵上，在床头搭了一个锅，偷偷煮给姥姥他们兄妹几个吃。

姥姥的爸爸是在1959年冬天去世的。当时因为饥饿，她爸爸全身浮肿，身体上有些部分甚至在流脓，就被转移到双桥镇胡同院的医院。医院有很多这样症状的病人，每个病人就给一床被子，又铺又盖。有一天晚上，爸爸的被子被别人偷走了，当晚爸爸就去世了。后来，姥姥的妈妈也病倒了，在床上躺着起不来，到第二年春天妈妈也去世了。

父母先后离世，让姥姥的爷爷深受打击，他无法承受白发人送黑发人的悲痛，也没有办法面对家里的6个孩子。在饥饿和生活的煎熬下，1960年的夏天爷爷选择了上吊自杀。从此，生活的重担就落在了还未成年的大哥身上。大哥当时已经十六七岁了，懂事了，心疼弟弟妹妹，总是把食物留给他们，最终也因为饥饿而营养不良，离开了人间。自此，只有他们兄妹四人和他们嗷嗷待哺的小弟弟相依为命。

兄妹分开

姥姥的兄弟被送到了孤儿院，姥姥则被送到了位于陈家牌坊的二嬢家（嬢嬢是农村小孩对爸爸的姐妹的称呼，排行老二就称二嬢）。二嬢嫁到另一个村庄，家庭生活较好一些，家里还能吃红薯，且家中只有三个男孩。二嬢有一个女儿，但二嬢把这个女儿送到养堂，换了一个女孩，做童养媳。二嬢想把姥姥接过去，也做童养媳。但是姥姥胆小，怕人，又从没来过这个嬢嬢家，在二嬢家总是哭，便惹了二嬢丈夫的厌弃，他对姥姥格外苛刻。有一天，姥姥的老叔（姥姥爸爸的弟弟）来二嬢家看姥姥，问姥姥："小姑娘，你可想家？"姥姥抱着老叔哭得非常委屈，老叔就带着姥姥回家了。后来，姥姥不愿意再去二嬢家，就一直留在老叔家。

老叔当时有三个孩子，老大是女儿，老二和老三是男孩。自从姥姥来了以后，老叔的妻子，也就是姥姥的老婶就一直抱怨：这么多孩子怎么养得起？老叔最终在老婶的唠叨和施压之下，决定将姥姥送到孤儿院。那天早上，老叔带着姥姥走路去孤儿院，半路下起了小雨，淅淅沥沥的小雨愈下愈大。老叔的心情也和那天的天气一样，走到半道他突然不走了，像下定了某种决心似的，对姥姥说："不去了，我们回家吧！"回到家以后，老叔对老婶说："走在路上，我的心就一直发烫。几个孩子就剩一个在这儿了！都是苦命的孩子呀！男孩子去孤儿院马马虎虎也就算了，她一个女孩子，在孤儿院怎么过呀？"边说还边抹着眼泪，老婶无奈，只得同意收留姥姥。

姥姥在老叔家的日子并不轻松。老婶偏袒她自己的女儿，就常常使唤姥姥，让姥姥出去挖野菜、拾柴火，每天做饭就让姥姥在锅台后面烧火。老叔却对姥姥多有照顾，经常暗地里对姥姥很是关怀。老婶虽然对待姥姥严格，但是从不夺姥姥的饭碗，不让她吃饭。姥姥现在回忆起来，很感谢老叔和老婶，没有他们的帮衬和抚养，自己根本无法活下来。

兄妹独立生活

1961年，国家了解了农村的受灾情况，出了政策救济农民，一定程度上解决了农民的吃饭问题。1962年，孤儿院取消，哥哥们回来了，但是他们仍然没有家。二哥带着老小，给大队放马，能弄点吃的，勉强糊口。三哥过继给四叔家，四哥给别人放猪、放牛，后来别人嫌他懒，也不找他放了，他就跟着一个同伴去要饭了。一直到1964年，分田到户，老叔把哥哥们都叫回来，分田地，这个家才重新组建起来。

当生活的重担落到几个孩子稚嫩的肩膀上时，他们才更感到活下去的艰辛与不易。姥姥说，那个时候他们住在公社磨面的房子里，有三间房，一间给他们睡觉和做饭，一间是公社的杂物房，中间一间是磨房。时常有人带着米来磨面，然而他们却只有羡慕的份。姥姥经常到大河堤上找野菜，在最饿的时候还捡过人家扔在地上的红薯皮吃。在那样困难的年代，活下来是多么的艰辛，又是多么的幸运。

当时生产队办扫盲班，收拾了姥姥家的房子，把磨房和杂物房改成教室，让没有上过学的小孩子去学习。老师是姥姥的一位孃孃，姥姥也去上学了。然而，有一次一个妇女来磨面，偷走了家里的布证，还弄倒了门板，导致家里的小鸡被砸死。二哥非常生气，认为姥姥没有尽到看家的责任，就不允许姥姥去上学了。姥姥就只学了三字经和一些百家姓。

姥姥和姥爷的婚事

姥姥一直没有名字，大家就叫她"小姑娘"，直到能干活了，生产队要记工分的时候，才发现得取个名字。一开始，教书的孃孃给她取名顾光桂，后来同村一位读过书的伯伯给她改成了顾广珍，姥姥才有了正式的名字。

很快，二哥就到了要成家的年纪。农村男孩和女孩大多是十八九岁结婚。那时候流行一种婚姻形式——"推磨亲"，也称换亲，即你家的女孩嫁到我家，我家的姑娘嫁到你家。这样的婚事给的彩礼最少，但最容易成功。姥姥和姥爷的亲事就是换亲。姥爷的妹妹嫁给姥姥的二哥，姥姥嫁给姥爷。这门亲事是姥爷的八大爷介绍的，因为他经常来双桥镇，了解姥姥家的情况。当时姥爷的妹妹已经18岁了，她看上了姥姥的二哥以后，两家就确定了要换亲。

农村结婚之前，要"看门头"，即男方亲属（女方亲属）到女方家（男方家）吃个中饭，看看女方（男方）长相、为人和家庭情况，没有问题，这门亲事就算定下了。当时年仅16岁的姥姥去姥爷家"看门头"的时候没有像样的衣服，亲戚们拿出自己家的衣服、袜子、鞋子，给姥姥穿上，把她拉去了姥爷家。第二年，二哥结婚后两个月，姥姥就嫁给了24岁的姥爷。

当时农村家庭普遍贫困，婚嫁很难，农村男青年"买老婆"的现象也因此变得常见。姥爷弟弟的媳妇就是买来的。这样情况还有很多，有的小姑娘在这里的新家能吃上饭，也就留在这里了，有的不愿意留在这里，联系上自己的家人就回家了。对于留下来的女孩，反而把人贩子看成自己的娘家人，时常去串门。

婚后三年，姥姥一直没怀孕，家里想尽各种办法给她治病。当时农村有一种风俗：新媳妇几年不孕，其他生过孩子的妇女，在八月十五日送一个冬瓜到这个新媳妇的床上，还要撒一点水，并让新媳妇把这个冬瓜煮了吃掉，这样新媳妇就能够快快怀孕。姥姥吃了冬瓜没有怀上，后来姥姥的嫂子通过一个专治疑难杂症的"香头"，了解到用风轮草熬膏药，可以驱寒气，治疗不孕。农村的"香头"是一种特殊的职业，多为女性，"香头"通过烧香拜神，请"神将"到自己身上，为病人治病，主要的治疗方法有香油按摩、拔罐等。姥姥说，有些"香头"非常神，能够治疗一些有些邪性的疑难杂症。姥姥后来定居的沈家圩的"香头"就是一位非常厉害的老奶奶，十里八乡的人都闻讯而来，请她医治。

生育三个孩子

姥姥在20岁的时候怀孕了，但是由于没有妈妈和婆婆的教导，自己也没有经验，姥爷和外曾祖父也不花心思照顾她，姥姥在怀孕的时候受了很多苦。倒是周边生养过的好心邻居会偶尔给她一些好吃的，告诉她一些怀孕和照顾孩子的注意事项。10月份，临盆的那天早晨，肚子已经开始疼了，姥姥还跪在地上煮早饭。后来肚子疼得厉害，姥姥就让人去找接生婆来。姥姥还清楚地记得，来接生的是一位姓孔的和她同岁的女孩，这个女孩跟着一位接生老奶奶学习了接生的技术。当时农村医疗资源匮乏，一个接生婆要接生周围几个村庄的新生儿。农民家没钱给接生婆的，就逢年过节买些东西表示感谢。

第一个孩子出生后不久，国家就倡导计划生育，鼓励生育过的妇女带避孕环，过三五年取下来再生第二胎。但是，姥姥和姥爷的政治觉悟比较低，没有立即服从国家政策，第二年就生了我妈妈。当时因为姥姥的年龄没有达到规定的带避孕环的年纪，计划生育的干部就来带姥爷去结扎，可姥爷对麻药过敏，就暂时放下了这件事。直到第三个孩子出生，我姥姥才带上避孕环。姥姥说，国家的政策好，如果不强制避孕，她肯定还要还会再生两三个孩子。

1986年农历十月初一，是一个让姥姥铭记于心的日子，这一天一家人从火灾中死里逃生。姥姥回忆，当天白天一家人在挖红薯，挖了几亩地的红薯，都筋疲力尽了。晚上回到家，其他人在堂屋（即大厅）拔棉花，姥姥用棉花壳子去烧火做饭，晚饭是面叶子。当时家家户户住的都是土房子，房顶是麦秸杆子铺成的，每年秋天麦子收获以后，都会换新的，当时家里也收了很多新的麦秸杆。因为当晚起风了，姥姥担心会下雨，就将放在外面的麦秸杆子抱进屋里，其中有一部分就放在厨房靠近锅台的地方。夜里锅台下面的灰烬里，没有完全熄灭的棉花壳复燃了，炸出的火花溅了出来，麦秸杆迅速被点燃。当晚姥姥还有点发烧，睡得并不实在，恍惚间听到劈里啪啦的响声，醒来看到窗外一片火光，才发现厨房烧着了。姥姥赶紧叫醒其他人，我妈妈跑去挨家挨户敲门，请村里的乡亲来救火。大火被扑灭后，我妈妈给村里人磕头，感谢他们救了自家的房子，也救了全家人。大火无情，人间有情，邻里乡亲的鼎力相助使得姥姥一家的房子得以保存，在那个"穷得寒蛋"（安徽方言，意为非常贫穷）的时候，房子作为栖身之所，是最不可缺的，保住了房子就是保住了一家人。

三个孩子成家立业

对于三个孩子的成长，姥姥说没能让我妈妈上学，让她感到很愧疚。外曾祖父认为女孩子总归是要嫁给别人家的，上学没有用，且当时外曾祖父被安排放牛，他腿脚不方便，就要求我妈妈留在家里放牛。姥姥的坚持也只换来我妈妈在扫盲班里度过的几天时光。我的大舅和老舅都顺利初中毕业了，可惜都没考上高中。姥爷还想方设法找学校，让大舅复读了一年，可惜大舅再次名落孙山。家境窘迫和大舅的失败，让老舅失去了复读的机会。第二次高考失利后，大舅开始跟着街上的木匠学艺，三年学成，此后大舅就在家中务农，兼职给别人盖房子，做木匠。老舅高考失利后，就留在家干农活。当时，同村的一个青年称可以帮老舅介绍工作，但是要交两千元做押金，家里信以为真，卖了稻子借了钱让他去，结果老舅被骗到了传销组织。后来，一个机灵的表舅去了，才解救了老舅。老舅离开传销组织后没敢回家，而是往广州投奔了在那里务工的我大舅的同学，打了几年工。当时农村青壮年纷纷外出务工，给自己和家人打拼一个未来。

  那时候结婚大多采取相亲的形式，我的舅舅们和我妈妈也是如此。农村结婚的习俗，先是"看门头"，也就是订婚，一般是女方到男方家吃顿中饭，看看男方长相、为人和家庭情况，双方都没有意见，这门亲事就算定下了。接着就是"下苏子"，即给聘礼，男方家将聘礼用红纸包着，送到女方家，通常给烟酒、礼金。然后是"择期"，双方家属坐下来决定结婚的具体日期。通常"下苏子"的时候就能"择期"。确定了结婚的日期，双方就开始做一系列准备。

  我大舅的婚事是他的一位表爹介绍的，两家通了气，等我大舅和大妗（老家称呼舅舅的妻子）在街上见了面，吃了饭，双方没有异议，两家就要"下苏子"。姥姥说，当时我大妗家要8000元的聘礼，最后商量给7000元，择期的时候，又要1600元给我大妗买衣服，烟酒另算。为了顺利"下苏子"和"择期"，家里卖了七八千斤的稻子（当时稻子三毛钱一斤），还到处借钱。借钱时一位亲戚劝姥爷不要"下苏子"，因为现在把钱花出去，明年再结婚了，就没有钱买种子。姥姥则认为，一旦错过这个机会，到时候去哪里找儿媳妇。于是在我姥姥的坚持下，1993年我大舅和大妗就结婚了，第二年两人的儿子出生。大舅结婚后，投奔大妗的妹婿，前往浙江打工。等到孩子5岁了，大妗也前往浙江打工。姥姥回忆，当时两人天不亮就出发了，孩子还在床上睡着，就是害怕孩子醒来不让他们走。此后每年春节复工时，面对的离别，孩子总是哭得撕心裂肺。直到我姥爷病重，两人才回家务农。

我妈妈刚开始相亲的时候，别人介绍了好几个，她都没有看上。外曾祖父就唠叨："一个也不行，两个也不行，以后别人不给你介绍了，你就嫁不出去了。"后来，和我爸爸相亲的时候，我妈妈就看上了我爸。"下苏子"的时候，姥姥要求买一辆脚踏车和一台电视，但是我爸爸家快要结婚了也没有买电视。我的爸爸妈妈结婚第二年，我就出生了。

我老舅24岁的时候，家里就准备给他讲亲。但是讲了好几家他都没有看上，因为他想找一个识字的女孩子。老舅在广州打工时，与一位内蒙古的女孩子看对眼了。可惜那时候没钱，交通也不方便，姥姥怕儿媳妇生气跑回家，我老舅没路费去找，再加上女孩子家里也不愿意，这门亲事也就作罢。就这样，老舅的婚事一拖再拖，直到我姥爷生病，别人给老舅介绍了我老妗（安徽人称呼老舅的妻子），他的婚事这才定了下来。

苦尽甘来的幸福生活

孩子断奶后，老舅和老妗就去福建打工了。姥姥就在家里含饴弄孙，兼顾着种一点儿地。2006年农历六月初六，老妗和老舅回家探亲将姥姥连同孩子一起接到福建。福建之旅是姥姥第一次出远门，一切都很新奇。姥姥说，福建到处都是果树，有一些水果她见都没有见过，水果成熟的时候，全都滴溜溜地挂在枝头，很是诱人。当时，他们的房东经常将院子里的芒果摘来送给姥姥品尝。姥姥在家时很少接触海鲜，家里的餐桌上几乎不会出现虾蟹，因此姥姥对福建人给小孩子吃鱼粥，或者煮面条时放小鱼很是诧异。2007年农历五月我妈妈和爸爸将姥姥接来上海，当时我家在上海开了一个小工厂。本想让姥姥在上海享享清福，可她总不习惯，于是在农历八月姥姥就借回家帮大舅秋收的机会，返回寿县老家。此后一直在家里生活，直到2012年外曾祖父去世。当时村子里的青壮年都在外务工，老人们也都被接过去帮忙照看孩子，村子里冷冷清清的，家里又只有姥姥孤孤单单一个人。当时，我爸爸和我老舅合作，在合肥开了分公司，我又从上海转学到合肥，2013年我妈妈将就姥姥接到了合肥，并安排姥姥在工厂里做厨师。

姥姥说，自从来到合肥就开始享福了，一不少吃的，二不少穿的，做厨师每月还有钱拿，干的活也只是烧饭，比以前"面朝黄土背朝天"种地轻松太多。姥姥常感慨跟着儿子、女儿在外面，走过这么多地方，见了这么多风景，与那些一辈子待在农村的老太太比起来她太有福气了。然而，我妈妈却觉得姥姥在我家的工厂十分辛苦，姥姥每天要做20多个人的饭。凌晨五六点就要起床，通常晚上十点钟才能休息。其间，因为资金、环保等问题，搬过三次工厂，姥姥也得跟工厂一起搬。2014年，我上高中开始住校，每个星期回家一趟，姥姥不用管我的晚饭，相对轻松一些。2019年冬天，工厂搬到了新桥国际机场附近的村子里，姥姥也跟了过去，但是工厂没有完全装修好。宿舍租用的是一户二层农家小楼，姥姥需要在宿舍把饭菜做好，骑车20分钟送到工厂。有一次，姥姥在经过工业园大门时，三轮车侧翻，姥姥重重地摔倒在地上。可当时姥姥心系饭菜，完全没在意自己的身体，把饭菜送到工厂后才发现身上摔青了好几处。她怕我爸爸和妈妈担心，就没告诉他们，直到一个星期以后，身上总是疼，姥姥才说了出来。我爸爸妈妈赶紧带着姥姥去医院检查，才发现姥姥的肋骨摔断了，需要休养一段时间。此时，我老舅已经离开我家工厂，在合肥做家具五金生意了。老舅得知此事，就将姥姥接到他那里休养。

姥姥目前一直在我老舅家居住，在附近的空地上开荒，跟着时令种瓜种豆，一来能省下一部分菜钱，二来自己种的菜吃起来也更加放心，姥姥有事情做了，人也更精神了。姥姥说，人就是要有事情干，这样才会有精气神，一旦什么都不能做了，很快就会没有精神。对于目前的状况，姥姥是很满意的,身体健康,能给孩子们帮帮忙,能种种菜,保持活力,还能吃到健康新鲜的蔬菜。

  姥姥的经历让我看到,生活虽然给她带来了苦难,但也让她更加坚韧。我的姥姥从小丫头,到大姑娘,再成为母亲,面对生活的变故从无知、慌乱,到沉着应对。生活的辛苦,只有自己知晓;生活的幸福,也只有自己才能体会。希望我的姥姥在经历了前半生的许多苦难之后,能够安稳幸福地度过晚年。

附录一

姥姥顾广珍大事记

1952年农历九月，姥姥出生在安徽省寿县双庙村胡碑队一个普通的农民家中，当时家里有八口人：爷爷、爸爸、妈妈、四个哥哥和我的姥姥，家里有土房一间，父母务农。

1954年，姥姥的弟弟出生。

1958年，全家在食堂吃大锅饭。

1959年，姥姥的爸爸病逝。

1960年，姥姥的妈妈在初春于家中病逝。夏天，姥姥的爷爷在家上吊自杀。同年，姥姥的大哥病逝。姥姥的四个兄弟被送到孤儿院，姥姥被送到二孃家。

1961年，姥姥被老叔接回家。

1962年，姥姥的兄弟们回到胡碑队。二哥带着小弟，给大队放马。三哥过继给四叔家。四哥给别人放猪、放牛，后来跟着一个同伴去要饭。

1964年，姥姥和兄弟们终于回到自己家。姥姥进入扫盲班。

1967年，姥姥正式取名顾广珍。

1969年，姥爷的妹妹嫁给了姥姥的二哥；两个月后，姥姥嫁给了姥爷。

1972年农历十月，姥姥的第一个孩子，我的大舅出生。

1973年，为了不受洪水的侵扰，姥姥家搬到沈家圩。

1974年农历六月，姥姥的第二个孩子，我的妈妈出生。

1976年农历十二月，姥姥的第三个孩子，我的老舅出生。

1995年，我的大舅结婚。

1996年，我的妈妈结婚。同年我出生。

2004年，我的老舅结婚。

2005年农历二月,姥爷去世。

2006年农历六月,姥姥到福建给老舅照看孩子。

2012年,姥爷的爸爸去世。

2013年,姥姥来到合肥,在我家的工厂烧饭。

2020年7月,姥姥到合肥的老舅家。

附录二

家中第一次使用下列物品的时间

电　灯：1985年　　　电风扇：1985年

自行车：1980年　　　电视机：1986年

固定电话：2000年　　自来水：2000年

电　脑：2003年　　　汽　车：2005年

电冰箱：2005年　　　WI-FI：2015年

爱编"废品"的爷爷

商学院会计1701　王海霞

桑植县是一个民族混居的地方,当地最多的民族要数土家族和白族。1933年2月12日降生在桑植的爷爷是这两大民族的"混血"。

当年湘西山区生活条件与医疗条件都很差,爷爷排行第六,却是家里仅存的第二个孩子,除了排行第五的哥哥,其他的都不幸去世了。想起小时候问起爷爷:"为什么我只有五爷爷,其他四爷爷、三爷爷、二爷爷还有大爷爷去哪里了?"爷爷并没有回答,只是从烟袋里抽出一撮烟丝放进烟管里然后点燃开始抽起烟来。当时嫌弃那股子呛人的烟味,便跑到旁边去找蚂蚁穴了。许久,爷爷只对我说一句:"现在的日子像神仙哟,不像过去……"当时只是以为爷爷在感叹生活幸福,长大后无意间回想起来,才开始理解当时爷爷话里的辛酸。

都说穷人家的孩子早当家,爷爷比背篓高一个头的时候就开始天天跟着大人们去山上干活,比如背整整一满背篓的火粪(草或者麦秸混着土烧成的灰)。12岁的时候,爷爷被他的父亲送到村里有名的编竹手王太公家里去学竹编手艺。在那些手艺人的眼中,收徒是一件大事,要考虑徒弟品行是否有亏,是否能够吃苦,是否能将这门手艺学到手。稍微有点名气的手艺人,一般都不会随意收徒,这一收便是一生,正所谓一日为师,终身为父。

当时太爷爷为了让王太公收下爷爷这个小徒弟,就不让爷爷在家里干活了，于是我爷爷在王太公家里免费做了三个月的杂工，还给王太公家里送了一筐鸡蛋。在那个年代，鸡蛋能换钱，还能够以物易物换东西，相当于能在农村流通的"另类货币"。在农家人的眼里，这已经是极珍贵的东西了。学了两年，因为家里的原因，爷爷放弃继续学手艺。

在爷爷眼里，竹编不仅仅是一门谋生的手艺，更是一种文化的传承。桑植地处边陲，人民生活贫困，爷爷只能卖出去那些比较便宜的竹筐、竹篓和竹扫帚之类日用品，那些费时费力编制成功的贵而精致的工艺品在那些淳朴的村民眼中只是华而不实的小孩玩意，是不值得浪费钱的。

后来，奶奶便不允许爷爷再浪费时间制作那些卖不出去的"废品"了。爷爷不同意，暴脾气的奶奶便趁爷爷上山干活之际，将所有的"废品"烧了，一向脾气好的爷爷第一次和自己的妻子红了脸。后来爷爷每做一件"废品"，两人便吵一次，后来慢慢地，爷爷渐渐地就不在明面上制作那些东西了。

我记得小时候去村里上小学的时候，爷爷会偷偷给我一些竹子做的玩具，并嘱咐我悄悄地玩，不要让奶奶发现了。那些玩具是小时候的我最珍贵的宝贝，可惜后来搬家时不慎掉落在途中，等再沿途寻找的时候已经找不着了。

靠编制竹制品已经难以维持生计，爷爷又学做菜，成了一个厨子。谁家有喜事就会叫爷爷去帮忙做几桌酒席，结束后会给红包和一点肉，也算家里的一个进项。

1953年，20岁的爷爷第一次成为父亲。接下来的几年里爷爷又得三子一女。在那个重男轻女的年代，人人都艳羡爷爷的好运气，一时风光无两。除了参加生产队集体劳动，爷爷还在他一亩多的自留地上下功夫，他会满山找牛粪来给田地补充营养。虽然每天做农活很累，但爷爷心里是甜的，他是在为孩子赚口粮呢！也因为爷爷的辛苦耕耘，所以爷爷田里的粮食蔬菜都比别家产得多。

就在生活都朝着好的方向发展的时候，天不遂人愿，他的大儿子和四儿子病了，病得很严重，高烧不止。当时爷爷奶奶没当回事，以为只是简单的发烧，一开始只灌了一碗姜汤，然后才请村里的赤脚医生，到后面发现不行，又送到镇上的医院，但已经迟了。祸不单行，在爷爷奶奶上山干活的时候，他的三女儿不小心被烫伤，因处理不当，伤口感染，也走了。从此之后，34岁的爷爷虽然还会笑，但笑得虚弱，笑得苍白，让人心疼。他还是会努力干活，但身上再也散发不出幸福的气息了。渐渐地，爷爷沉默了，他愈发不要命地干活，或许他只是借干活来转移自己的痛苦。一直到1972年，六叔的来临，才让这个家庭的氛围渐渐又有了活力，爷爷脸上又挂上了幸福的笑容。

连续失去三个孩子，爷爷更加珍惜自己与儿子之间的感情。但大婶婶和奶奶的婆媳关系不好，在1987年大伯就从爷爷家搬出去了。分家之后，大伯和大婶很少来看爷爷奶奶，爷爷经常坐在小山包上，朝着大伯家的方向，呆呆地望着。

在孙辈中我是唯一被爷爷奶奶养大的，所以爷爷也最疼我这个孙女。小时候家里很穷，基本上没有什么零食吃，每次我都眼巴巴看着别家的小孩吃辣条。有一次，爷爷看见了，他蹲下来摸着我的头说："没关系，等爷爷卖完菜就有钱了，就给你买吃的。" 所以每次爷爷赶集的时候，我都会在下午坐在门前等着爷爷，因为我知道爷爷一定会给我买饼。有一次我馋得不行了，就骗我奶奶说，我要去买铅笔，叫奶奶给钱。奶奶说："明明就是要去买吃的，不给。"爷爷就会把我拉到一旁，然后悄悄地对我说："来，奶奶不给爷爷给，自己想吃什么就去买吧。" 一边说着，一边把钱塞在我的手里。小时候感觉奶奶特别喜欢打我，每次只要我有犯错她就会拿着竹棍打我，每次爷爷都会把我护在怀里，说："孩子犯错了，你就好好跟他说嘛，干吗要打？行了，别打了，我待会儿和她好好说说。"

在我眼里奶奶又抠门又凶的"母老虎"，爷爷就是温柔又大方的"猫"，还是一只能够用手制出宝物的"猫"。后来爷爷病逝，奶奶曾对我说，她这一辈子一共有两件事对不起爷爷，一件是不允许爷爷编制那些精美的竹制品，另一件便是没能照顾好自己的孩子，让他们早早地离开这个世界。

泰戈尔曾说过："世界以痛吻我，我要报之以歌。"生活中苦与乐的"血统"相互结合，将爷爷一点点雕琢成生活的"混血儿"。他这一生中，经历过太多苦痛，但仍然能够将自己的目光集中在生活的点滴幸福上面，以积极的心态面向这个世界。

五爷爷：你爷爷他是一个非常宽厚的人，为人和气。他年轻时候的事我记不太清楚了。我只记得在修大坝的时候，那时候我比较瘦，力气比较小。挑不动那些大石头，你爷爷知道了，就主动把轻松的活让给我，他自己干比较重的活。要知道那时候不论干什么工作都是那么多钱。你其实还有两个伯伯和一个姑姑，可惜都早早地走了。当他们走了之后，眼看着你爷爷就瘦了，本来就不壮实，到后面瘦得只剩皮包骨了。那时候你爷爷的衣服就像是挂在他身上，而不是穿在他身上的，整个人空荡荡的。

大堂姐：我就只记得爷爷疼我们。小时候我奶奶经常把好吃的藏着，然后你爷爷找到了，他就一定会偷偷地拿给我们吃。哦！小时候肚子痛，哭着喊着要我妈妈的时候，他也会背着我到处转，哄我说妈妈马上就回来了。

妈妈：爷爷有一点妻管严，但是心地善良。刚结婚的时候家里什么都没有，你奶奶也不给我们粮食吃，你爷爷就趁着奶奶去山上干活的时候挑了一担米，偷偷拿给我，说不要让奶奶知道了。家里也没有地方可以养猪，后来挖了一个地基，那些石头都是你爷爷帮着背回来的。

六叔：你爷爷非常勤快，只要不下雨，天还没亮就起来去山里干活，到天黑才会回来。要是下雨，他也不会闲着，会编背篓、竹扫帚之类的东西，然后等天晴去集市上卖。那时候你爷爷还是厨师，村里谁家办喜事儿都会请你爷爷掌勺。那时候我最喜欢跟着你爷爷跑了，因为每次都有好吃的。

附录一

爷爷的大事记

1933年,爷爷出生。

1945年,爷爷去王太公家学习编制竹制品。

1952年,爷爷与奶奶结婚。

1953年,爷爷的大儿子出生。

1955年,爷爷的二儿子出生。

1957年,爷爷的三儿子出生。

1958年,进入镇上的铁厂负责打铁。

1960年,爷爷的女儿出生。

1963年,爷爷的第五个孩子(我爸爸)出生。

1967年,爷爷的大儿子三儿子与女儿相继去世。

1969年,爷爷去煤矿挖煤。

1972年,爷爷的第六个孩子(我六叔)出生。

1987年,分家,爷爷家与二儿子家关系破裂。

1989年,爷爷家里有了电灯。

2012年,爷爷去世。

附录二

家中第一次使用下例物品时间

电　灯：1989年　　　自行车：1988年

自来水：2012年　　　电风扇：2002年

电视机：2003年　　　电冰箱：2017年

电　脑：2017年

自学成才的外公

商学院会计2017　汪晨玥

1941年,我的外公郑邦德出生于安徽省肥东县李蛮村一个普通的农民家庭。家中共有五个孩子,他排行老二。外公的父亲是一位乡镇的私塾先生,而他的母亲是个普通的务农人。家中一共七口人,住在三间茅草房里,过着拮据但安稳的小日子。据外公说,他的爷爷那一辈人本是富贵人家,但不幸外公的爷爷去世得早,家里的顶梁柱倒下了,之后家道中落,只能务农为生。

外公的父亲因病去世得很早,他走后,家中的生活条件更为艰苦。外公的母亲知道自己肩上的担子很重,她明白只有努力种地,种更多的地,获得更多的粮食才能养活这五个可怜的孩子。因此外公的母亲省吃俭用,一分钱一分钱地慢慢积攒,每攒到二三十元便去买地,一有余款必定会去买地。日积月累,家中田地逐渐变多。此时光靠人力来犁地是远远满足不了耕地需求的,因此家里又养了一头牛来犁地。养了牛又需要有人去放牛,此时外公的哥哥正在读书,弟弟年龄又太小,放牛的重任就交到了年仅6岁的外公身上。这一放便是四年;在别的孩子与书本为友、与知识为伴的时候,他只能与牛相伴,消磨时间。

外公家中土地增加到15亩,家中劳动力不足,农忙时节便请同村人来帮忙。1950年土改时,外公家被划为富农,家庭成员由此低人一等,被冷眼相看,以至于很长一段时间里外公都没有交到自己的朋友,去哪里都是独来独往。外公当时也才刚刚 10 岁。

家庭的困境，让上了两年学的外公被迫辍学，其实外公也很想继续念书，但因为他的大哥头脑聪慧，自小学便一直成绩优异，所以他们的母亲执意要让大哥继续深造，让外公放弃学业，回家种地。外公是一个很爱学习，很喜欢思考的人，两年的学校生活让他感受到了学习的趣味，他也很喜欢获取知识的快乐，即使在后来务农期间，他也拿起哥哥用过的书进行自学。虽然外公是一个连小学学历也没有的人，但外公通过自学，能看报读书，能写信。

虽然这段故事离现在已有近 70 年之久了，但外公每每想起这段往事，都能感受到他的心中还会隐隐作痛，讲到动情之处，他忙打断自己，对我说："这段故事就不要详细说了吧，你也不要往文章里写了，影响不好。"我明白，不愿提及便是还没放下，那段记忆是真真实实镌刻在了外公的脑海里，至死难忘。

或许外公是个骨子里就不安于贫困、不安于现状的人，他明白如果只是在家种田，家庭现状是无法得到真正改善的。于是，他决定外出谋生，去一个没人认识的地方重新生活。1958 年，外公刚满 18 岁，当时正逢全国大炼钢铁，急需大量工人，外公也加入其中，负责搬运铁砂、矿石和柴火。有时晚上还要值夜班，加班加点地干活，赶进度。虽然工作很累，但外公并不叫苦

炼铁一年后，工程下马。为了谋生，外公再次踏上寻工之路，前往省会合肥市双墩镇筑路。当时公路都是石头路基，需要修路工人一车一车地搬运石头来铺设。筑路活既脏又累，外公在这里一干就是四年。1966 年，外公因是筑路能手，被调往皖南地区太平县帮助筑路。

1968 年，28 岁的外公与同乡的几个好友约定一起去湖北闯荡，准备在湖北阳新县学习爆破。爆破需要一定的技术含量。首先，爆破前期需要运用专业知识、数学公式精密计算包括炸药用量、爆炸物散落最远距离、引线长度等数据。第二，若一次爆破不成功则需要再进行第二次，二次爆破

需要浪费更多的人力物力财力。第三，爆破的点燃是由爆破工自己亲自完成的，稍有闪失便会危及自身生命。外公在学习爆破期间，十分认真刻苦，虚心向他人请教，外公并不认为自己学历低就无法完成这样的工作。他一直秉承着这样的信念：做什么事就要尽全力做到做好。这以后，外公经过两三年的学习与历练，拥有了许多优秀的成绩，爆破经验也越来越丰富，只要是外公主持的爆破，几乎是百分百成功。最让外公骄傲的是，当时他负责为湖北财政局实施爆破行动，这次爆破因为地势复杂，很多爆破工都不敢下手，不敢保证一次顺利完成，但外公却勇敢尝试，当然他也是做了很多充足的准备，最终一次爆破顺利完成，外公也因此受到了湖北省有关部门的青睐，成了湖北省当时名震一时的"炮师傅"。外公骄傲地告诉我，在当时提到湖北省的郑师傅，业界都要竖起大拇指的。

自外公成年后，这十几年里，他一直漂泊在外，四处奔波，忙于打工。但外公是一个很有艺术情操的人，喜爱弹拨乐器、唱唱小曲。一有闲暇，外公便自己钻研，自学成才，学会了二胡、口琴、大提琴等乐器，在京剧、黄梅戏方面他也能来几嗓子。在矿石厂工作时曾为工人们表演过京剧《智取威虎山》等桥段，受到好评。

1970年，外公已步入而立之年，早过了娶妻生子的年龄（当时农村结婚男方大多在23岁左右），但因为其家庭成分不好，他的选择面很小，只能与同样"家庭成分存在问题"的我的外婆结婚。

1972年，国家禁止村民去外省打工，只能在村里的生产队干活。外公外婆从湖北回村。生产队给的工资很少，和外公以前的收入比起来，虽说不是天壤之别但也有悬殊。还好外公有些积蓄，家中的生活也还算过得安稳。

1972年，我的母亲出生，她是家里的第一个孩子。紧接着，我的舅舅、小姨们相继出生。仅仅靠外公外婆在生产队的工资，抚养四个孩子着实困难。

1978年，外公用多年的积蓄购置了一辆拖拉机，干起自己的老本行，参与到当地筑路工作中，每天从山厂上运石头去村道上修筑公路。听小姨说，当时外公每天都回来得很晚，她就和外婆坐在厨房里等他。一听到村头传来熟悉的拖拉机轰鸣声，他们就倒上小酒，准备好饭菜，等外公进门。

1991年，我的舅舅入伍当兵，他是外公外婆唯一的儿子。虽然舅舅从小身体很弱，经不起风吹日晒，但外公为了舅舅日后的发展，也不顾外婆的反对，就将舅舅送到福建南平去当兵。舅舅离开后的很长一段时间，外婆总是会背着全家人默默流泪、思念儿子。因为舅舅当兵地方太远，外公外婆不方便过去看他，而且当时的通信技术很落后，往来只能依靠书信。每月一封小小的书信，就成了全家人与舅舅之间唯一的寄托。不善言辞的外公虽然表面上没有表现出对舅舅的想念，但据外婆说，舅舅寄来的每封信外公都会仔仔细细读上好几遍。至今，外公仍然保留着舅舅当兵时寄回来的书信。

1994年，儿女们都已长大成人，需要更多的生活空间，外公决定用攒了良久的积蓄将旧房翻新，建成一个属于自己的二层小别墅。三四年后，在外公的鼓励下，儿女们相继离开家乡，去大城市打拼。偌大的房子突然间只剩下外公外婆了。外公是个闲不下来的人，直到65岁，外公才辞去了山厂中的工作，开始和外婆一起在田间耕作自己的一亩三分地，平日里种种花、养养鸡、喂喂鸟，闲时与邻里乡亲打打牌，与外婆散散步，消遣消遣时光。节假日，儿女们带着自己的孩子回来陪陪二老。

外公外婆虽然没什么文化，但他们一直秉承这样的信念：知识改变命运。他们也是一直这样教育着子孙后代的，他们知道只有好好学习才能找到好工作，才能过上好生活。记得每次家庭聚会，外公外婆都会关心孙子孙女的学习情况，告诫他们要好好念书，好好长大，好好做人，做一个对社会有用的人。

我觉得人生不是先苦后甜就是先甜后苦，外公外婆现在也算是苦尽甘来了。在这次作业前，我从未想过外公外婆的人生经历过这样的跌宕起伏、坎坎坷坷，从未想过曾在书本中学习的历史事件和他们之间有如此紧密的联系，从未想过他们竟有如此多的事情埋藏在心里，因为他们从来没有当我们的面抱怨过自己所遭受的不公的待遇，从来没有愤世嫉俗。人生没有一键重启的开关，或许"老天"对每一个人的安排都是用意的，而我相信每个人一生中的苦与乐总是对等的，生活总让人遍体鳞伤，但好在所有的伤痕都会进化成盔甲，成为我们最强壮的部分。如果你觉得结局不如你所愿，那就在年轻的时候奋力一搏。当老之将至，就应该像我的外公外婆一样明白知足常乐的道理，也懂得随遇而安的幸福。

附件一

外公郑邦德大事记

1941年，外公郑邦德出生于安徽省肥东县李蛮村一个普通的农民家庭。

1947年，外公开始放牛的生活。

1950年，土地改革，外公家被判为富农家庭。

1950年，外公开始上学，读四年级。

1952年，土地改革完成，外公辍学务农。

1958年，"大跃进"时期，外公参与炼钢活动。

1959年，外公前往安徽省合肥市双墩镇筑路。

1966年，外公前往皖南地区（黄山太平县）帮助当地筑路。

1968年，外公去湖北阳新县学习爆破。

1970年，外公与外婆结婚。

1972年，外公与外婆从湖北返乡。

1972年，外公的大女儿出生。

1978年，外公购入拖拉机在山厂帮助筑路。

1991年，外公的儿子去福建南平当兵。

1994年，外公家旧房翻新。

2006年，外公辞去山厂工作。

附录二

家中第一次使用下列物品时间

电　灯：1976年　　固定电话：1993年

自行车：1972年　　汽　车：2014年

自来水：1960年　　电风扇：1976年

电视机：1975年　　电冰箱：1982年

在朝鲜战场历练过的爷爷

商学院会计1702　　乔偲祺

要说我乔家最沉默寡言之人，非我爷爷莫属；但要说我家最勇敢、经历最丰富之人，老爷子排第二，没人敢排第一。自我得知爷爷参加过朝鲜战争之后，好奇心"爆棚"，禁不住想要了解战争的细节。虽说我在历史课本上见过"朝鲜战争"这几个字，也知道朝鲜战争发生的时间和意义，但这场战争对我而言只是几段文字的简单描述。

17岁，爷爷报名参军。当时老爷子出身于贫农家庭，家中11个孩子，生活困难，于是就想参军吃口饱饭。老爷子即使现在年龄大了，但那些往事仍是记忆犹新。生长于四川省云阳县的爷爷，在1951年2月，和200多个同县老乡一道，踏上了去朝鲜的漫漫长路。他们一路上十分艰辛，先从四川坐轮船到武汉，再从武汉坐火车到沈阳。他们乘的火车也不是像今天那样有座的火车，而是最简易的老式拉货火车。

从丹东沈阳到朝鲜条件有限，只能步行！于是他们一路从沈阳开始走，最终用了一个月的时间从四川到达鸭绿江，然后从鸭绿江步行到了前线。过了鸭绿江，交通工具什么的我们就更不要想了，美军轰炸机第一个不答应，炮弹不要钱似的哐哐往下扔，平坦的土地硬是给砸出了大大小小的坑，一砸至少四五米深。他们步行还不能正大光明、大摇大摆地走，要趁月黑风高之时偷偷摸摸地走，俗称夜间行军。一晚上要走七八十里，黑压压的人群那叫一个壮观。

白天干什么？睡觉，开会，训练。同时还要偷偷摸摸地防着美军的轰炸机。朝鲜山多啊，他们就躲在山里，树林里，防空洞里。睡觉怎么睡？一般是白天在山上搭帐篷休息。因为爷爷常常跑出去送信，所以有时候就在途中做个简易帐篷：找几棵树，把雨衣的四个角绑在树上，人就躲在雨衣下面睡觉。洗澡就更不用想了，难受也得忍着，身上长虱子那是常有的事。美国大兵坐在木盆里，从头往下浇水洗澡。相比之下，我方条件十分艰苦。据爷爷自己的感受，这样步行到朝鲜，不仅疲劳，还十分难受，但所有的疲惫不堪都只能置之脑后，保卫国家，抗击美帝国主义必须放在首位！

就这样，他们每天晚上行军七八十里，历经艰险，半个月后终于到了朝鲜前线。在那里，爷爷担任的是六十八军团团长的通讯员，简单来说就是首长身边的后勤兵，需要跑跑腿、送送信。当时虽然有电话，但是，电话防不住有美军监听，所以得靠人力送。于是，作为通讯员，送信成了爷爷的日常。白天依旧不能出动，爷爷老老实实地开会、训练、学习。到了晚上，趁着刚好看得清路又不会被飞机发现的大好时机，爷爷带着信，送到各科室：文化科、宣传科、作战科……有时候还需要把信送到前线。每天晚上爷爷都在奔波中度过，腿跑到麻木也得不停地跑，遇到敌方飞机就往防空洞里钻（那个时候遍地都是防空洞，拿四五层木头垒起来的那种）。

美军的飞机非常可怕，就算看到一个人也要可劲追着打。还有一种红头飞机，一旦被它发现，虽说不会轰炸，但它会召唤出一批轰炸机。有时候那些飞机看不到人还要盲炸，所以大白天出去无异于送命。

每个战士身上都背着一个米袋子，等到做大灶的时候，自己要吃多少就往灶里放多少，饭熟了就盛自己的量。情况好的时候，战士们吃的是东北供的小米或者白高粱米，情况差的时候，就吃窝窝头。白面馒头出现的概率极少。

虽然后勤比前线安全很多，但危险还是有的。一次爷爷送信回来被飞过来的弹片划伤，这种伤算是轻伤，医疗所还是能治的。当时在战场上的医疗条件特别差，只能治治小伤小病，包扎包扎伤口。一般前线下来的重伤员，只能想办法弄到车送回国治。很多伤员都等不到回国就牺牲了。

还好这样艰苦的日子有了终点——停战协议签订后，爷爷他们开始撤离战场。1953年3月，回国之后，爷爷随首长从组织部调到了文化部，作为原北京军区干休所警卫员待了三年。之后被重新分配到部队的高干训练班，又到河北廊坊训练学习了一个月。

1956年爷爷所在部队集体转业。这一年，爷爷23岁。

就这样，老爷子被分配到了太原江阳化工厂的警卫连，站岗保卫厂里的安全，一待就是八年。据爷爷说，他们来化工厂当天，受到了员工敲锣打鼓的热烈欢迎。1964年，爷爷从江阳化工厂调到了山西化学厂。在那里，爷爷遇见了奶奶。

之后爷爷奶奶养育了四子。奶奶本来想生个"小棉袄"的，结果每次出来都是小子。

现在老人家也学会了赶潮流，玩起了微信，学会了语音聊天，还学会了发红包。每次回奶奶家，我作为家中老幺，都肩负着教老人玩手机的"重担"。老爷子最喜欢玩的，就是玩扑克——升级。这种扑克的玩法需要四个人才能玩。大年初一，好不容易凑够四个人，老爷子中午一吃完饭，就拿出来扑克，午睡也顾不上了，活脱脱的一个老顽童。因此，打升级成了我们过年的必备娱乐项目。也因此，我乔家上上下下十四口人都学会了这种玩法。爷爷还爱看电视，一打开电视，必看抗战片，可能是怀念以前的军旅生涯吧。我因爷爷感到自豪。

附录一

爷爷大事记

1936年,出生,家中排行老四。

1943年,7岁,上私塾三年。

1946年,10岁,因家中困难,辍学回家,放羊割草。

1949年,13岁,种地。

1950年,14岁,母亲去世。

1951年,15岁,2月参军,3月到达朝鲜,参加抗美援朝战役。

1953年,17岁,7月随首长回原北京军区干休所休养。

1954年,18岁,分配至原北京军区高干训练班勤卫班。

1956年,20岁,集体转业,分配至江阳兵工厂警卫队。

1962年,26岁,与在江阳兵工厂认识的奶奶结婚。

1963年,27岁,大儿子出生。

1964年,28岁,随奶奶调至山西化学厂。

1966年,30岁,二儿子出生。

1968年,32岁,三儿子出生。

1971年,35岁,四儿子出生。

1974年,38岁,爷爷的父亲去世。

2006年,70岁,回老家重庆看望自己的哥哥。

2021年,85岁,过着平淡又快乐的生活。

附录二

（爷爷）家中第一次使用下列物品的时间

电　灯：1973年　　固定电话：1998年
自行车：1975年　　自来水：1978年
电风扇：1989年　　电视机：1981年
电冰箱：1998年　　电　脑：2012年
WI-FI：2017年

外婆那刻骨铭心的日子

商学院会计2017　王红敏

1948年外婆生于江苏海安。

在氤氲着水汽的灶炉边,外婆向我讲述了那段成长的日子:

那年的夏天异常炎热。我的老妈妈,挺着个大肚子,还要照顾孩子,在田间劳作。其实说"照顾"十分不妥当,你想想,穷人的孩子早当家,能活命就不错了,而且大人们都一天到晚忙得累死累活的,怎么可能照顾得了孩子?所以,那时的小孩两三岁就被家长要求帮忙干活。小孩子干什么活?当然不会让他们去田间锄地。每天,他们手臂上斜挎一个小竹篮(篮子是自己的父亲编的),里面放着一把小铲子,去田里打猪草、挑野菜。那时候家家户户养的猪都是吃田里的草,哪里像现在的猪,吃的都是饲料。孩子们采到的猪草挑来喂猪,野菜挑来喂人,生活艰苦无比。

我就出生于夏天。我的老妈妈中午把我生下来,到了傍晚就要去田里帮着干活。可能是营养不良,我到4岁时才会走路。在这之前我的老妈妈颇为担心,还找算命先生算了一卦。当时那个先生说我的命苦,一辈子不能走路且活不过三十。现在看来,算命也不一定准,我不仅能走路了,现在还都已经70多岁了,根本不是他说的那样。

那时国家鼓励多生孩子,在我之后老妈妈接连又生了四个孩子,我作为他们的大姐，又要干活，又要帮忙带孩子。这孩子一多，家里面就热闹了——争碗筷，争篮子，大家什么都争抢，吵吵闹闹哭哭啼啼的。一有矛盾，我老父亲常常会被惹怒，他当过几年兵，力气大得很，脾气也暴躁，往往这时，不问谁对谁错，伸手给每人一个巴掌。这一打，我们的脸上立刻隆起老高，热辣辣地疼，还不能哭出声，谁哭，谁就多挨一巴掌，就是这么极端而粗暴。但是在那个时代，家长都是这样的，暴力是解决一切问题的最佳方法，不打不成才。

后来孩子逐渐长大了，住房、吃饭便也成了问题。本来家里只有两间小小的茅草屋，现在孩子多了变挤了，就请人又搭了一间茅草房。吃饭嘛，大家勉勉强强能吃到，就是要抢着盛，你不抢，别人可不客气。那个年头，吃都吃不饱，谁还顾得及谦让礼貌啊！

我在纸上飞快地记录着，抬头又问道："外婆，你那时是不是在生产队干活？有没有吃大锅饭？就是集体食堂，书上这样写的。"

外婆道："哟，书上还有这些。我想想啊……"

有的。有段时间生产队的人吃大锅饭，不过没吃多长时间。之后因为闹饥荒，大锅饭也就办不下去了。我到现在都记得西河白树村的陈二嫂。那时食堂里做了些烧饼，一人一个，等做完活分掉。哪晓得陈二嫂在大家伙割麦时，溜过去把每个烧饼都咬了一口。中午大家去吃饭，一看烧饼都被人咬了，不晓得是谁咬的，又害怕吃了传染什么疾病，于是都不敢要了。后来陈二嫂被人告密揭发了，落下了笑柄，偏偏她男人是个极好面子又好打老婆的人，陈二嫂忍受不了男人的打骂，就跟一个外地来收蛇皮的人跑了，几个孩子也都丢给了男人。以前我还听人说在哪儿看见过她，说她瘦得不像人样，衣服也破破烂烂的，后来竟没了消息，可能已经冻死饿死了。哎，其实真不是她馋，她生了好几个孩子，那些咬过的烧饼她一个都没有吃，全都给孩子们吃了，谁知竟是如此下场，哎，也是个可怜人呐！

　　生产队也是有的。我十几岁时开始在生产队干活挣工分。我上了一两年学，然而因为家里孩子多，又穷，我作为大姐，家里就不让我上学了，让我在家种田。我在家又哭又闹，凭什么让妹妹上学不让我上学，大家都是一个老子一个娘养的，我成绩还很好，常常得到老师表扬，不让我上学不公平！就这样哭闹了一个星期。可是最后啊，还是没能上学。否则我啊，哪里会种一辈子田呢……

　　作为大姐，就得承担更多的责任，这也是没有办法啊。我结婚也结得晚，接近30岁才嫁给你外公。因为我要是嫁人了，家里一大堆活计就没什么人干了……

也不知是厨房里的水汽太浓厚还是什么，我隐约看见，外婆的眼眶湿了，她的白发滑过脸庞，触碰到脸上的道道皱纹，又黯然垂了下去。

我感到莫名的压抑。

"那后来呢？"

"后来发生了一件我这辈子都忘不了的事情。"

　　大概是1971年吧，真是天降横祸。由于家里有祖上留下来的几亩地，而且父亲还做过乡长。一夜之间他被打成了什么"地主富农走资派"，被拉出去游街，而且接下来的十年都要在牢狱里度过。突如其来的打击令老妈妈措手不及，当即哭昏过去，待醒来就变得神志不清了。

　　家里一下子抽去了两根顶梁柱，我大哥又卧病在家，生活已是不能自理。家里除了年迈的姥姥，就是我们这群孩子了。除了我和三妹还能去挣工分，剩下的几个弟妹仍需要人照看。

　　日子的艰难可想而知，家里常常吃了上顿没下顿。更痛苦的是，精神失常的老妈妈还时不时对这个破败之家来个毁灭性的摧残——或许是因为父亲被抓那天的巨大声响给她留下了心理阴影，平日里安安静静不言语，但只要一听到较大的声响，她便歇斯底里地大叫大闹，挥舞着手臂打人，几个人才能架得住她。因此，姥姥常常嘱咐我们无论如何不要制造出声响。

转眼就要过年了。按照农村的习俗，腊月二十三为小年，要放鞭炮敬拜祖先，而除夕夜放鞭炮则是来年好运的预兆。早已被生活折磨得不成人形的姥姥心力交瘁，万般无奈中将我们几个孩子叫到跟前，吩咐道："你们出去给乡邻们磕磕头，说说好话，看能不能过小年不放鞭炮，等到三十再放，省得你妈妈接二连三的发病，我实在是怕极了。"

于是我带着弟妹们出发了。

我们居住的茅草屋沿着一条路走过去大约有几十户人家，我们每到一户，姐弟几人便跪下，告诉他们老妈妈的病情，祈求他们少放一次鞭炮。就这样，我们不过走了十多户人家，人们一传十，十传百，再后来家家户户都陆续出来人了。围拢来的乡亲们说什么都不让我们下跪了。一位年长的大妈扶起我们姐弟，含泪道："苦命的孩子，我们都晓得，不用磕头了，我们不放鞭炮，一个都不放。"

我牢记着姥姥的叮嘱，拼命忍住不哭，然而，我却看见围拢来的乡亲们，偷偷抹着泪。

小年就这么平静地过去了。

三十那天，吃过晚饭后，姥姥便领着我们着手应对即将来临的"灾难"。我们先将乡邻们偷偷援助的家什一一转移到母亲够不着的地方，然后让年龄小的几个弟妹先休息，我们则静静坐着，等候鞭炮声的降临。

那一夜很长。尽管很困，可是我们谁也不敢真的睡着。时间一分一秒地慢慢过去了，第二天终于来临。

那一晚，辞旧迎新的鞭炮声始终未曾响起，整个村庄鸦雀无声。

好心的人们为了不让我们这个风雨飘摇之家雪上加霜，竟摒弃了千百年来流传的习俗，连除夕夜也没有放鞭炮。

外婆讲到这里，声音颤抖了，便停了下来。
空气仿佛都凝固了。
我的喉咙有点紧，想张口却不知道该说些什么。

后来也许是老天开眼，原本被判刑十年的父亲只关了一年便被放了出来。父亲出来后，妈妈奇迹般地康复了。后来因为一些原因，我们一家搬到了其他地方居住。可是我始终忘不了那些善良的乡亲们，忘不了这份恩情。

可惜由于平白受冤屈，父亲被气出病来，加上以前因当兵落下的病根复发，被放出来不到两年，就死去了。可怜啊，但我们没办法，真的没办法。

几年后，大队组织村民挑河，我也就是这个时候经媒人介绍跟你外公认识的。什么是挑河？就是几百号人，拿着铁锹，一铲一铲地挖出一条大河出来。挖出来的土需要用簸箕扛走，填在其他地方。有的变成了田地，有的则堆积起来形成了土山。太苦了，真的，那沉重的担子压在肩膀上，简直要把人压垮。

我跟你外公结婚了之后，就生了你妈。虽然我和你外公现在整天干农活，但是之前你外公也是做过好多活计的，年轻时编竹篮，大冬天也不敢在家多休息，冰天雪地骑着车驮着篮子去卖。傍晚的时候，我就抱着你妈，倚着门等他平安回家。你外公是家里的顶梁柱，没有他，这个家就撑不起来。哎，也是个可怜人啊，从小亲爹死了，继父对他十分不好……

外婆不再往下讲了。

我看见窗外的夕阳渐渐下沉，马上就要被地平线湮没。残余的光芒柔柔地洒向人间，温柔地抚摸每一只过往的小鸟。

我的外婆，此时手里麻利地做着馒头，她的动作还是那么快速，言语还是那么爽快，可是，她早已不是从前的容颜，也早已对这苦难的人生看透许多。虽然说人这一辈子也许是大梦一场空，但是每一个能云淡风轻回首往事的人，都值得尊敬。

所谓历史，从来不只是课本上干巴巴的字句，它是由人创造的，是人们切切实实体验过的。想要了解一个时代，就要先去了解那个时代里的人。历史书多详细记录帝王将相的生平，描述他们的丰功伟绩，对小人物却很少着笔墨。打仗了，也只是用一句"百姓苦不堪言"轻飘飘地带过。确实，小人物没有流传青史的必要，但是，现实生活中，你我又有几个是能够流传千古的大人物呢？

我想，也许历史中的那些平凡人物，才最接近真实社会里的我们。他们对外界的大环境无力改变，只能努力适应这个疾苦的人间。如果把我们放到那个年代，或许未必能比先辈们做得更好。

或许从今以后，我需要从另一个角度体会历史了。

附录一

家族大事记

1948年，外婆出生于江苏海安，家里排行老二，有一个哥哥，之后几年外婆的妈妈又生了好几个孩子。

1958年，外婆到生产队干活。

1959年，闹饥荒，外婆有几个弟妹辞世。

1971年，外婆的父亲被关押。

1972年，外婆的父亲释放回家，之后搬家。

1974年，外婆的父亲离世。

1975年，外婆参加挑河，经说媒嫁给了外公，搭建了两间茅草屋。

1976年，外婆生下我妈。

1978年，外婆第二个女儿出生。

1981年，我舅舅出生。

1983年，因为茅草屋失火，搬家到另一个地方，重新搭建了茅屋。

1990年，搭建了四间砖房。

2000年，拆了砖房，盖起了农村小四合院。

2018年，外婆的母亲离世。

附录二

家中第一次使用下列物品的时间

电　灯：1984年　　固定电话：1998年
自行车：1983年　　汽　车：2014年
自来水：1998年　　电风扇：1990年
电视机：1994年　　电冰箱：1998年
电　脑：2010年　　WI-FI：2014年

艰辛过往：老一辈采访实录

人文学院汉语言文学2018　张竹君

得知这次采访任务时，我感到兴奋又紧张——爷爷奶奶是乡下的农民，外公外婆是城市的工人，他们一定有着各不相同的艰辛过往，然而直到今天我才第一次主动、认真地去了解，不由得百感交集。

这次平常又特殊的采访，它的对象是身边最平凡的人，不是成功之人，也不是为了某些经验之谈，只是回顾。所以，我决定让老人们用"自述"这种特殊的方式，随意地谈谈人生轨迹中印象深刻的事。人生大事也好，生活细节也罢，只要轻轻回想便能记起的画面。这些老人们主动诉说的人生片段，才是他们人生中长久的、深刻的、不可磨灭的印记，才是真正关键的东西。

一、渴望吃饱饭的农民

背景：

太湖是中国五大淡水湖之一，物产丰富，风景秀丽。祖父和祖母从出生就住在苏州滨湖柳舍村。不知从什么时候开始，这里便是油菜与水稻编织着的田野；也不知从什么时候开始，生活在这里的人们用勤劳的双手，养育了一个又一个的儿女，写下了一段又一段的故事。

采访对象：

祖父：张阿大，1946年生，农民。

祖母：张美珍，1949年生，农民。

采访实录：

【学生时代】

祖父：小学在村里上了四年，之后去渡村镇，由于柳舍村的校长和镇里的校长发生矛盾，所有村里的孩子都被赶回家。有的不读书了，有的被分配到农业中学，只有一个女生被分配到了普通中学。我被分配到了农业中学，半工半读，上午读书，下午下地拔草。拔草的工作太辛苦，我太爷爷看不下去了，我就不读书了。

祖母：哪有心情读书，吃都吃不饱，饿得实在受不了从学校逃出来挖草吃，所以现在不识字。四块钱的学费谁愿意去交呢？

【食物匮乏】

祖父：所有粮食全部上交生产队，每个劳动力每天记工分，到年底结算。最困难的时期，每人每月只有未经过处理的17.5斤稻碾成米后少得可怜。尽管我把给猪吃的糠吃了，去地里挖野菜吃，吃花叶子，可还是饿。我的爷爷得了"黄病"，叫浮肿病，到镇上的医院开一张证明，生产队发3斤青糠。爷爷脸色蜡黄，身体浮肿。青糠是喂猪的，那东西虽然不好吃，但很有营养，他吃了之后病真的好了。

粮食是按人口分配的。每天晚上，生产队烧了粥，一个人舀一勺，两个人舀两勺。粥根本没有多少米，那时候劳动量大，队员们体力消耗非常大，根本吃不饱。我们三个兄弟，带了一个木桶去盛粥，吃完后拿手指刮桶边沾的粥汤，今天你刮了吃，明天我刮了吃，三个人轮流。

你的二爷爷到太湖里去"纤鱼"。那时候纤鱼也是不让的，白天有大队里的人在湖边看守，要是发现了会立刻将你赶回去。吃了晚饭他去湖边，一直到半夜，如果弄到了鱼，就能吃吃，弄不到，一夜白忙活。第二天六点还要准时上工，上工如果晚了几分钟就要被记下来，还要扣分。有一天我纤鱼纤到半夜回来，没有吃的，拿了一点面粉，和了小苏打蒸，想让它发酵，第二天带到工地上吃。没想到小苏打放多了，苦得不行，我实在吃不下去，直到下班回来才吃了两碗粥，饿了一天一夜。那一次饿肚子真的是……

【不缺水，但缺柴】

祖母：那时候用水，同一盆热水，小孩先洗脸，然后大人洗脸，之后小孩洗脚，大人洗脚，这样子循环利用。柴也是要分配的，哪来的柴烧热水呢？

【工作】

祖父：当时村上有人去镇里社保厂打工，不是国有企业，就是镇上的私人企业，干一天可以拿一块多钱。我经人介绍去当了木匠，一天下来拿一块七毛钱，然而一块五都要上交生产队。男人一天12个工分，女人10.5个，种田的人一天拿五毛钱，上交三毛钱，也是12个工时。不论木匠、泥水匠，只要出去做匠人，在外面获得的收入都要上交生产队。现在想想是不公平的，按理来说，我在外面赚的钱关生产队什么事呢。可那时候的人没有自行支配的权利，集体的大队里发给你的所有粮食都要记在你的账上，到年底结算，往往只有亏。

【穿着】

祖父：一条夹裤，补丁已经多得看不到原来的面料了。衣服的纽扣没了就系稻草。现在蒲鞋已经进博物馆了，那时候我们大冬天穿一双蒲鞋，鞋底就是用草编的。有人在鞋底放芦苇叶，这样下雨天不会湿。

祖母：到了冬天十个脚趾上生满了冻疮，手上也是，一烂烂一个冬天。

【结婚（1967年）】

祖父：我和你祖母认识是人介绍的。当时我家里有三间房，地是泥地，踩一脚就有一个脚印。结婚的时候我也要请客，一人两三块的礼钱，队里发一块三寸见方的肉块，三四百斤白菜，白菜里放一点点肉丝，饭里面夹着干山芋丝、萝卜丁，为了让饭看起来多一些，米要煮得膨胀。这些东西根本不扛饿，只是骗骗肚子，那时候家里是允许养兔子的，养一二十只兔子，每天采兔子草，杀了兔子当作蹄髈。兔子草人也是要吃的。

【生儿育女】

祖母：有人生小孩，都是去村上的接产部。接产一次，接产婆收入5分，记10个工分。你父亲小时候得过一次痧，他当时大概还不满6岁，白天我们都要去地里干活，就让他一个人睡在床上，床边放一个旧热水瓶，一个杯子。他一个人躺在床上发高烧无聊，随手撕被子里的棉絮，我回来的时候被子里的棉絮已经变得一丝一丝的了。

夏天的时候，大队里给每个劳动力分配一瓣西瓜，我带着两个孩子，却只算一个劳动力，两个孩子跟在身后眼巴巴地看着，所以一瓣西瓜都分给孩子吃，我不吃。村上有几家劳动力多，一人就有一片，他们就把自己分到的西瓜切一点给我。

那时候交通都是靠走的，你爸爸上中学的时候，每天天不亮就要起床，走到镇上。后来他到东山读高中了，住在学校里，每个星期我去送一次饭。也没有什么菜，饭盒里装些咸菜和瘪豆子，从家里走着去东山。那时候走路可快了，来回东山（约7公里）只要一小时多点点。现在是走不动啦。

祖父：1980年家里养猪，我和你爸去城里卖猪，小猪放在篮子里，由人背着走。大街上来来往往都是自行车，你爸不敢走了，但是车流是不会停的。我只好先过马路，把猪放下来，再走回来把你爸接过马路。

【改革开放】

祖父：到了改革开放，我们才渐渐吃饱肚子，一开始先是"联产到户"（1982年），收成的粮食上交之前大队要先称一下，到后来是"包产到户"，只要交了公家的，剩下的就是自己的。大家开始种西瓜、养蚕，不过蚕茧要卖到镇上指定的地方。

1978年家里造了两间新房，1986年购入电视，1982年买了（电扇49元）1990年造了楼房，1975年通了电灯，一家一个灯头，电线杆是用木棍和石头做的。

2010年，为了举办江苏省第九届园艺博览会（简称"园博会"），政府征用了村上所有的农田，世代务农的村民告别了水稻田，每月有600元粮食补贴。借这个机会，村上许多人家扩建、翻新、改造了原来的楼房，我家也不例外。不少人家开起了民宿、农家乐和咖啡馆，吸引外来游客。

2016年4月，经过三年的建造，江苏省园博会顺利开展。村里的民宿也有了不少生意。一个月后，园博会闭幕，建造的园博园作为风景区继续向游客开放。不少年长的村民在园博园中打工，维护园内的花草设施，获取一份收入。

2019年春节，村里的鞭炮声此起彼伏，家家户户的灯光、园博园里的霓虹灯、路边的明亮的装饰灯映着夜晚的天空，像白天一样。

小结：

两位老人叙述的过程中，提到最多的字眼便是"饿"，面对这严峻的生存考验，其他一切都显得微不足道。他们口中的每件事，不论过程如何发展，最后总会回到"吃"上来。我很难想象他们口中的"饿"是怎样地痛苦、深刻。一个人青年时的经历是整个人生的基础，这样的"饿"深入人的骨髓，哪怕到现在，老人们依然不愿浪费一粒粮食。

住在太湖边的一家人轮流使用同一盆热水，仿佛生活在缺水的地区，只是因为没有烧水的柴火。那时候的生活资料到底匮乏到什么地步呢？

"饿"之后是"苦"，半个多世纪的时光吹走无数的记忆，露出赤裸裸的生活。生活便是"苦"，他们已经忘记许多，只要提起那段日子，他们就会感慨万千地用农村方言重复那一句话："苦头水嗒嗒滴"（经受的苦已经可以挤出许多水来）。如果说现在生活的含义是过日子，那么当时生活的含义便是活下去。

这些细碎的片段背后，是生命的坚韧与顽强。

二、劳碌的工人

背景：

白居易组织开挖了山塘河，河边建了一条长堤，东起阊门，西至虎丘，后人称"白公堤"，堤长七里，又名"七里山塘"。河上，满载货物的船只往来不绝；街上，店铺林立，摊贩、行人交错往来。这条街已经热闹了千年。在我看来，如今的山塘街分为两段，新民桥以东至阊门是旅游风景区，是标准的"景点老街"，这里有闪亮的霓虹灯、时尚的连锁店和年轻的游人。新民桥以西才是真正的老街，有发黄的牌匾、斑驳的墙壁和垂暮的老人。一条石板路连接了两种山塘街。

桥西的山塘街上，住着我的外公外婆和96岁高龄依然健康的外曾祖母。儿时的每个清晨，我坐在自行车的后座，和外婆来到街市。十年过去了，这里的街市依然生机蓬勃。这里的菜场、布摊、面店从母亲的母亲的母亲记事起就不曾改变。

这就是姑苏第一名街，山塘。

采访对象：

母亲：吴雅静，1972年出生，民营企业财务总监。

外祖父：吴国初，1943年出生，退休工人，老党员，曾作为一线炮兵参加抗美援越战争。

外祖母：潘黑妹，1946年出生，退休工人。

采访实录：

母亲：我出生没多久和父母去了安徽大别山，度过了平凡的童年，10岁（1979年末），父母工厂宣布如果工人有子女在苏州，将来有机会迁回苏州，他们便把我送回了外婆家。那时候还小，我怀着忐忑的心情见到了素未谋面的外婆。虽然内心不安，但想既然这样父母就能回来，就为家庭做点牺牲吧。

来到外婆家以后，我发现这是个大家庭。外婆、她的姐姐、两个舅舅、两个舅妈、一个大表妹，住在一间不大的屋子里。不久，小舅舅的女儿也出生了。那时候家里不是很富裕，外婆在酱油店打工的微薄收入全部补贴家里的伙食。有时，特别在冬天，外婆会去菜场捡人家丢掉的白菜皮拿回家做成菜。

家里条件一般，如果零食不够的话，两个妹妹有得吃，我没有。当然零食也是很少吃的。

那时候每个家庭都有一本备用券，里面是各种各样的票：布票、油票、豆制品票等。虽然肚子能吃饱，但大家很少吃肉。我在附近的万里小学毕业后，去了虎丘山脚下的二十八中念初中。读到初二，母亲和弟弟从安徽回来了。我很期待，但面对自己的母亲又有些陌生。那时候大舅舅做了电扇厂厂长，和外婆搬去了厂里分配的房子。两年后父亲也回来了，我们一家和小舅舅住在外婆原来的老房子里。母亲总和小舅舅因为一些鸡毛蒜皮的事发生争执，于是父亲在外找了间出租屋，我们搬进了出租屋。

大舅舅找了许多的关系，费尽周折，好不容易把父母调了回来。母亲在电扇厂当工人，父亲在肥皂厂。当厂长的大舅舅逢年过节会给我家送来许多鱼肉和水果，他觉得我父母在安徽吃了苦，对我们家特别照顾。1987年，我从中学毕业去了医药中专。

1989年，大舅舅通过关系在电扇厂申请了一套新桥附近沿河的老房子。从那时候起，母亲的脾气越来越差，时常找碴，发脾气，我想她可能是从安徽回来之后，看到别人的条件都比自己好，自己连个家都没有，她是"老三届"，心理落差很大。

1991年，我从中专毕业，去了药厂工作，在苏州第四制药厂上"二二"班（两天早班、两天中班、两天晚班再休息两天）。那时候没有人才市场，工作是分配的。我自己在外面学了会计上岗证，一边读计算机大专，一边在药厂工作。1992年，正好有个机会，厂里的财务室要招两个人，入职需考试里。当时的厂长正巧原是我中专的校长，他认识我，加上我的成绩也不错，便让我去财务室工作了。

我长得挺漂亮，厂里有好几个喜欢我的人。我谈过三次正式的恋爱，第一任是个小民警，由于母亲反对分手了。第二个是厂里司机的儿子，在银行工作，由于母亲反对又分手了。你父亲是我大专的隔壁同学。1993年，有一天我俩都迟到了，去隔壁教室拿凳子，又一起坐在教室后排，他便和我搭话。我得知他在中化药品工作。那时候苏州只有少数几家外来企业，他在台资企业工作，又是总经理助理，我觉得他年纪轻轻很能干，长相很正式，后来我们便交往了。他在三元二村有一套宿舍，我为了逃避自己的家，和他同居了。

1994年，他在新升新苑买了一套安居房，1996年搬入那新房，1997年11月8日结婚，1998年10月26日你出生了。

他脾气不大好，偶有小矛盾，但我终于摆脱了母亲的烦扰，日子虽然不是很欢乐，但也清静。你出生后，你奶奶来城里带你。

外祖父：我小时候在无锡江阴的乡下种田，日子过得很苦，也吃不饱的。后来我考取了苏州工业专业学校（1960年），1961年在苏州参军，部队主要驻扎在苏北乡下，住在帐篷里，一年四季都用冷水洗脸。后来我去了一年越南，帮越南人打美国兵。我们是高炮部队，野战军，驻地不固定，美国人的飞机一直在天上飞。越南非常闷热，衣服常年被汗水打湿，没有干的时候。

1968年我退伍，跟着淮河机械厂一起搬到了安徽去，一年四季吃咸菜汤，在安徽山沟沟里待了18年，那时候叫"三线建设"。山里没有鱼肉吃，我要走五六十里路才能买到肉，孩子没有奶粉吃。肚子是能吃饱的，只是大部分人没有荤菜吃，夏天只能吃西瓜。1971年结婚，我们结婚的时候没有酒席，什么都没有，只是两个人搬到一起住，实在很苦，现在的孩子真的很幸福。1987年我从安徽回苏州，改革开放之后生活就渐渐好起来了。

外祖母：你外公小时候家里是开豆腐作坊的，他排第三，下面还有三个弟弟和一个妹妹。他在无锡乡下读的书，一边读书一边放牛。他的身子比较瘦，有一次从牛背上跳下来踩到了地里放着的一把镰刀，脚上划了个大口子，血流不止。

新中国成立后豆腐坊关门了，他的母亲带着六个孩子和两个老人。你外公有时候徒步从江阴走到无锡市里卖鸡，后来生计难以维持。他的父亲去上海了，农活是他和他的大弟弟做的。他考取苏中工业学校后，恰逢三年困难时期，大批工厂倒闭、学校歇业，老师也不上课了。后来他去当兵，在部队里当上了代排长，又当上排长。退伍的时候上面派他去北京带新兵。可是刚到上海的虹桥机场，他的母亲就赶到机场哭着闹着把他拉了回来，说好不容易捡回来一条命，不能再当兵了。去了北京又不是打仗，如果去了，他出来至少能当个军官，就不是现在的样子了，当然也不会遇到我。你外公人生中有多少次这样的机会啊，全都一次次错过了！

他在厂里的时候工作非常认真，每次下班后还要主动扫地，平日艰苦朴素，连车间主任都比不上。他在部队里入的党，年年模范党员。一直到现在，除非生病住院，他从来没有缺席过一次党员开会。每次党员开会，他必定要去的，还要认真做笔记。

他没有说是怎么生的病、怎么住院的吧？那时候你还小，但应该有印象。他被烫伤了，工厂机器的一根蒸汽管对着他喷了高温蒸汽，从脖子到胳膊，身子的一侧都是大水泡。当时开刀开坏了，现在他已经基本是个"废人"了，需要每天吃药，能平安活着真的已经谢天谢地了。照理来说这算工伤，应该受到赔偿。但他只是自己去医院住院，连请假都是用的调休假期。二十一天的调休假期全部用来住院了！这样高的思想觉悟真的一般人比不上。

现在这批上过战场的老党员受到重视了——前一阵子有人专门来家里收档案，这些事情全部收在他的档案里，档案现在被齐门的档案馆收着。

我9岁的时候父亲就去世了，母亲在酱油厂打工养活三个孩子，我还有两个弟弟。当时的日子过得很苦，经常饿肚子，连蒲鞋都没得穿，鞋底破了就从别的地方剪一块布贴上。我从出生到结婚只穿过两件棉袄,第一件是我外婆传下来的,大襟的,第二件是结婚买的新棉袄。

因为学习好,从一年级开始我就学费全免。那时候我在家里是不写作业的,作业都在学校里做完了,在家里就做些针线活。我做好的作业本给班里别的同学带回家抄,那些同学不爱惜我的本子,东放西扔,封面上都是菜油,破破烂烂的,被老师批评我的本子是全班最破的。后来升到了虎丘那边的二十八中。高中学几何的时候,一开始我没学懂,满分五分每天只能拿到一两分,同学拿了我的作业全抄,结果全班一片低分,老师大发雷霆。终于有一天我突然学明白了,从此做的作业一直都是四五分,于是全班又一大片高分,老师都觉得很奇怪。三年困难时期我没有作业了。大炼钢铁的时候,挨家挨户来收钢,锅子都要拿去。没有铁,出去捡也要找铁上交。

你母亲很早就被送去了幼儿园,她小的时候没有奶粉吃,身子很瘦。

幼儿园里有什么流行的病,她总是会被传染。上小学一年级的时候,她们老师问班里的同学谁的户口还没迁回,让还是安徽户口的同学举手。全班只有你母亲和另外一两个同学举手了,其他人的户口都迁回来了。她回家向我说起这件事,我想也好,把她送回苏州吧,这样还能是个城里人,我们可能要当一辈子安徽乡下人了。那个时候无法知道政策什么时候改变。可是我们一家都是安徽户口,父母双方如果都在安徽,只有小孩一个要回苏州的话是很难的,那时候托大舅舅(母亲的大舅舅,外祖母的大弟弟)的关系,费了好大一番周折。现在想想这是当时做的最错误的决定。

你母亲来到苏州后住在老太太(我的外曾祖母)的家里,一大家子都靠老太太一人经营。那时候我的两个弟弟都结婚了,生了孩子,每个月两家每口人都贴给老太太 15 元伙食费。现在把你母亲送回来,那我就贴 20 块,多 5 块,可就算这样家里依然家里入不敷出。老太太不能亏待自己的儿媳和亲孙女,每次有什么零食,都是你母亲的两个妹妹有,你母亲没有。你母亲的生活费、衣服全是从安徽寄过来的。老太太有一条蓝布裤子，是用厂里发的手套拆下来的纱线做的。擦机器的纱，只要有一寸我都要收起来做衣服，把以前擦机器用脏的纱洗洗之后再擦，节省十个纱头就可以做衣服。你母亲过的真的是寄人篱下的生活，没有零花钱，文具用品都买不起。我知道后看不下去了，每个月再多给老太太5块，给你母亲零用。可是这些钱最后依然都用来开伙（当作家里的伙食费）了。所以每到暑假，我们都要把你母亲接回安徽，有两次是老太太送回来的，其他时候都是托别人顺路送回来。在她还没回来的时候，你外公就去安徽的农民家里买鸡，买了6只老母鸡，养了一窝小鸡，等她到安徽刚好长大，每天都杀一只童子鸡吃。

逢年过节我都是回苏州过的，想要陪陪你母亲，挣的工资好多都贴在了来往的路费上。你母亲虽然小，但真的懂事。有一次冬天，老太太带着她和她的两个妹妹去浴室洗澡，洗完澡出来路过生煎馒头店，两个妹妹要进去吃，老太太就问她想不想，想吃就一起进去，不想吃就在店门口台阶上坐着照看洗澡换下来的衣服。你母亲说不想，就在外面看包。她们进去快吃完了，老太太又出来问她想不想吃，想吃的话进去吃，她们来看包，你母亲仍然说不想。于是等她们三个人吃完出来就一起回去了。我得知这件事后难受得不得了。

每天傍晚，老太太家里都要开麻将局，街坊邻居来家里打麻将，家里唯一的方桌就被占了。你母亲放学回来，如果不下雨就搬个凳子蹲在天井里写作业，下雨就在床沿上写。卧室的灯是15瓦的，挂得又很高，光线暗得不得了。她就拿个放大镜把光聚焦在作业本上。麻将局到了天黑吃晚饭的时候都不会结束，太阳都下山了，她还要蹲在天井里写作业，一直没有近视简直是个奇迹。她用的铅笔永远是剩到一小节，捏都捏不住。一本草稿本，先用铅笔写，写满了再用黑笔写，黑笔字迹也满了就再用蓝笔、红笔。各种各样的笔迹一层叠一层，一直用到一点白纸的空隙都见不到。

大舅舅在厂里当厂长，有时带回来一些巧克力之类的零食给三个小孩，你母亲的小表妹现在挺好的，那时候可烦了——拿到吃的一下子就吃光了，然后哭闹着还要吃。你母亲每次都舍不得吃，东藏西藏。老太太被小妹妹吵得烦了，就和你母亲说，你是姐姐，就把你的让给妹妹吃吧。她只好拿出来。有时候实在委屈了，她就一个人躲在角落里生闷气，我都见到过好几次。

改革开放以后工厂自负盈亏，国家不再收购了，大批工厂倒闭。电扇厂、四药厂都倒闭了，工人下岗。你外公的肥皂厂倒闭之后，许多人丢了饭碗，一分钱下岗补贴都没有，他也下岗了。可是不多久厂长又来找他，让他留厂，因为他贡献突出，这才一直待到退休。

我们这一辈的故事，讲三天三夜都讲不完啊！唉，还是不要去提了。

小结：

同一家人，却说着不同的故事。外祖母说，为了让母亲得到更好的教育，把她送回了苏州。母亲却说，为了让父母得到回来的机会，才选择为家庭做出牺牲，回到苏州。或许她们说的都是真实的，每个人从不一样的角度，看到了不一样的过去。把所有人的过去结合，得到的就是历史。因此，真正的历史不是胜利者的凯歌，而是每个人用各自的故事组成的画卷。

外祖父是个勤恳、质朴而寡言的人，所有的苦难在他口中都成了轻描淡写，仿佛一切都理所应当，毫不费力。小的时候"苦"，去苏北打仗"冷"，行军到越南"热"，改革开放后"好"……他没有说自己错过了多少机遇，遇到了多少坎坷，甚至没有说起2000年后，自己是如何得了胆结石，如何碰到医疗事故，如何开刀动坏了肝，如何切掉三分之一的胃，如何得了糖尿病，如何成为医院的"老主顾"……就连作为老党员的"光荣事迹"都是外祖母告诉我的。然而在采访的最后，在他那一串憨厚质朴的笑声背后，似乎又含着多少辛酸和苦楚。

外婆笑着说，外公的思想觉悟非常高，凡是党中央的会议，他守着电视都会一字不落地看，连重播也不放过，还要总结出各种会议的会议精神。前一阵子,抗美援朝牺牲战士的遗体回国,外公因为做饭一时疏忽,等到想起时放下锅碗冲入房内打开电视,仪式刚好全部结束。他遗憾了很久。外婆说,外公有个坏毛病,总爱喝烫水,吃烫粥,等不到凉一点,总像有人要来抢似的。这是当兵时留下的坏毛病,因为在部队里吃得慢一些,食物就会被别人吃完了。

外祖母不愿意多提过去的日子,回忆到当年的艰苦,难以抑制内心的激动。我们没有经历历史,历史却在我们每个人身上留下不可磨灭的印记。那些日常小事中的喜怒哀乐,都是历史留下来的印记。历史带来新的生活,也带来新的烦恼,历史将所有的泪与笑吞进无限的胸怀,依然冷静又沉默地向前、向前……

结语

爷爷奶奶住在乡村,生活条件落后于城市,可他们在肥沃宁静的田野边,靠辛勤的劳动,过着艰苦却平静的生活。而同一个时代生活在城市里的外公外婆,则颠沛流离、历尽坎坷。

农民与工人,他们活在不同的环境,有着各自不同的人生。在那风雨飘摇的年代里,用各自不同的方式,行走在各自的生活苦旅的路上……

附录一

第一次使用下列物品的时间

电　扇：1982年　　自行车：1983年

自来水：2010年　　电视机：1983年

电　脑：2000年　　固定电话：1998年

电冰箱：2005年　　汽　车：2002年

WI-FI：2009年

奶奶与光阴的故事

法学院法学19　潘栎婷

奶奶家在江西寻乌圳下村，四周群山环绕。

1938年，奶奶生于一户本本分分的富农家庭，家里虽谈不上殷实却也温饱不愁。奶奶家中有几个哥哥姐姐，而她是最小的一个。

奶奶童年间，发生过一些啼笑皆非的故事。奶奶从小怕打雷，有次打雷下大雨，她竟被吓得在逼仄的澡堂里躲了一天。家中父母兄长焦急寻找一天无望，以为她在上学途中被山洪卷走了，后在洗澡的时候发现奶奶躲在墙角。

1949年，国民党兵败南逃，行军中为减重丢弃大量物资，奶奶与舅公便在大路一旁捡到一个美式大罐头。那时候乡下娃子哪见过美式罐头，只当它是什么稀罕的枕头搬了回去，睡了好几天才发现里面藏着肉，高兴坏了……

每每回忆起这些，奶奶都会缓缓扬起嘴角。嘴角的皱纹仿佛跨越了时间，原本沧桑的、被时光熬透的眼中也会泛着淡淡的光。那是奶奶最无忧无虑的童年啊。

故事之所以称之为故事，在于它的曲折，在于它的波澜。它不像童话，不会让你尝遍所有的甜，也不似悲剧，让你吃遍所有的苦。甘苦，苦甘，才是生活。

1950年奶奶的父亲被划为地主成分，在斗争中离开人世，几天后奶奶的母亲也上吊自尽，家中留下奶奶和舅公两人，孤苦伶仃，相依为命——奶奶每每提起这件事，眼中总是泛着泪光。

12岁的奶奶与差不多年纪的舅公在家门口足足守望了十日，两眼空空的，眼泪早已哭干，嗓子也已哭哑，吃食早就没有了，大一点的哥哥姐姐也指望不上，非常绝望。奶奶的大伯母看着他俩实在可怜，拿出家里的一点米糕（一种炒米，最后凝结成块），加水泡软了一口一口喂，才让奶奶和舅公暂时"活"过来。

奶奶和舅公只得辍学。舅公年纪大点，为了生计去给别人帮工赚几个钱。奶奶年幼，找不到工作，为了生活下去只能靠卖柴火为生。瘦小的奶奶，砍不动柴，只能每天走很远的路，去松树林下扒拉点掉落的松枝，捆成几堆，再用瘦小的双肩担到圩上卖。但这种松枝只能拿来引火，卖得贱。

帮工的工资一般是按年结的，特殊情况可以按半年结，但包吃住。舅公帮工可以赚点钱，却一时也没法儿救济奶奶。奶奶过得苦哈哈的，有一顿没一顿的。每逢冬天，家中没有多余的棉被与衣服，奶奶就穿着两件单衣，睡觉就盖一床毯子，为了生计冒着寒冷也要去很远的山头捡柴卖。

有次，奶奶在圩上守了一天，也没卖出去一捆柴——这下怎么办呢？卖不出去就换不了吃的，已经好久没吃饭了，没吃饭就没力气啊，没力气怎么到远处拾柴火卖呢？奶奶越想越急，急得直哭。冬天黑得格外早，天渐渐暗了，柴火还没卖出去呢。奶奶边哭，边大声吆喝，却也照旧无人问津。最后，一位老奶奶看着奶奶可怜，愿意买奶奶的柴火，并让奶奶运送到她家。老奶奶人很好，给了奶奶一点钱，几块糖，还有一筒（本地计量单位）米。奶奶谢过，并暗暗记住了老奶奶的住址。"永世都记得到哦，"奶奶常常提起，"没有那份恩情，早就饿死了。"后来，奶奶生下大伯后攒了点钱，买了几升米，做了床被子，煎好米果和铁勺板，挑着箩，专程去拜访那位老奶奶。那位老奶奶还健在，也还记得奶奶。"要有感恩的心喔，不知感恩，怎么为人？"奶奶总是教导我们。

奶奶向来学习成绩很好，也很喜欢读书，后来辍了学，做梦都想读书。每次看到同龄人放学回家，都会偷偷抹眼泪。奶奶实在是太想读书了，便放话说谁给我缴学费就嫁给谁。这也成了爷爷奶奶相遇的契机。

爷爷上过大学，在一所中学教数学，听闻奶奶愿意嫁给交学费供她上学的人，便帮奶奶交了学费。奶奶由此得以复学，虽辍学过几年，但勤奋的奶奶成绩在班上还是名列前茅。爷爷比奶奶大10岁，也是奶奶的老师。

读过几年书，奶奶就嫁给了爷爷。说起我爷爷，也是有一番故事的。爷爷原先家里很苦，3岁的时候原父母去世了，后来被邻村的太公太奶（爷爷的养父母）收养。太奶家境殷实，听闻祖上是个大家族，家里还有马戏团，后来虽然分家了，却也分得许多家产。太公曾是国民党时期的一个"保长"。太公太奶对爷爷视若己出，还给爷爷养了个童养媳，是爷爷的第一任妻子，可惜很早就去世了，留下一个女儿也夭折。后来爷爷续弦，才和奶奶结的婚，结婚时家境没落。奶奶18岁便生下了大伯，但奶奶还想读书，便白天背着大伯在田里干活，晚上去读夜校。如是几年，直到二伯出生奶奶才迫于经济压力停学了。

接二连三出生的孩子需要供养，家中长辈也需要赡养，家中几口人的生活需要操持，爷爷微薄的工资只是杯水车薪，且平时爷爷在外地任教又无暇顾及家中农活，家中、田里活计便全落在了奶奶一个人身上。奶奶白天带着孩子去田里干活，晚上缝缝补补揽些针线活操持家务。

生产队时期，大家集体出工。那时奶奶正怀着孕，为了赶在出工前干好家中的活，需要很早就起来到河边洗衣服。有一次到点了，衣服又还没洗完，就把未洗好的衣服放在河岸，可收工回来，衣服却不见了。那时候衣服大多是新三年旧三年缝缝补补又三年，家里没钱买新布料，衣服很少很宝贵，发现衣服不见了，奶奶心疼得眼泪直流。

更难过的是参加集体劳动，奶奶挺着大肚子顶着烈日吃不太消，偶尔停下来想喘会儿气就会被批评。

"文革"时期，家中也经历了一些变故。传承祖上的马戏团时期的一些物件，演皮影戏的小人、拉箱、幕布、马戏表演时的一些服饰、道具碎片、戏本、画折子，甚至祖上的画像、祠堂都被清理出来，公开焚毁，没有留下一星半点。家中太公曾经当过国民党时期"保长"的事被翻了出来，爷爷、一些步入工作的伯伯们被停职待办，读书的父辈们也不得安生，奶奶还得更加卖力地干活为全家人谋求生计……家中子女众多，家中虽穷，奶奶却坚持供养他们上学。那个年代，供养一个孩子上学已经实属不易，同时供养五六个孩子上学，无疑是巨大的经济压力。

后来，迎着改革开放的春风，苦日子也有了转机。爷爷的工资涨了不少，大伯二伯也相继参加工作，有余力反哺家里，接着供养弟妹上学。家中虽说不上富裕，生活却也有了很大的起色，买了全村第一台电视机，虽然只有几个台，但每逢茶余饭后家里都围满了看电视的人，即使是广告都看得津津有味。

包产到户后，家中分得几亩田和几片山。田里的水稻从育苗到收割均由奶奶一手劳作，山中种蔬菜水果和一些经济作物（棉花、黄豆、茶树等），此外还养家禽家畜（牛、猪、兔、鸡、鸭等）。全家一年的吃穿用度大多靠奶奶的劳作供应，多余的还会拿到集市上去换钱，和爷爷的工资一起供父辈们求学开支。父辈们五人都考上了大学，为全村人所称道，也庆幸父辈们都争气，干农活不太像样，读书却是一把好手。后来奶奶还时常拿父辈们求学的往事，教导我们孙辈要争气，要努力读书成才。

渐渐地，大的几个儿女成家，小的几个孩子也学成步入社会。家中负担减轻了许多。爷爷早已退休，在家里过起优哉游哉的"家庭煮夫"生活，偶尔还会有旅游的机会。奶奶不改劳碌本色，依旧不舍家中的一亩三分地，继续劳作，向已成家立业的孩子们"输送"自家种的蔬菜水果。孙子辈们出生了，没有一个不是由她亲手带到大的，没有一个与她不亲的。

奶奶常常调侃自己天生的劳碌命，停不下来。奶奶现在八十多了，种着一块篮球场大小的菜园。每每回老家，都可以看到奶奶头发凌乱地钻出菜园，带着淡淡的笑说"回来了"，伴随着令人安心的泥土味。奶奶从不麻烦子女，只是安静地守着那方给她欢乐也给她痛苦的土地。

　　从小我便听奶奶讲述她的人生经历，铺陈纸笔，终究不能一一细数这些岁月的痕迹。奶奶命途多舛却又坚毅勇敢、朴素善良，她是平凡的，却在不凡地演绎着岁月。光阴未老人已老，容颜散尽人未尽，故事，继续……

附录一

家中第一次使用以下物品的时间

电　灯：1977 年　　自来水：2000 年

固定电话：1995 年　　电风扇：1996 年

自行车：1992 年　　电视机：1983 年

汽　车：2009 年　　电冰箱：2010 年

电　脑：2001 年　　WI-FI：2013 年

命运突然来敲门

设计学院　朱高灿月

1949年10月15日，对于大多数人来说，是一个再平常不过的秋日了。

晚上九点，村庄一户人家传出女人的尖叫声，随着一声啼哭，一个男婴诞生于世上，成了世间的一分子。这个孩子被取名为昌华。他的父亲是个药剂师，母亲务农，有个长他几岁的兄长。他和兄长都由祖母照看着，虽生活贫苦，但足以温饱。然而过了一年，家中小妹出生，家中负担变重，昌华他爹劳累过度，常常咳嗽。

1955年的春节，昌华6岁，那一年比起前几年异常寒冷。风吹过来一下一下直刮脸，又硬又痛。炮竹声噼里啪啦响起来的那一天，村子是赤红色的。那一天，昌华家却清冷得很，屋子里全无红色，只见冷白色的布挂在房梁、铺在桌面，哭声、唢呐声之中，身着素黑的人群后面，棺木里，隐隐约约看见他父亲的脸，冰冷、干枯、毫无颜色。房子里人很多，昌华的娘穿一身白衣，憔悴如枯木，小妹蜷缩在昌华怀里，大哥站在一旁，攥紧拳头……之后，昌华他娘就病了，几月后的一个夜晚，她再没醒来。后来，祖母无力照料孩子，听闻市里第一所孤儿院刚刚办起，于是，兄妹三人被拜托熟人送往市里。再过几月，祖母的死讯也从乡下传来了。

孤儿院像是一个大家庭。孩子大多是爹娘都没了的，来自市区周围几个城镇的孩子。大伙同吃同住，穿一样的衣，用一样的碗，吃同样的饭菜，好像一下子有了几十个兄弟姐妹。由于生活物资由国家提供，生活比过去大有好转。尤其从1959年开始的三年困难时期，在别的家庭只能靠玉米根粉和小麦根粉饱腹的时候，国家下发的粮食足够让孩子们每日吃饱，让他们能够念书，玩耍，能够活下去。

孤儿院的生活很单纯，孩子们分担家务，照顾比自己更小的孩子，几乎没有课程。学习之余，女孩子用旧衣服缝沙包、翻花绳，男孩们玩沙子、踢球、有时下河游泳……昌华总是很珍惜学习的机会，对不知晓的事物充满好奇，对小城以外的世界向往着，而这种向往，日渐增长。

昌华的童年苦甜参半，在还未懂事的年纪失去了父母，但彼时年幼，没什么真实感，也无过多悲伤。而在孤儿院里虽然他没有太多长辈关怀，却有很多同龄玩伴，吃得饱穿得暖。细数下来，实在不知道，比起完整却为生计每日发愁的家庭，哪一边更幸福了。

念书到初二的时候，"文革"爆发，学生们被派到乡下。大一点儿的孩子被分配了工作，或者被派遣去修铁路，再没办法继续念书。昌华被分配到机关工作，在食堂做主管。昌华工作之余最喜欢看人下棋，自己却不肯下，只是看着，搬一个小板凳坐在公园里，一坐就是一下午。他每天都看报纸，订了好几份。

昌华和妻子在宜昌，摄于1974年

食堂工作虽安稳，薪水也不错，只是他感觉生活枯燥无聊，不知今夕何夕。在工作几年后，耐不住心中对外界事物的渴望，一心想要出去闯荡的他毅然辞职，不顾他人劝阻，投奔了车队的朋友，开始全中国闯荡。这是一个勇敢的决定。他几乎跑遍了中国每一个省，吃遍了每一个地方的美食，但与之对应的，是风餐露宿的艰苦生活。

25岁的时候，他和小自己1岁的、同来自孤儿院的人结了婚。妻子在麻纺厂当女工，两人相互帮持，比起爱情更像是亲情。孤儿院的其他孩子也都成家了，对方大多也是来自孤儿院，几十个孩子从同学变为更亲的关系，像一个大家庭，彼此不忘记。

在车队的第五年，1976年，他与妻子的孩子诞生了，取名为璐璐。为了响应国家计划生育政策，女儿成了家中唯一的孩子，再加上又无长辈需要赡养，这个女孩的童年受尽宠爱。夫妻俩很疼爱这个女儿，衣柜里有各式洋装，每一天都有五角钱的零用钱，午饭有时就靠蛋糕和汽水打发。和父母不同，她的童年充满了来自长辈的关爱。

但在女儿的日常生活中，父亲的身影却很少出现。因为跑车，昌华几乎不停歇，一个月只能回家几天。但只要回家，他都会开着卡车带女儿和小辈们出去玩。他不常许诺些什么，只是乐得被孩子拉得到处跑，玩累了就把准备好的零嘴分给孩子们，自己也不吃，就乐呵呵地看着，给他他也摆手坚决不要。女儿印象中的父亲，稳重又可靠，总是笑着，声音也温和，做什么也不会让他发脾气，一直是自己最崇敬的人。

车队走南闯北，可以带回不少稀罕东西。昌华给女儿买衣服，买玩具，买吃的，或者带她出去外地游玩。女儿和妻子，对他而言可以说是生活的全部。

昌华跑遍了中国各地，在外的生活刺激又疲倦，经历一些险境，克服一些困难，那辆蓝色的卡车陪伴着他度过了一段难忘的时光。多年努力后，昌华家成了中国最早的一批万元户。那个时候的生活是他一生中最得意的时光，他走南闯北，家中有妻儿，幸福美满，工作之余再跑到公园去看棋，一来二去，好不自在。

只是命运总爱戏弄人。因为运营问题，公司倒闭，昌华只得放弃长途运输的工作，改做中巴车司机，后来又做了出租车司机。时值国企改革，工厂员工纷纷下岗，昌华四处凑钱，买了自己的车，成了第一批个体户。

昌华及家人在宜昌，摄于1986年

那时候十万元的一辆车，对普通老百姓算是天价，于是那辆车成了家中宝贝，每到周日必定会被好好清洗一番。

从出生到长大为人，他一直保持着淳朴的内心，但命运好像是一定要给他上一课似的。

1995年，还是那样冷的一个冬天，昌华刚载完一位乘客，才开出几百米，就被一位"警察"拦下。他很慌张，以为自己违反了什么规定，那位"警察"很平易近人，几经交谈，"警察"向他借车执行公务，出示了警员证并写下借条。昌华在慌张下，就这样把车借给了那位"警察"。

那显然是一个骗局。

纸条上的电话再也打不通，留下的姓名当然也是查无此人。连续几个星期，昌华找遍了大街小巷，询问了周边每一个店铺。他求人，他给各种朋友打电话，他贴告示，然后就是很凶地抽烟，一根一根，烟头在脚边堆积成山，燃尽后泄出乌黑的烟……但无论怎么努力，那个穿着警服的男人再没出现过。

最后他只能屈服，只能放弃。

接下来的那一段日子可以说是苦不堪言。

车没了，意味着没了赖以为生的工具，意味着几年的存款全部消失殆尽，也意味着一笔又一笔还不上的欠款。昌华没哭，只是烟瘾更重了。借了钱，日子还是要过，只是一家人得省吃俭用，一角一分都得掰开用。妻子在耳边日复一日地抱怨，昌华的笑容越来越少，烟瘾愈发狠。无休的争吵，无尽的哭泣抱怨声，于是在家待的日子也少了，他重新进了公司，还是跑车，公司的车，白天跑晚上也跑，一跑车就是一整天，像是要把失去的再一次夺回来。

看着父亲，女儿心中忧虑越积越多，这样的他与之前判若两人，一次次地劝，一日日地劝，劝得久了，昌华好像缓和很多，不再似魔怔一样疯狂工作，只是本来就少有的娱乐活动——看棋，也不再吸引他。兴许是把这耻辱淡忘，也可能是深埋心中，他更加努力地工作，拼命地工作。后来女儿步入职场，分担了父亲身上的担子，再加上她男友家里给他借了十万元，重新买了车。过了大半年，一家人的生活才又趋于平稳。

过了一年，女儿结婚。婚礼那天昌华喝了格外多的酒，第一次在家人面前流泪。他拍打着女婿的肩膀，攥紧酒杯，不说话，只是把一杯杯酒水灌下了肚。酒中有身为父亲的喜悦与不舍，又可能带着别的什么，千言万语尽数咽进肚子里吞掉，打了好几个转儿，才化作酒后的一句叮嘱：

"你要好好待她。"

说罢，他便不再张嘴，也不去敬酒，坐在主宾位置上不再动，只是一个人喝酒。一口一口咽下去的酒，让他醉得脸像充了血。他也不理旁人，喝完一瓶又再开一瓶，反反复复，直至醉倒被人扶起。好友录下了视频，将那摇晃的身影，将那一句话都记了下来。烟灰酒瓶堆砌起来的那个小圈内，跨过时间，我仿佛听见那个男人内心的殷殷期盼，仿佛听见他的哭喊，听见他近乎执念的祝福。

女儿婚后一年便有了身孕，在所有人都为这个孩子是否留下而争执不休时，女儿的眼睛对上昌华的眼睛，一直一言不发的昌华终于表态，坚决要留下这个孩子。

孩子出生的那一天，他眼中那一滴泪流淌过脸颊，他的手颤抖着去触碰那个孩子的脸。

从那时开始，孙女就成为他生命的中心，仿佛要把所有遗憾、所有不甘全部化解一样。随着那个婴儿落地，家好像也圆满了。

后来的故事？哦，他干起了老本行，做了主厨。家里每顿饭都是他做，按着季节翻来覆去那几个菜，总是合口味，一做十几年，直到孙女去上大学。他又开始读报纸了，订了好几份，看完再看新闻，每晚的《海峡两岸》绝不错过。他还迷上了足球，偶尔熬夜看球赛，但坚持每日早起。后来他退休了，不再开车，但还是会去公园看棋，一看就忘记了时间。他老了，头发花白，但还是会和妻子为鸡毛蒜皮的小事吵到脸都涨红。他会勤快地把每一个房间都清扫干净。他常被孙女念叨烟味儿大，所以戒了烟，但每餐还都喝酒，醉酒和平时简直两个人。他笑得更多了，也常出去旅行。他还开始读书，把孙女小学的课本翻来覆去地读。哦对，他还学会了英语的"早上好"和"晚上好"，下一个目标是"中午好"。

他老了，他变了很多，但也没什么变化，还是真诚，依然热血，最爱自己的家人。

一直到现在。

后记：

印象中，爷爷是从小到大家中唯一从未骂过我的人。无论我揪他头发还是捶他的脑袋，他永远只是乐呵呵地握住我的手。他的手很大，无论我怎么长大，那双手依然那样有力，一下子可以把我的手攥入掌心。

我一直很爱他。

附录一

外公昌华大事记

1949年，1岁，出生，家中5亩土地，家中5人。

1953年，4岁，妹妹出生，家中6人。

1954年，5岁，父亲去世，两个月不到后母亲去世，家中4人。

1955年，6岁，寄住在叔叔家，家中8人。

1958年，9岁，渝溪高家湖小学读书。

1957年，10岁，被独自送往孤儿院，哥哥妹妹分别被当阳、渝溪的人家收养。

1964年，15岁，四岗农校（中专）读书。

1965年，16岁，四岗农场工作。

1966年，17岁，调职至宜昌，任宜昌市行政公所食堂炊事员。

1968年，19岁，转行运输卡车司机，隶属地方商业局商业运输队，主要在中南地区行车。

1974年，25岁，与孤儿院同学结婚，家中2人。

1976年，27岁，女儿出生，家中3人。

1981年，32岁，出车祸，所幸无大事。

1986年，37岁，国家承包制实施，租赁自己的卡车，工资从40元涨到1800元。

1987年，38岁，成为"万元户"。

1990年，41岁，单位分配福利房花费一万元，两室一厅。

1991年，42岁，女儿初中毕业随车旅行，车队行至内蒙古赤峰突遇山洪暴发，货物尽毁所幸人无伤亡。

1995年，46岁，公司倒闭下岗，转行购置出租车，同年被骗车。

1999年，50岁，女儿结婚，家中4人。

2000年，51岁，孙女出生，一月后妻子成功进行心脏手术，家中5人。

2009年，60岁，退休，退休金逐年递增。

2011年，62岁，兄长去世，同年兄长妻子去世。

2014年，65岁，每逢暑假前往利川小住两个月。

2018年，69岁，第一次出国，前往日本旅行。

2020年，71岁，前往广西北海小住。

附录二

家中第一次使用下列物品时间

电　灯：1960年　　　固定电话：1990年

自行车：1990年　　　汽　车：1997年

自来水：1966年　　　电风扇：1981年

电视机：1982年　　　电冰箱：1983年

电　脑：1999年　　　WI-FI：2003年

奶奶作为孤儿的喜与悲

商学院会计1901　佘倩婷

一、孤儿

奶奶1950年生于江苏扬州郊区杨庄，10岁时，无意中得知自己是个孤儿，襁褓之中便被遗弃在小儿堂（相当于今日的福利院）。

养父养母一家住在小儿堂附近的村庄，生有两个女儿，属于贫下中农，日子过得很拮据。听人说，从小儿堂里收养孩子，只需抚育至7岁，而且每个月可以有几块钱的补助。穷人家的孩子好养活，多一口人也可以凑合凑合。当时的几块钱，可是一笔不小的数额，可以改善生活，于是，他们从小儿堂里抱养了一个几天大的女婴，便是奶奶。

虽非亲生，胜似亲生，养父养母待奶奶极好。刚抱养奶奶时，二女儿才1岁左右，也是嗷嗷待哺的年纪。养母为了给奶奶喂奶，提前断了二女儿的奶。奶奶被抱养的秘密，也一直被严守着。作为家中年纪最小的女儿，奶奶常常被称作"三姑娘"，也最受疼爱。三姐妹有时调皮犯了错误，养父会让三姐妹站成一排，取下木头门闩，从大姐开始，按着顺序打。通常打到二姐，一旁的养母便急忙拉过奶奶，一把护在怀里，因此奶奶逃过了不少打。如今三姐妹聚在一块，茶余饭后拉拉家常，回忆起幼时挨打的事情，仍羡慕奶奶受到的宠爱。而奶奶回忆起那段经历，笑意盈盈的眼睛常常泛有亮晶晶的泪花。

很快，奶奶就到了7岁，小儿堂的补助也停发了，按当初的规定应该把奶奶送回小儿堂了。养父养母看着机灵懂事的三姑娘，愈加怜爱，时间也一拖再拖，一直抚养着。终于，养父咬咬牙，趁着养母外出，牵着奶奶的手，将奶奶送回了小儿堂。奶奶不知是永远离开这个家，以为是去哪里玩，高高兴兴地牵着养父的手，蹦蹦跶跶。晚上，养母回到家，一家人吃饭，不见了三姑娘，见养父始终沉默，懂了。养母非常愤慨，冲出门，把奶奶牵回家。从此之后，家人只字未提，三姐妹也懵懵懂懂，对所发生的事情丝毫不知情。于是，奶奶就这么留了下来。

当时奶奶的舅妈在一所小学教书，便带着三姐妹一块上学读书。奶奶聪明伶俐，功课很好。但是家中生活清苦，一家人喝一锅粥，米粒寥寥无几。奶奶常常上至第二节课，就饿得头脑发胀、两眼发黑，怎么也学不进去。懊恼之下，奶奶在二年级时辍学回家，勉强识得了几个字。养父养母白天要去上工，奶奶就在家帮衬着做家务、薅草、挑水、烧火，和邻居学着织布。奶奶精明能干，村里人也常向养父养母夸赞三姑娘勤劳懂事。

奶奶清楚地记得，10岁时，一个邻居说了一句"三姑娘是从小儿堂抱回来的"。她什么场合听到这句话早已记不清，但这句话深深地刻在了奶奶心里。奶奶回到家，哭着问养母，养母抡起扫帚，冲到说漏嘴的邻居家，当街争吵，引来了不少邻里围观。奶奶站在人群中，早已哭得稀里哗啦。在她的记忆中，养母与人为善，邻里关系融洽，这是她第一次见母亲和别人争得面红耳赤。此后，邻居再没有人当面提及过奶奶的身世。

可能这一段经历更加塑造了奶奶坚毅要强的性格，她为了补贴家用，经常独自去薅牛草，装满整整两箩筐，用扁担挑至集市上卖钱。据回忆，当时路人看不下去，和奶奶说："小姑娘你不能挑这么重的担子呀，会挑伤人的。"奶奶咬咬牙，撑了下来，一步一步地挪至集市。晚归，奶奶将卖得的为数不多的钱交给养父养母，傻傻地笑着。养父养母心疼，劝说奶奶不要这样子，家里虽然穷，但是不需要奶奶挑着重担吃这么大的苦，但奶奶非常自觉，养父养母对自己恩重如山，不能给家里添额外的负担。

二、青春

奶奶16岁时，加入了生产队中的农科队，学习育苗育种、种桑养蚕；同时也加入了宣传队，逢年过节一起排练节目，在不同的村庄进行表演。奶奶只上至小学二年级，略微识几个字，剧本中很多字不认识。但是奶奶十分机灵，看不懂剧本，就听别人说，默默地记在心里，背诵。同时晚上回到家，她一个字一个字地翻字典，或是询问两个姐姐。奶奶学得很快，认识了不少新字。

奶奶出落得很漂亮，加之又勤劳能干，很讨人喜欢。当时的农科队队长有两个女儿，真心欢喜奶奶，想要认奶奶为干女儿。别人打趣道："老队长，我把我儿子给你当干儿子吧？"老队长不肯："我没有生儿子的福气，三姑娘聪明能干，我打心眼里欢喜她，就想认作干女儿。"起初半开玩笑半当真，久而久之，奶奶认了老队长夫妇为干爸干妈。后来，干爸干妈也待奶奶极好，给了她不少慰藉与温暖。干爸去世时，奶奶悲痛至极，哭得好几天卧床不起。

爷爷奶奶相识，缘于宣传队。爷爷是队中的二胡手，比奶奶大3岁。爷爷幼时母亲死于疾病，和曾祖父一同生活。爷爷家境清贫，住在一间茅草屋。可能因为相似的境遇，奶奶对爷爷多了份惺惺相惜的情感。养母的兄弟一家本属意奶奶做媳妇，他家家境宽裕很多，但奶奶执意跟随爷爷，养母只希望奶奶能够幸福，便不再插手。于是，奶奶在20岁那年，和爷爷成了婚。

奶奶心善。爷爷的爸爸患有胃病多年，爷爷一家穷得揭不开锅，身上穿的棉袄破破烂烂，家中没有女性，父子俩人过活，只好自己操起针线，勉强缝缝补补，棉袄上的针脚粗疏。奶奶娘家的嫁妆里有两条翻新的棉被，奶奶见状，毅然拆了其中一条，拿去镇上替公公做了一身棉衣棉裤。

邻里连连夸赞，说爷爷能够娶到这样的媳妇当真是几世修来的福气。

不久，奶奶生下了一个女儿。曾祖父重男轻女，对母女十分冷淡，爷爷性格懦弱，不怎么顾家。奶奶受了不少委屈，个中心酸，不足为外人道也。奶奶的养母心疼女儿受的委屈，虽不富裕，仍在奶奶坐月子期间，每隔几天送来猪蹄炖汤给奶奶补身体。奶奶未完全出月子，便下地劳动，挣工分。终于，奶奶三年后生下来一个儿子，公公露出久违的笑意，言语松软了许多。

也是那时，养母肺部病情加重，在奶奶生育完不多久就离世了。奶奶悲痛过度，尚未出月子，便因哭得太过厉害伤到了身体，落下了病根。

三、建房

儿子几个月大时，因为奶奶和曾祖父白天需要去生产队上工，爷爷外出学手艺，无人看管，奶奶便将儿子安置在草房的床上。有一日上完工回到草房，推开门，只见一条蛇蹿出，奶奶当时腿一阵发软，支撑着来到床边，见儿子仍安安稳稳地睡着，总算松了一口气。现在忆及此事，她都一阵后怕。估计从那时起，奶奶心中就默默地有了建造瓦房的打算。

奶奶在生产队时工分很少，维持温饱都成问题，结余不了什么钱。爷爷有一阵好赌，不管事，家中也没有什么积蓄。奶奶一把撑起了这个家，无论生活多么艰辛，总是雷打不动地每月存起固定的钱留着建房。凭借着不多的积蓄，以及向亲友的借款，奶奶不多久建成了瓦房。

据奶奶回忆，生活得到真正的改善是在1984年分田到户之后。当时家中分到了两亩多田，能者多劳，勤劳致富，人们不再吃集体大锅饭，生活有了奔头。那段日子，是最苦的，也是最甜的。奶奶种植了蔬菜瓜果，不浪费任何一寸土地，在任何能够耕地的地方都栽种上作物。为了能够在集市上抢到比较好的摊位，凌晨一点多便起身收拾整顿，将要卖的菜放进箩筐里压实，能多捎一些就多捎一些。两个箩筐，分别挂在自行车两边推至集市。两个孩子不上学的时候，就和奶奶一起上集卖菜。他们坐在车座上或者箩筐里，眼睛睁不开，迷迷糊糊地睡着。有时都抱着一小筐鸡蛋，紧紧地揽在怀里。鸡蛋不慎磕破了，两个孩子一个吸溜把蛋黄蛋清都吸食得干干净净。往往四点多，奶奶他们就到了集市，布置摊位。两个孩子帮忙吆喝，负责收钱数钱，将收到的钱按面值分类，一张张抚平叠好收进小盒子里，一块块硬币整整齐齐地摆好。这是他们最开心的时光。通常午后，大家半眯着眼，在树下小憩一会儿，不敢睡实，下午推车返家。自行车重量轻了不少，他们的心情也明快许多。到家后奶奶下田耕种、收割，整理第二天要卖的菜。

生活一天天有了起色，奶奶卖菜所得还清了当初建造瓦房背负的债款之外还有结余。这时，奶奶开始着手建造楼房的事了。水泥供应紧张，她托人从外地购买；购买家电需要有票，她就托百货公司的熟人打点关系。终于，就这么一点一滴地购置，在那个物资紧缺的年代，家中于1988年建成了两层楼高的楼房。几年之后，建造了厢房。后来，又增设了厢房。

建房，一直以来是奶奶努力生活的动力。她凭借着自己的勤劳，使得原本清贫的家，一点点有了起色，成为村庄里第二个建造楼房的家庭，风光无限。人人叹服奶奶的刚毅与韧劲。

四、价值观

奶奶性格刚强，处事果断。记得儿时，她给我扎头，头绳永远扎得很紧。她生活得有板有眼，记得每一个节日的风俗，并严格遵守着。春节前一个月，她彻彻底底地打扫房屋，购置年货、蒸馒头、贴春联，井井有条、一丝不苟。春节当天，她总要把垃圾桶、扫帚全部收起，在我的床头放置橘子，所谓"新年新气象"。每次祭祖，她总是买黄纸，一只一只地叠元宝，装进袋子里，别人劝说不要那么费事，直接购买叠好的元宝就行，她不允，仍亲力亲为。七月半，她不准许家人晚上独自出门。她有她的一套行为准则，并且严格地遵守着，同时也这么教导子女。她时常感叹，现在年轻人思想太过超前，把一代代传承的风俗不当一回事。

奶奶对于生死有着常人鲜有的豁达。在我十多岁时，奶奶因为喉部息肉做手术住院。医生说，这可能和奶奶的性格有关。她平日里刚强果断，说话大嗓门，很容易伤及喉部。医生还预测奶奶如果还是这样大嗓门说话，七八年后喉部还会长出息肉。奶奶笑说："还不知道我能不能再活七八年，如果活到那时，再请医生您做手术。"隔壁病床的一家，称赞奶奶豁达开朗。可能正因为这份豁达，奶奶除此之外没有生过其他的病，至今身体硬朗。

奶奶也是我所见过的最善良的人。作为孤儿的不幸，以及身边人给予的疼爱与温暖，使得奶奶一生以善意度人，对一切事情心生怜悯，也尽其所能地去帮助需要帮助的人。逢年过节，她除了将汤圆、包子分送给两个姐姐家之外，常常也给不能回乡过年的外乡人送一份，邀请他们一起吃年夜饭。我不穿的衣服，她总是收集着，送给一位单亲家庭的女孩。她信因果轮回，常常教导我做人要心善，吃亏是福。

我由衷地敬佩我的奶奶，敬佩她的坚毅，敬佩她对生活的热情，敬佩她的善良。在当今物欲横流的时代，奶奶就像是一剂清凉散，坚守着她的价值观。每当我困顿之时，总是可以从与她的对话中得到启发，并对自己汲汲于身外之物感到惭愧。

附录一

奶奶大事记

1950年，出生后被遗弃小儿堂，几天后被收养。

1957年，8岁，入学。

1959年，10岁，辍学，在家劳动。

1965年，16岁，加入农科队与宣传队，从事劳动与宣传工作。

1969年，20岁，与邻村的爷爷成婚。

1970年，21岁，生育女儿。

1973年，24岁，生育儿子。

1977年，28岁，建造瓦房。

1984年，35岁，分田到户，家中分得两亩多田地。

1988年，39岁，建造楼房。

1992年，43岁，楼房增建厢房。

1994年，45岁，女儿出嫁。

1996年，47岁，儿子娶妻。

2010年，61岁，喉部息肉，做手术切除。

2013年，64岁，家中老房子拆迁。

附录二

家中第一次使用下列物品的时间

电　灯：1969年　　　自行车：1970年

自来水：1992年　　　电视机：1979年

电　脑：2006年　　　固定电话：1996年

汽　车：2007年　　　电风扇：1989年

电冰箱：1988年　　　WI-FI：2013年

后 记

在高校工作30多载,当主编对我来讲还是大姑娘坐花轿——头一次,也许是最后一次。

真诚感谢本书的每一位作者,是你们提供了机会,让我品尝到了当主编的酸甜。

本书的作者都是江南大学在校大学生,他们可分为三类:第一类为数极少,是听过我的思政课,我能叫出他们姓名的;第二类较多,是上过我的课并认识我,而我却不认识的;第三类是只参与社会实践课(一门不出镜的网课),从未见过"本尊"面目的。希望本书问世后,能与这些作者有一次线下交流,看看每位创作者的笑容。

这本是一次普通的作业,要求他们提供3000字以上的家史家事采访稿,没有想到一些同学交上来的却是5000字以上甚至近万字的优秀之作。他们在这次作业上的投入之大,让我很受触动,也引发了我想把这批优秀之作整理出版的冲动。

非常感谢江南大学马克思主义学院领导帮我实现了这次冲动。感谢刘焕明院长、李凤梅书记鼎力支持,其他几位领导徐玉生、潘加军、侯勇也多与襄助,院教指委张云霞、冯皓、郑丹丹等老师也给予关心。纲要课程组长陈卫华兄通读书稿,校正把关,费心费时。同仁吕庆广教授、程玉祥博士、陈少卿博士、郑宇博士也为书稿的付梓贡献了智慧。

江南大学是一所直属教育部的211高校,每年招收5000多名本科生。2020年,学校增开了一门由全院老师承担、面向全校二年级学生的社会实践课，这门课提供经典导读、微视频、社会调查、我写我家等"菜单"供学生选择。本书也成为2021年教育部思想政治理论课教师研究专项：高校思政课实践教学模式改革与创新研究（编号：21SZK10295003）成果的一部分。

本书的出版还离不开广东人民出版社向继东先生的牵线搭桥。作为"新史学丛书"的主编，继东兄在出版界享有极高的威望。我与继东兄联系不多从未谋面，可他对我这个远方无名之辈提供了慷慨无私的帮助。

由衷感谢山西人民出版社对拙著的接纳，2010年杨奎松老师的《"中间地带"的革命》由山西人民出版社隆重推出，便让我对这家位居远方但有情怀、有担当的出版社刮目相看。

万分感谢年轻的责任编辑徐琼女士、孙琳女士，她们为此书倾注了大量的心血，经过她们字斟句酌的加工，学生笔下的文字变得更简洁、流畅、精准。

在下任教西北大学时曾得到单位领导骞平义先生的百般关照，今又蒙垂爱，为拙著挥毫题签，先生章法流畅自然的书风使拙著大为增辉。

感谢同济大学出版社陈立群先生、东方出版社陈卓先生、中国矿业大学张晓虎教授与田霞教授、上海大学历史系蒋华杰君、无锡日报社评论部朱重阳君、无锡城市职业技术学院袁灿兴博士、江南大学图书馆副馆长顾烨青兄以及灵山慈善基金会王文秘书长、宁夏安泰华餐饮公司汪友道董事长对拙著的关心支持。

感谢张谦益同学为书稿整理所付出的努力，他的付出大大减轻了笔者的负担。

感谢在韶关医学院工作的蔡平娟，利用假期助我校对书稿；感谢大学同学陈南钟兄、徐开中兄对拙作的润色。

笔者正焦虑于给拙著点睛的最佳人选时，看到南京大学历史学院副院长孙扬发的朋友圈——为自己学生写家史作业点赞，于是就很冒昧地索序于他。在一所重点大学中层任职，教学行政双肩挑，事务繁忙，时间宝贵，可孙杨院长通览书稿后拨冗赐序，从家国情怀的高度，对"〇〇后"家史写作予以肯定，高屋建瓴，深中肯綮。我不仅惊叹这位年轻才俊的逼人英气，也服膺于他的古道热肠。

鄙人所教的学生从"60后""70后"变成"80后""90后""00后"，面对伴随网络成长起来的"新新人类"，大学老师与学生的知识"位差"越来越小，老师所面对的挑战与压力越来越大。这些年来，笔者在课堂上还能立足，深感离不开我的硕士生导师李振民、赵保真先生的教诲和栽培。他们身上所具备的君子人格一直是我学习的榜样，也让我看到自身与他们的差距。赵保真先生病逝于1992年暑假，那时通信不发达，在外地的我未能见先生最后一面，留下了永久的遗憾；李振民先生在2020年年初也已逝去，我从太湖之滨来到古都西安，却再也听不到他那熟悉的声音。从这本"我写我家"的作业，我想到"我写我师"，却发现自己对老师生平的了解太有限，想知道的时候，他们已与我阴阳相隔。

一本书生命力的强弱在于读者对它关注的多少。希望这本小书能激起几朵浪花，使读者从中对历史的复杂性和丰富性、人性的正负面、生命悲欣有更多的认知，对改革开放所取得的成果有更多的认同。

本书的错漏之处概由本人负责，批评指正请发邮件至 wwspring2003@163.com。

汪春劼于江南大学
2021年3月23日